二見文庫

その腕のなかで

ルーシー・モンロー／小林さゆり＝訳

Ready
by
Rucy Monroe

Japanese translation published by arrangement with
Kensington Books, an imprint of Kensington Publishing Corp., New York
through Tuttle-Mori Agency, Inc., Tokyo

姉のダイアンに。わたしの人生で特別な存在の姉さん。心から愛しているわ。
質問攻めに気長につきあってくれた元陸軍レンジャー部隊隊員の友人、
デヴィッド・コーナードに感謝を捧げます。ありがとう！

その腕のなかで

登　場　人　物　紹　介

リズ・バートン	新進の女流作家
ジョシュア・ワット	リズの遠戚にあたる元レンジャーの傭兵
ジェイク・バートン	リズの実兄
ベラ・バートン	ジェイクの妻
ジュヌヴィエーヴ	生まれたばかりの、ジェイクとベラの娘
ホットワイヤー	元レンジャーの傭兵。 コンピュータのエキスパート
ニトロ	元レンジャーの傭兵。爆発物の専門家
ジョシー・マコール	ニトロとコンビを組む女性エージェント
マイク	リズの離婚した元夫
メロディ	ジョシュアの離婚した元妻
ネメシス	リズを付け狙う謎のストーカー

1

壁に衝突することならよくあるが、車の行きかう道路に転げ落ちるとなると、話はまるっきりちがう。

だから、リズは身をかばって冷たいコンクリートの地面に手を突く直前、つんのめるほど強く肩甲骨のあいだを押されたのは気のせいではないとわかった。ブレーキをかけた車のタイヤがきしる音や、うしろであがった女性の甲高い悲鳴と同じく。

リズは道路から体を起こして膝を突いた。誰かに縁石まで引き戻されると、そのまま体は流されたが、壁のような人の波にあらがった。

「ぼさっとするなよ」無愛想な低い声がした。

頭から爪先までシーホークス（シアトルに本拠地を置くプロ・アメリカンフットボール・チーム）のチームカラーのグリーンとブルーに身を包んだ女が言った。「試合の終わったあとは気をつけないとだめよ――歩道も車道もごった返してるんだから」

リズは十一月の凍てつく空気をなんとか肺に吸いこみ、息もたえだえに言った。「押されたの」

うしろに誰がいるのか見ようと振り返りかけ、またもや縁石から足を踏みはずしそうになった。「誰かに押されたのよ」とリズは声を張りあげてくり返した。「誰がやったか、見た人はいません？」

「あんた、なにを言いだすつもりだ？」と年嵩《としかさ》の男が信じられないという顔で言った。

「あたしはなにも見なかったけど」と赤いパーカーの女が言った。

黒人の中年女性がリズの肩を軽く叩いた。「勘ちがいだったんじゃない？」

「たぶん頭が混乱してるんだろ」その黒人女性に連れが言った。

さまざまな声が不協和音のように頭に響いたが、リズにはひとつだけはっきりしていることがあった。

誰も彼を見ていない。

またしても。

信号が変わり、歩行者の波がリズをよけるようにして道路に流れこんだ。

彼女はまわりの反応に動揺してその場に立ちすくみながらも、目だけは通りすぎる人の群れを追っていた。敵意のある目を向けてくる者はいない。あやうく車にはねられそうになった女を不自然なほどじろじろ見る者もいない。犯人が誰なのか、ヒントになりそうなことはなにひとつなかった。歩道の縁からわたしを突き飛ばした男は誰なのか。

〝というか、あれは男だったのだろうか?〟リズはそれさえもわからず、わからないという
ことになによりも恐怖心をかき立てられた。
どこで敵を探せばいいのか、どうやって見分ければいいのか、手がかりはまったくない。
それでもここにいれば、生まれ故郷のテキサスの小さな町から何千キロも離れた、冷たい雨
がそぼ降るシアトルにいれば安全だと、いまのいままで思っていた。
それはまちがいだった。

リズは差出人不明のEメールを見ているうちに、胃がむかむかしてきた。
この三日で三通め。何件かの迷惑電話と、ロックした車の運転席に血のように赤いバラが
置かれていたことを考え合わせれば、恐怖で胸が悪くなっても無理はない。

ミズ・バートン、楽しい感謝祭をキャニオン・ロックで過ごすことを願っている。ポー
トランドからのフライトは混み合うだろうが。旅行シーズンには毎度のことだが、それで
も家族はどんなときも祝日には集まるべきだ。兄上も、義理の姉上も、それから新しい家
族の姪っ子のジュヌヴィエーヴも、きみに会いたがっているだろう。あのかわいい赤ん坊
はいつのまにか大きくなっていることだろうね。叔母さんと会わないうちに。こんなに遠
くに引っ越してほんとによかったのかい?

メールは厳密には差出人不明ではなかった。署名はあるにはあった。〝ネメシス〟と。もちろんストーカーの本名ではない。それだけははっきり言える。リズは作家だ。ネメシスが誰かくらいは知っている——復讐《ふくしゅう》の女神だ。とはいえ、ストーカー行為がつづくうち、いつしかストーカーは男だとリズは確信していた。女神なんてとんでもない。あいつは悪魔だ。

リズはデスクの椅子で身を震わせた。まさに骨の髄《ずい》までぞくりとした。暖房は入れていたが、そんなものでは役に立たないとわかっていた。

この寒気は体の内側から来ているのだから。

どうしてネメシスはジュヌヴィエーヴの話を出したのだろう? 身内のことを持ちだすのははじめてではないが、名前を挙げたのは今回がはじめてだった。

これは赤ん坊の姪への脅迫まがいのメールなのだろうか?

感謝祭には故郷へ帰ろうとあれこれ計画を練っていたが、ストーカーに知られたとなれば、それもすべて水の泡だ。シアトルをそっと脱けだして車で三時間南に下り、ポートランド国際空港から飛ぼうと思っていたが、もうその手は使えない。ストーカーが向こうで待ちかまえていて、家族になんらかの危害を加えようとてぐすね引いているようならだめだ。

ジョシュアはリズのアパートメントのドアのまえで足をとめた。

テキサスへ向かう途中シアトル・タコマ国際空港で飛行機をおりる予定はなかったが、選択の余地はない。妹の心の安定はリズ・バートンを説得できるかどうかにかかっているのだから。

感謝祭に帰郷するのは取りやめにしたというリズからの電話を受けて、ベラはすっかり落ちこんでいた。義理の妹になったリズがシアトルに引っ越したのも、祝日に訪ねてこないのも、原因は兄嫁の自分にあると妹は思いこんでいる。ジェイクと結婚して義妹のリズを疎外してしまったかもしれないと、およそ信じがたい話をベラはまくし立てていた。

ベラによれば、リズは風邪を引いたから赤ん坊にうつしたくないと言っているらしい。それだけならもっともな理由に聞こえるが、さらにリズはクリスマスにも帰れなくなったと言いだしたというのだ。突然仕事の締め切りが早まったせいで。

その言い訳は嘘だとベラは思っている。リズは締め切りを一年もまえから設定しているのだから、と。ジョシュアとしてはそのあたりの事情はよくわからなかったが、タフな女性たちが活躍する小説を書いている、セクシーなのに内気な作家が、家族の大切な行事より仕事を優先させるとは思えなかった。それだけははっきり言える。そんなリズが国の端から端へ移動して身内のもとを離れたと聞いて、ジョシュアはいまだ不思議でならなかった。彼女はジェイクともベラとももつきあいが深く、ふたりの赤ん坊のこともかわいがっていたのだから、引っ越しはどう考えても理屈に合わない。

ジョシュアがほんとうの理由に思いあたったのは、ベラがなんの気なしに、そういえばリズが帰省を中止したのは兄さんも感謝祭を牧場で過ごすとわかったあとだった、と洩らしたときだった。リズはまた顔を合わせるのを避けている。

その状況を修復するためにここに来たというわけだ。

ジョシュアはノックをしながら、ドアにのぞき穴があるのがせめてもの救いだ、と思った。セキュリティが万全だとされる建物にあっけなく侵入できたため、防犯設備を取りつけた業者にも、ロビーのフロントに詰めている警備員にも不安を覚えていたのだ。

アパートメントからすさまじい音がした。その大音量が鳴りやむと、それっきり静まり返った。ジョシュアはもう一度、さらに強くノックした。

今度も応答はなし。

大声でリズの名前を呼んだが、なかからはなんの物音もしない。

転んで怪我でもしたのか？　たしかにリズには注意散漫なときがある。独特のぼうっとした目つきになったかと思うと、壁にぶちあたるのを彼も見たことがあった。

ドアがドア枠のなかでゆれるほど強くこぶしを叩きつけてノックした。

それでも応答はなし。

錠前を調べてみた。防犯の足しにもならないちゃちな代物《しろもの》と見てとるや、ジョシュアはためらいもしなかった。

もちろん合い鍵はなかったが、鍵を使うよりすばやくドアを開けた。

しゅっと空気が動く気配が左手にしたとたん、ジョシュアは臨戦態勢に入った。陸軍レンジャー部隊での六年間と傭兵《ようへい》としての十年間で磨きあげられた反射神経が働き、かすかな物音のほうへ体を向けながら、殴打から身を守ろうと手を伸ばした。

頭に打ちつけられるまえに火かき棒をつかみ、襲撃者の頭を腕で押さえこんでみると、襲ってきたのはリズだと気づいた。

鋳鉄《ちゅうてつ》の火かき棒を脇にほうり、リズの体をまわして自分のほうに向かせた。濃いブロンドの髪が顔のまわりでふわりとゆれた。「いったいなんのまねだ?」とジョシュアは言った。見つめ返すハシバミ色の大きな目に生気がないのを見て、職業柄、その目がなにを意味するか悟った。

恐怖。

リズの呼吸はあえぐように浅く、スウェットシャツの腕は震えている。

どうしたっていうんだ?

「なぜドアに出なかった?」

リズは口をぱくぱくさせたが、なにもことばにならなかった。

ジョシュアはそっと彼女の体をゆすった。「なんでもいい、とにかく声を出してみろ」

リズの目がしばたたかれ、涙があふれた。

「やれやれ」ジョシュアは彼女を引き寄せて、体に両腕を巻きつけた。強引にアパートメントに入って、リズをすっかり怯《おび》えさせてしまった。錠をこじ開けたときにはよもやそんなことになるとは思わなかったが、可能性は考慮すべきだった。テキサスの田舎娘が大都会に住んでいる。

どう見ても彼女は都会暮らしに慣れていないのだから。

腕のなかのリズは体を震わせている。ジョシュアはとんでもない悪党になった気がした。

「怖がらせるつもりはなかった」

リズはジョシュアのデニムのシャツをつかんだ。手を離すまえに生地がぼろぼろになりそうなほどしっかりと。うずめるように彼の胸に顔をぴったりとすり寄せている。

「ジョシュア?」一分以上たち、ようやくリズの口からことばらしいことばが出た。

「うん?」

「なにしてるの、ここで?」

「感謝祭にテキサスへ帰らないとベラに言ったそうだね」

リズは体を震わせた。「ええ。帰らないわ」

風邪を引いているような声ではなかった。ふだんなら穏やかな声がかすれてはいたが、咽《の》喉《ど》がいがらっぽいせいではないようだ。

ジョシュアはリズの背中をさすった。

そうしてやらなければならない気がして。

リズの反応は、シャツをつかむ手の力をほんの少しゆるめただけだった。ジョシュアは背中をさすりつづけながら、最後の任務で解放した幼い少年をあやしたときと同じ口調でリズに話しかけた。ことばそのものもそのときと似たようなことばを使い、彼女に言い聞かせた。

大丈夫だ、ぼくが守るから、もう心配しなくていい。

リズの緊張が解けるまで、少年をなだめたときとほぼ同じくらいの時間がかかった。彼女が体を離したので、ようやく顔をきちんと見ると、ジョシュアはたじろいだ。

目の下のくまを別にすれば、顔色は雪よりも白い。弓のような形の唇は震えていた。

「リズ、きみにはシアトルの水は合わない」

「ど、どうして……」リズは目をしばたたいた。見るからに必死で落ちつこうとしている。唇をわななかせながらリズはなんとかことばを発した。「どうしてわかるの、そんなこと？」

「どうしてもこうしてもない、都会の生活になじんでないのは一目瞭然だ。ふいに訪問客が現れただけで取り乱してるんだから」

リズは首を振り、気のない笑い声をたてた。「テキサスに戻ってもどうにもならないわ、ほんとよ」

「なぜだい？」

「厄介ごともわたしと一緒についてくるから」

「どういう意味だ?」

リズは答えなかったが、今度はジョシュアも答えを気長に待とうとしなかった。彼女をそっとベッドルームのほうへ連れていった。「その話は飛行機のなかで聞こう。荷物をまとめてくれ。八時の便に乗るから」

「だめよ」リズは身をよじって、部屋へ誘導するジョシュアの手から逃れ、足をとめた。自分で自分を抱きしめるような恰好をすると、スウェットシャツのダラス・カウボーイズのロゴマークが隠れた。

「帰るわけにいかないのよ、ジョシュア」母音をゆったりと延ばす南部訛《なま》りが丸出しになり、声はヒステリーを起こす一歩手前だった。

「なぜだ?」

リズはつばをのみこみ、ジョシュアから目をそらした。緊張のためか体をこわばらせている。「怖いの」

「なにが?」

「自分のせいで家族にもしものことがあるのが」リズの目は訴えるようでもあり、血走っているようでもあった。「いまテキサスへ帰れば、みんなを危険にさらすかもしれない。赤ちゃんのジュヌヴィエーヴまでも」

ジョシュアは思わず毒づきそうになるのを抑えて言った。「説明してくれ」

「わたしはストーカーにねらわれてるの」

指が曲がり、リズは指先にもはっきりと体の緊張を感じとった。

ジョシュアは彼女の告白を聞いても、黙ったままなんの反応も示さなかった。玄関先で黒い影のようにたたずみ、ブラウンの目はリズの心の奥をのぞきこもうとしているようだ。うんともすんとも言わないばかりか、いっさい身じろぎもしない態度にさすがにリズもいらいらしてきた。でも、少なくとも彼は、頭がおかしいんじゃないかとも、そんなのはただの想像だとも言わないけれど。

「そいつの正体はわかってるのか？」しばらくして、ようやくジョシュアが尋ねた。

「いいえ」

「ストーカーにねらわれてると思う根拠は？」

「ただの思いこみじゃない。わたしは知ってるの」

あたりまえの質問だったが、ストレスにさらされたいまの状態では頭が働かず、リズはまともな受け答えもできなかった。「匿名のメールが来るのよ。監視されてるのがわかるメールが」

「出所は突きとめてみた？」

「ええ」会話の流れが一瞬見えなくなり、リズはことばを切ったが、ややあってなんの話か思いだして言った。「でも、だめだった」

「いまのところ被害はそれだけかい？」

「それだけで充分でしょう」それですべてではなかったが、いまはそこまでしか話す気になれない。

「まあ、それもそうだな」そのジョシュアのことばにリズは驚いた。

誰も信じてくれなかったのに——テキサスの地元の保安官も、シアトルの警察も——ジョシュアは信じてくれた。リズがぼんやりとした頭でそうわかりかけたところでジョシュアがまた口を開いた。

「きみをここまで怯えさせてるそのほかの原因については機内で聞かせてくれ。メールがいくつか来たくらいでパニックになると思えない」

〝説明する暇なんかない〟ジョシュアにはお引き取り願わないと。そのあとわたしも出発しないといけない、とリズは思った。行くあてはなかったが、ジョシュアがこうして来たようにネメシスがドアのまえに現われるのを、ただ手をこまねいて待っているわけにはいかない。

彼女はジョシュアの腕をつかみ、ドアのほうへ押しやった。「わざわざありがとう。ジェイクとベラによろしくね」

一気にまくし立てたが、なにを言っているのかリズは自分でもよくわからなかった……そんなふうに言ってジョシュアに帰ってもらえるのかどうかも。

ジョシュアはドアのまえで立ちどまり、そこからは一歩も動こうとしなかった。「ここから動くつもりはないよ、リズ」

「そんなわけにいかないでしょう？——あなたはテキサスへ行くんだから」

「きみと一緒でなければ行かない」ジョシュアの両手が肩に置かれた。その手のぬくもりとたくましさに包まれていれば安心できる。リズはふとそんな気持ちになったが、夢を見ている場合ではない。「家族はぼくが見張る。誰が相手だろうと家族には指一本ふれさせない。もちろんきみにもだ」

状況がちがえばリズも彼のことばを信じただろう。しかし、正体不明の敵は優位に立っている。飛行機に搭乗したとたん、ネメシスには行き先が知られてしまうだろう。テキサスへ先まわりされるかもしれないし、あとをつけられるかもしれない。どちらにしても、ジェイクやベラやジュヌヴィエーヴを大きな危険にさらしてしまう。

「見張ってくれても、ライフルの発射は阻止できないし、車のブレーキラインを切られるのも阻止できないし——」

「そういう目にあってるのか？」リズが何日ものあいだ意識的にも無意識的にも悩ませられている不安の種を言いつのるのをジョシュアはさえぎって訊いた。

「あうかもしれないってこと。可能性がある以上家族のそばに行くわけにいかない」

監視のきびしい正体不明の迷惑男を出し抜く方法を考えつつも、ジョシュアになんとか帰ってもらう算段をつけようとして、リズの頭のなかはまたもや分裂状態に陥っていた。

彼女はドアを内側に引き開けた。「あとでベラに電話して彼女の心配を解消するわ、それでいいでしょう？」電話のあるところで車をとめたらすぐに。

いまは車に乗って、収拾がつかなくなった生活をほうりだして、永遠に車を走らせたいだけ。

ジョシュアはなにも言わなかった。コーヒー色の目でリズをじっと見つめたまま踵《かかと》でドアを押して閉めただけだった。ドアにもたれて腕を組み、いつまでも待つが、最後まで折れるつもりはないといわんばかりの態度で彼は待っている。

リズの頭のなかでなにかがぷつんと切れた。

上等じゃない。待ちたければかちかちに凍えるまでそこで待っていれば？　こっちは荷造りにかからせてもらいますから。とにかく出発する――ジョシュアと連れ立ってではなく、家族を危険にさらす恐れのあるテキサスへ向かうわけでもないけれど、とにかく家を出る。

リズはまわれ右をして、あちこちに思考が乱れていた頭のなかを旅行の持ちものでいっぱいにしながらベッドルームに飛びこんだ。

衣類を手当たりしだいにボストンバッグにほうりこんでいると、電子音が鳴り、リズはぎょっとして下着の山を床に取り落とした。

色とりどりのコットンを数秒見入っているうちに、電話の呼び出し音だと気づいた。

リズはコードレスの受話器を台座からつかみあげた。「もしもし?」

「リズ、置いてけぼりを食ったようだな」

すっかりおなじみのコンピュータ処理された声が耳に入ると、すでに狂ったように鼓動を打ち鳴らしていた心臓は咽喉もとまでせりあがった。「いったい誰なの?」

「さっきの男と一緒に行けばよかったのに。祝日は家族で集まるものだ」

「なんでこんなことをするの?」リズは金切り声をあげながら、失いかけた自制心のたががゆるんでいくような気がした。

「目には目をだ、リズ」

「なんのこと?」なにがなんだかわけがわからない。わたしの人生はめちゃめちゃになっている。「わたしにどうしろって言うの!」

がっちりとした腕が肩にまわされ、思わずリズは悲鳴をあげたが、すぐにジョシュアだと気づいた。

「動転しているようだな」と機械の音声があざ笑うように言った。

ジョシュアが耳もとに唇を寄せた。「例の男から?」

リズは首筋が痛くなるほど激しく頭を上下に振ったが、声は洩らすまいとした。

「どうやらきみとわたしのふたりきりの感謝祭になりそうだな。家族と過ごせないのはこちらもご同様でね」耳もとでかちりと電話が切れる音がした。

頬をやさしく叩く手があった。「リズ」

ジョシュアの声。

彼はここにいる。わたしはひとりではない。

どれくらいのあいだ恐怖に頭が真っ白になっていたのだろう？　リズには見当もつかなかった。

「電話で……」どういうわけか咽喉がからからになり、リズの声はしわがれていた。

「なんて言われた？」

「感謝祭を一緒に過ごそうとかって」いつのまにか目に涙がにじんでいた。「あなたが帰ったと思って、ひとりぼっちになったとばかにされたの」

ジョシュアはそれを聞いて目を細めた。「きみをここから脱出させないとまずいな」

リズはなにを言われているのかよくわからず、彼を見つめた。まだテキサスへ行こうと言ってるの？

「着替えを詰めたら、すぐ出発だ」

出発するのはべつにかまわない。ジョシュアにアパートメントから連れだしてもらったら、あとは消えればいい。「わかったわ」

「ここを出たらホテルに行く」ジョシュアはあらかじめ説明した。

リズはその提案にほっとして、目の奥が熱くなり、涙がこぼれた。「そうね。ホテルに行くならいいわ。とにかくここから出ましょう」

ジョシュアは返事をしなかったが、床からコットンのパンティを拾いあげてボストンバッグに詰めこんだ。「ほかにいるものは？」

「自分でやるからけっこうよ」アパートメントを出ていけると思うとリズは心から安堵を覚え、荷造りをする気力が湧いた。五分とかからずに準備はできた。

ジョシュアはバーガンディ色の小さな革のボストンバッグを見て、それからリズに目を向けた。「さあ行くぞ」

ネメシスは叩きつけるように盗聴器をおろし、寝不足でかすんだ赤い目をこすった。アパートメントを出る場合の準備はしていなかった。留守になるはずはなかったのだ。計画に邪魔が入るのは我慢ならない。

怒りがこみあげ、胃がぎゅっとよじれた。ネメシスはものにあたりたい衝動に駆られ、いつものようにリズ・バートンの顔をそこに思い描きながら、コンピュータの横の壁に、振り向きざまにこぶしを叩きつけた。

腕まで痛みが走り、むかっ腹が立った。

痣《あざ》のできた手を激しく上下する胸の上にあて、なんとか考えようとした。なかなかうまくいかなかった。いまさら悩んでも仕方ないことを思いだすばかりで、考えはいっこうにまとまらない。

リズはアパートメントを出たが、まさかテキサスで祝日を過ごすつもりはあるまい。あとをつけられる不安があるうちはそんな気になるわけはない。

家族を守りたいのだから。

ネメシスは皮肉っぽく口もとをゆがめた。そうとも。それより冒険小説を書いて祝日を過ごしたいと思うはずだ。いずれにしろ遠くへは行きっこない。結局アパートメントに戻ってくるだろう。戻ってきたときにはこちらは待ちかまえている……いつものように監視を怠りなく。

そう、リズが男と出ていったからといってショーが中断するわけではない。男はホテルに泊まるようなことを言っていた。ふたりの居場所はきっと見つけだせる。コンピュータで情報を探すのは得意中の得意だ。こういう能力があるのに、リズ・バートンに一家で迷惑をこうむったあと、仕事はクビになってしまった。

家庭を崩壊させたあの女とさっきの男のやりとりに聞き耳を立てているあいだにすっかり干からびた食べかけのサンドイッチを脇に押しやった。その食べ残しの下から情報ファイルを引っぱりだし、マニラ紙のフォルダーをめくり、リズが日ごろ連絡を取る相手のリストを調べなおした。

リズは男をジョシュアと呼んでいた。が、リストにジョシュアはない。

ネメシスは苛立《いらだ》った。

ラストネームがわからなければ探しようがない。クレジットカードの記録を調べてふたりの居所を突きとめにかかるまえに、いろいろと調べなければ。

居所さえ見つかれば、向こう見ずにもあの女の味方についた男に仕返ししてやれる。

追っ手を巻く手段を駆使すること三十分、ようやくジョシュアは尾行の心配はないと確信した。

そのあいだどちらも黙ったままだったが、リズのほうからは緊張した空気が流れつづけていた。州間高速道路《インターステイト》五号線に入り、北へ進路を取ると、ジョシュアはラジオをつけた。車内にクラシック音楽が静かに流れた。

「すてきね」アパートメントを出てから無言だったリズがはじめて口を開いた。ふだんとほぼ変わりない声に戻っていた。

「音楽を聴くと気分が安らぐ」

リズは可笑《おか》しくもなさそうに短く笑い声をあげた。「わたしのせいであなたの神経をすり減らせてしまったようね」

「まあね」ジョシュアはあっさりと言ってのけた。

リズは寒がるように自分で自分の体を抱きかかえたが、車のなかは外の低い気温が嘘のようにヒーターで暖められていた。「ほんと言うと、ストレスがたまってるの」

「ストーカーされてどれくらいになるんだ？」

「最初にメールが来たのが半年前」リズは手袋を引っぱってはずした。やはり寒いのではないらしい。気が動転しているのだろう。「そのどれくらいまえからネメシスに見張られていたのかはわからないけど」

「どんなメールだった？」

「ジャンクフードばかり買ったらだめだと書いてあったわ。ちょうど食料品店にチョコレートを買いに走ったときだったの。いまやってる仕事がそのころなかなかはかどらなくて、料理をする気にもなれないから、調理ずみの食品やスナックをたくさん買いこんでたのよ」リズの低い声に痛々しさがにじんだ。

「つまりそいつはかなり近くできみを見ていた」

リズは体を震わせた。「そういうこと」

「メールを受けとってからどうした？」

「削除したわ。ごみメールが来たら全部そうするように。おかしなメールだと思ったけど、いやがらせのはじまりだとは思いもしなかった。なぜメールをよこしたか理由は書いてなかったし」さっきのヒステリー寸前の状態とは打って変わって、いまは感情がこもらず抑揚《よくよう》のない口調になっていた。「それは一度もないの……メールでも、電話でも。監視していることをほのめかすだけで」

「事態の深刻さに気づいたのはいつ？」

「電話がかかってきたとき。あのときはさすがに震えあがったわ。ほら、向こうは音声変換機を使って話すから、気味が悪いったらないの」

「保安官のところへは行った？」

「そのときは行かなかった」リズはため息をついた。「まだ自分でなんとかできると思ってたの。脅されたりしてるわけじゃなかったから」

「気が変わったきっかけは？」

「気が変わったとどうしてわかるの？」とリズは興味を惹かれたように尋ねた。

「解決の余地があるなら、家族のいる地元から引っ越すはずがない。警察当局に出向くことは出向いたが、警察はきみの役に立てなかった。そんなところじゃないか？」

「役に立つ気がなかったと言ったほうが近いわね。でも、そのとおりよ。で、事件が起きて、自分の身がちっとも安全じゃないと悟った」

「事件？」

「アパートメントに侵入されたの。牧場にベラを訪ねて帰ってきたら、コンピュータのデスク上のものが動かされてた。わずかな形跡だったけど、誰かが部屋に入ったとわかったわ」

「きみの訴えに対して保安官はなんと？」

「わたしが売名のチャンスをねらっているのだと保安官は思った。マスコミに注目されたいがためにすべてでっちあげたんだろうって」

「なんだってそんなくだらないことを考えたんだ？」

「保安官は以前ヒューストンの警察に勤めてたんだけど、実際にそういう女性がいたんですって。護身術のインストラクターだったそうだけど、無料の宣伝が効いて生徒がわんさか集まったとか、たぶんそんな話なんでしょうけど」

「にせの被害届に一杯食わされたことがあるからきみの訴えをまともに取りあげなかったっていうのかい？」ジョシュアには信じがたい話だった。

「膨大な人手が無駄になって、捜査を担当した刑事は恥をかいただけだった。ストーカー問題全般に警察がおよび腰になったのは言うまでもなく。結局、保安官はヒューストンの警察を辞めて、キャニオン・ロックに移り住んだ。ストーカー行為の被害だとわかる具体的な証拠がないと捜査を始められないと言い張られたけど、わたしは証拠を保安官に提出することができなかった、というわけ」

「そんなばかな」

「あのときはわたしもそう思ったわ。でも、自分の押しも足りなかったと認めないわけにいかない。ジェイクに知られたくなかったの。小さな町だからうわさにもなるし。だから家に帰って、錠前をつけかえた。でも、ネメシスにまた部屋に侵入されてしまった」

「それも届け出た?」

「ええ、でも、そのときの保安官はけんか腰もいいところだった。おたくのアパートメントの張りこみに割く人手はないだの、証拠はまだないのかだの、なんだかんだ言った挙句、結局なにも手は打ってくれなかった」

「ひどい野郎だな」

リズは肩をすくめた。

「それで、きみはストーカーから逃れるために国を縦断した」

「ストーカー問題を調べてみたら、犯人が被害者の家族や親しい人たちに危害を加える事例がいくつもあったの。そういうものを読んで、それこそ気が気じゃなくなった」リズは両手をねじり合わせ、顔をそむけて助手席側の窓の外を見た。「それから悪夢にうなされるようになったわ。やがてネメシスが電話で、きみが義姉《ねえ》さんと赤ん坊の姪っ子と一緒にいるのを見たと言いだしたの。引っ越しを決めたのはそのときだった」

リズの選択は理解できる、とジョシュアは思った。しかし、もっとも賢明な選択ではなかった。顔をよく知られた小さな町から引っ越して、かえってストーカーにねらわれやすくなったのだから。

2

リズはジョシュアのあとについてホテルの部屋に入りながらあくびを嚙《か》み殺した。疲れがどっと出ていた。じきに爪楊枝《つまようじ》でも立てなければ目を開けていられなくなるだろう。

「ごめんなさい」ふいに大あくびが出た。「突然疲れちゃって」

ジョシュアはドアに近いほうのベッドに自分のバッグを置き、コートを脱いだ。「最後に朝までぐっすり寝たのはいつだった？」

リズは部屋を横切り、もう一方のベッドの端にすとんと腰をおろした。脚が疲れて、もう立っていられなかった。「このまえのシーホークスの試合の前夜」

ジョシュアの黒っぽい目が興味深げに光った。「なにがあったんだ？」

リズは試合後に通りで起きた出来事を話した。脱いだコートを近くの椅子にほうりながら、あの夜の恐怖と苛立ちが胸によみがえっていた。

「一歩まちがえればきみは殺されていた」

「向こうも本気で危害を加えるつもりはなかったと思う」それについてはこれまでいろいろ

考えていた。「試合のあとは車の流れもかなり遅くなるの。わたしの命をどうにでもできる力があるのを見せつけたかっただけなんじゃないかしら」

それを聞いてジョシュアは悪態をついた。リズが小説にさえ使わないことばだった。「警察に行ったのかい？」

「ええ」警察にはろくな目にあわなかったというのに。

ジョシュアは窓辺に行き、つっかえ棒をしかるべき位置にずらして窓が開かないようにすると、レースのカーテンも厚手のカーテンも閉めた。その動きのひとつひとつに、わずかながら、リズはより安全で、守られている心地になれた。

「警察にはなんと言われた？」

「供述を取った巡査部長は、故意に押されたという話を信じなかったけど、とにかく届け出は受理してくれたわ。こっちも食いさがったから」

「その巡査部長はなぜきみの話を信じなかったんだ？」

巡査部長はリズを、背中を押されるのと人込みでもみくちゃにされるのとのちがいがわからない世間知らずの田舎者だと思いこんだのだ。それを思いだすと、いまでもリズは悔しかった。「わたしの言いぶんを裏づける目撃者がいなかったから。ネメシスがわたしを押したのを見た人は誰もいなかったの。まわりはかなりの人込みだったのに」

ジョシュアはドアを開けて〝起こさないでください〟の表示板を外にかけて振り返ると、

「あなたの言うとおり」とリズは言った。「警察は話を真剣に聞こうとしないし、警察が動くまえにネメシスが凶行に走るんじゃないかと不安なの。でも、あなただったらなにができるの?」

「まずはきみの安全を守る」

疲れのにじむハシバミ色の瞳を黄金色に輝かせた表情は見まちがいようがなかった。あれは安堵の色だ。「ありがとう」

「それから、そのくず野郎をつかまえる」

「できると思う?」

リズの疑うような顔を見ても、ジョシュアはべつに腹を立てなかった。「たぶんひとりでは無理だが、手を貸してくれそうな仲間がふたりいる。コンピュータの達人のホットワイヤーに、爆発物に強いニトロ。ニトロはほかにも得意分野がある」

「おもしろい名前ね――その人たちも傭兵なの?」

「レンジャー部隊で一緒だった仲間だ」質問をかわす癖《くせ》は十年前から生活の一部になっていた。「ぼくの仕事がなんなのか、ベラはいつきみに話した?」

あのときリズがぼくから逃げだしたのは、一緒にいると原始人顔負けの熱い男になるからというだけでなく、生業《なりわい》も関係していたのだろうか?

「ベラから聞いたわけじゃないわ」

「それならどうして知ってるんだい？」

リズの顔に物思いにふけるような表情が浮かび、〝物書きの顔〟になったのだとジョシュアは思った。「あなたの身のこなしや、まわりのあらゆるものごとやあらゆる人間に過剰なほど神経を張りめぐらせている様子から。いままで会った傭兵たちとそっくりだもの。特殊部隊の兵士も似たような感じだけど、でも、微妙にちがいがあるわ」

「傭兵に会ったことがあるだって？」

「そうよ」

「へえ」

ジョシュアの疑うような返事にリズは眉をひそめた。「本を書く参考にいろんな人たちに取材するのよ。自分の足で情報を集めるのが好きだから。ジェイクとベラの出会いもわたしのリサーチがきっかけだったでしょ。あら、その話はふたりから聞いてない？」

たしかに妹はそんなことを言っていた。しかし、ファッションショーをのぞいてまわるのと彼が住む影の世界の住民と個人的に連絡を取るのとではわけがちがう。「どうやったんだ、〈ソルジャー・オブ・フォーチュン〉（軍事雑誌）を見て、問い合わせたのかい？」

「最初はそうじゃなかった。海軍特殊部隊の元隊員の知り合いからある傭兵を紹介してもらったの。その人は取材に応じてくれたけど、主人公のモデルになるような人じゃなかった。温かみに欠けて、打算的で。あれは絶対、そこそこお金を積まれれば自分のおばあちゃんだって殺しかねないタイプよ」

「なんてやつだった？」

リズは名前を言った。

ジョシュアの心臓はとまりそうになった。ああいう捕食動物のような男とたとえ五分だけでもふたりきりになったとは。まして取材となると、いったいどれだけの時間、一緒にいたことか。「気はたしかか？　あいつみたいな野郎どもとコーヒーを飲みながらおしゃべりなんてやめておいたほうがいい」

「ええ、それはわたしもわかったわ。次にインタビューした男性は〈ソルジャー・オブ・フォーチュン〉に広告が載ってた会社の人だったの。だけど、会ってみたら、これがまたうさんくさいったらなかった」

リズが本の執筆のためにおこなう調査がどんなものか、ジョシュアははっきりとのみこめてきたが、どうにも感心できなかった。昨年はじめて会ってから彼女の著書はほとんど読んでいた。取材したと言う男たちが登場人物のようなタイプだとしたら、ストーカーの容疑者リストはクリスマスの一週間前にお袋が書きだす食料品の買いもののリストに匹敵する長さになるだろう。

「そこで別な傭兵を探して話を聞いた？」

「そう。もう現役を退いた人だったけど、彼には好感を持ったわ」

リズが名前を言うと、ジョシュアは思わず驚きのことばを口汚く吐きそうになるのをなんとかこらえた。自分を雇われ兵士の曖昧模糊《あいまいもこ》とした世界に引き入れた人物その人だった。理想に燃えた男だったが、彼の掲げた理念はふつうの民間人にはおそらく理解しがたいものだろう。その男、コンバットは四年前に引退し、ジョシュアが彼のビジネスを引き継いでいた。ホットワイヤーとニトロを仲間に引き入れたのもそのときで、彼らふたりこそジョシュアがこの世で信頼できるただふたりの男だった。

「人込みにたじろぐ引っこみ思案な作家先生にしてはずいぶん危険な生活を送っているんだな」

リズの頬がほんのりと赤く染まった。「そんなに怖がりじゃないのよ」

「そのようだね」

「お金の話は出てないけど、それはちゃんとするわ。報酬はお支払いします」

拒絶反応が血管を脈打ち、ジョシュアは腰をあげた。「きみから金はもらいたくない」

「あなたはボディガードで、これは仕事なのよ」リズはそわそわと唇を舐めた。それを見てジョシュアはこのやりとりとは関係ない理由で胃が締めつけられた。

「回想録に書き残したいとは思わないようなことをごまんとやってきたが、きみを助けて金を取ろうとは思わない」

「そんな理屈おかしいわ。それに、ビジネスと割りきったほうがこっちも気が楽だもの」

「せっかくだが断わる」

リズの目が見開かれ、充血しているのがはっきりとわかった。「お金を払わせてもらえない理由なんてないわ」

リズはそうぴしゃりと言ったものの、またあくびが出て、毅然《きぜん》とした口調も形無しになった。

もういつでもベッドに倒れこめる。そんな状態のようだ。

彼に分けあたえようとしているのがベッドでないのがなんとも残念だが。

「理由ならふたつある」ジョシュアはがなるように言いながら、考えごとが横道にそれないようなんとか踏みとどまった。リズのために仕事をすることになったのだから、物思いにふけっている場合ではない。

「挙げてみて」

「ひとつ、ぼくの相場は高くてきみには払いきれない。ふたつ、きみは家族だ」

「あなたの家族じゃないわ」

「似たようなものだよ」なんのつながりもなかったとしても彼女を助けたいと思っていただろう。ジョシュアは口にこそしなかったが、内心ではそう思っていた。

陸軍レンジャー部隊に入隊した初心《うぶ》な新米時代以来、リズ・バートンほど心を惹《ひ》かれる女性ははじめてだった。

ジョシュアが受話器から聞こえるベラの最新ニュース——ジュヌヴィエーヴがいかにかわいい赤ちゃんか——を適当に聞き流していると、間仕切りの向こうで水の音がとまった。リズが部屋に入ってきた。シャワーのあとで髪は濡れ、さっきよりも気を張っているように見えた。すこぶる魅力的なのは言うまでもなく。

これは厄介なことになるかもしれない。

リズはベッドに坐り、髪にブラシをかけはじめた。湿っているとブロンドというよりもブラウンに近く、乾いているときには波打つように広がる金色の艶《つや》もいまは姿を隠していた。「それってすごくすてきなことじゃない?」ベラの声は一応耳に届いたが、ジョシュアはリズの動きを興味深げに眺めていた。

パジャマがわりの男物のボクサーショーツと着古したTシャツ。ブラシを髪に走らせようと手をあげると、Tシャツが体に張りついて見事な曲線が浮かびあがる。胸は大きくはないが、かといって小さくもなく、まさに完璧だった。勢いよく髪にブラシをあてるたびに引き締まった胸もとが悩ましくゆれた。

その光景に体が痛いほど強烈に反応すると、ジョシュアは悪態をつきたくなった。そういえばしばらく女性とも……。

ジョシュアはなんとかあたりさわりなく妹の話に相槌を打った。「ああ」

「それじゃディナーに間に合うようにこっちに来られるのね。兄さんがリズを説得して一緒に来ることになったってこと?」妹は耳を疑うような声で言った。

「そうだよ、ベラ。ふたりでそっちに行くから」

そのことばにリズはぱっと目をあげた。黄金色の入り混じるハシバミ色の深い瞳がジョシュアを問い詰めている。

「わたしもリズに言ったのよ、赤ちゃんはあなたが思う以上に回復力があるのよって」ジョシュアの耳もとでベラの声がした。「ジュヌヴィエーヴは肺炎になんかならないわ、軽い風邪ならもう経験ずみだもの」

「なんだかテキサス人みたいなしゃべり方になってきたな」ジョシュアは妹をからかいながらも、彼が立てたテキサス行きの計画はリズからどれだけの反発を食らうだろうかと考えていた。

段取りを聞いて、彼女がおとなしくついてきてくれればいいが。

ベラが笑い声をあげた。「よそから来た人間がなんて言われるか知ってるでしょ——最後にはテキサス生まれよりテキサス人らしくなるって」

大げさに間延びさせた妹の話し方に忍び笑いを洩らし、それじゃと言ってジョシュアは電話を切った。

脚をまえに伸ばして足首のところで交差させ、リズがなにか言ってくるだろうと待ちかまえた。

予想は裏切られなかった。「明日の感謝祭のディナーにふたりで出席するとベラに言ったのね」

「そうだよ」

「どうして?」

「そういう予定だから」

目を細め、リズはベッドカバーを指で叩いた。「あなたと話をするのって、牧場の柵の柱に話しかけるようなものだと誰かに言われたことはない?」

「いや、あいにくないね」

リズはふくれっ面をして頭を振ったが、やがて満面に笑みを浮かべ、ジョシュアのスラックスの股間をきつくさせた。「どうしてと訊くよりどうやって行くのかとお伺いするべきだったわね」と彼女は言った。

ホテルに着いてからリズはまた鼻っ柱の強い口調に戻っていた。ジョシュアとしてはそれをいい傾向だと思った。「ホットワイヤーが今夜ぼくの飛行機でシアトル近郊のアーリントンに飛ぶ。明朝六時にそこの飛行場で落ち合う。そのあときみとぼくはぼくの操縦できみの兄さんの牧場に飛び、ネメシスにはいっさいばれないというわけだ」

「あなた、自家用機を持ってるの?」

「ああ、小型のリアジェットだよ」ジョシュアに必要なのはスピードの出る機種だった。高度三万フィート以上の飛行が可能で、気象状況による乱気流をほとんど避けられ、途中で給油しなくても大陸を横断できる飛行機。「商売柄重宝《ちょうほう》してる」

「でも、こっちへは一般の便に乗って……」

「国外にいたから」

リズが早くも乾いた髪を耳のうしろにかけると、女性らしい首筋とジョシュアの記憶にその味わいが残る桜色の耳があらわになった。一度だけのことだったが、どう考えてもあのときの記憶はうもれさせておいたほうがいいだろう。

「仕事で?」

「そうだ」

「どんな仕事だったの?」ジョシュアが眉をあげると、リズの頬が赤くなった。「訊いちゃいけなかったみたいね。わたしってときどき考えもなしに質問してしまうことがあるの」

そういえばまえにも突っこんだ質問をしょっちゅうされた覚えがあった。個人的な情報をあれこれ訊いてくるリズを警戒して、ほとんどの質問をかわしたけれど。

「作家だからだろう?」

リズは顔をさらに赤らめて肩をすくめた。「たぶんそうね。父にもいつも言われたわ、おまえは質問が多すぎる。しかも、してはいけない質問ばかりだって。悪気はないつもりなんだけど」

リズの父親のことはジェイクから聞いていたが、その話から、あまり子供思いではない親だったのだろうとジョシュアは思っていた。

それを思いだしたからなのか、彼は質問に答えてやりたくなった。「奪還作戦だった。きみの質問に気を悪くしてはいないけど、いつもは仕事の話は誰ともしないんだ」

「友達ともしないの？　ホットワイヤーやニトロとも？」

「仕事で組んでいないときは」

仲間も傭兵なのかというさっきの質問の答えになった。

リズはほかにも訊きたそうな顔をしたが、文字どおり舌を嚙むようにして我慢しているようだった。

「訊きたいことがあれば、訊くだけ訊けばいい。いま言ったように、きみに質問されても別に腹が立つわけじゃない。答えたくない質問には答えないだけだよ」

リズがまたほほえんだ。その笑顔にジョシュアは心が温まる思いがした。自分と一緒にいてリラックスする彼女を見るのはなんとも気持ちのいいものだった。

「どういう作戦だったの、奪還したのは人、それとも物？」とリズは尋ねた。

「小さな男の子だ」

例の物思いにふけるような顔でリズは目をとろんとさせた。「あなたがその男の子を救出したっていうこと?」

「目の飛び出るような報酬で家族のもとに帰した」ぼくを美化しないほうがいい。「明日飛行機で出発する件だけど、それでいいね?」

「ええ、手配してくれてありがとう。ほんとは家族に会えなくて寂しかったの。赤ちゃんの顔をもう二カ月も見てないわ。きっと見分けがつかないくらい大きくなってるわね」

せつなそうな声を聞いてジョシュアはふと気になった。「きっと向こうの一家も寂しがってるよ。それより、ちょっと訊いてもいいかな」

リズはブラシを手に取ってナイトテーブルに置くと、ベッドにもぐりこんだ。「なに?」

「なぜジェイクに話さなかったんだい?」

「ストーカーのこと?」

「ああ」

「話せば兄はどうしても力になると言って聞かなかったでしょうね。牧場に連れ戻そうとしたりなんだりで。それに心配もかけたと思う」

「牧場に住めば、ジェイクやベラや従業員に気づかれずに民間人がきみにつきまとうことは不可能だ」

「民間人?」

「軍に所属していない者」

「あなたもそうだわ」

リズにはすぐに話を脱線させる癖があった。ジョシュアは言った。「組織は民間だが、軍人は軍人だ」

「わたしの問題でジェイクに割りを食わせるわけにはいかないの」

ジョシュアは一瞬頭が混乱したが、会話がもとに戻り、リズが自分の質問に答えていたのだと気づいた。「どうしてきみの兄さんに負担をかけるという話になるんだ？」

「言ったでしょう、兄に心配をかけるはずだって」

「ジェイクは心臓の悪い小さなおばあさんじゃない、大の男だ」ジョシュアの尊敬する強い男。「妹のためにちょっと心配するくらいなんでもないだろう」

「大人になるまで兄には心配のかけどおしだったの。兄はわたしにつらい思いをさせないようにいつもかばってくれた。だからいまの兄は幸せになる資格があるのよ」その考えは一歩も譲れないと彼女の声が物語っていた。「それに、わたしをかくまったら、兄一家が危険にさらされるわ」

それが心配でたまらないとリズはすでにはっきりさせていた。

「これからはぼくがきみと一緒にいる。きみもきみの身近な人たちも身の安全に心配はいらない」

「ありがとう。でも、あなたの仕事はどうなるの？」リズは唇を嚙み、また不安そうな顔をした。「わたしの生活を引っかきまわしている変質者をつかまえるには何週間も、下手をしたら何カ月もかかるかもしれない。なかには何年もしっぽを出さないストーカーだっているわ」

「今回はそうはならない」

「自信がないってことはないみたいね」それが迷惑だという声ではなかった。

「あたりまえさ。こう言っちゃなんだが、こういうたぐいのことは日ごろの任務にくらべれば赤子の手をひねるようなものだ。犯人はすでに調子に乗っていて、つかまらずにすむ段階を超えている。もう遠くから見ているだけじゃない――きみを道路に突き飛ばした夜がその証拠だ」

「そうよね」リズは枕をふくらませた。「あの夜はかなり大きなギャンブルに出たものね。きっとまたぼろを出すわ」

「そのときはぼくが現場にいて、哀れな野郎をつかまえる」

「ジェイクやベラや赤ちゃんにはすごく会いたいけど、いますぐ調査を始められるならぜひ始めたいわ」

声をはずませるほどやる気が出て、希望を持てるようになったのはいいことだ、とジョシュアは思った。アパートメントから連れだしたときは怯えてヒステリー状態だったが、そこから思えば大きな進歩だった。

「じつはもう始めてる。ぼくたちがテキサスに行ってるあいだに、ホットワイヤーとニトロが盗聴器を撤去することになってる」

リズが枕を抱きしめると、ジョシュアの頭に、無視するに越したことはないとんでもない光景が浮かんだ。

「あなたに助けてもらうお礼をどうするか考えておくわね、ジョシュア」

ジョシュアはすぐにひとつ思いついたが、提案すれば平手打ちを食らうだけだとわかっていた。

すでに一度、謝らなければならないほど度を越えてしまった。そういうことは一度きりで充分だ。

リズは息ができなかった。

ネメシスがいた。真後ろに。見通しのきかない暗闇に包まれていたが、ネメシスの息づかいが聞こえ、敵意が伝わってきた。恐怖に足がすくんで走ることもできず、咽喉がこわばり悲鳴をあげることもできない。

「リズ、わたしから離れられないと言っておいたはずだ」デジタル化された音声が生身の人間の声とはちがう抑揚で彼女を責め立てた。

「やめて」リズはうめくように声を振りしぼった。

「おまえはけっして逃げられない」

彼女は頭を振り、必死に拒否しようと口を開き、今度はなんとか大声で叫んだ。「やめて！」

「いつでもおまえを見つけだしてやる」ネメシス本人と同じくことばも冷酷な響きをただよわせ、リズに叩きつけられた。「誰もわたしからおまえを守ることはできない。守りたいとも思わない。ジョシュアもおまえのもとを去るだろう。みんなおまえから去っていく」

リズは両手で耳をおおい、叫び声をあげた。「やめて」何度もそうくり返した。

「リズ、起きるんだ」別の声がした。やさしく、思いやりのある人間の生《なま》の声。

リズはその声のするほうへ振り向いた。光がひと筋暗闇に差し、日焼けしたたくましい手が照らしだされた。「さあ、いい子だから……」

リズはその手に手を伸ばしたが、どれだけがんばってもその手にふれられなかった。もう少しのところで手が届かず、苛立ちのあまり泣きべそをかいた。

すると突然、力強く温かな手に包まれた。その手の主はリズを光のあるほうへ引っぱっていった。安全なほうへ……

「ジョシュア？」リズは覚醒と悪夢のあいだを行きつ戻りつしていた。

「ああ、ぼくだ。起きたか？」

リズが目を開けると、部屋の薄暗がりが映った。夢のなかの真っ暗闇とはまるでちがっていた。ジョシュアに手をにぎられているのを感じとり、リズは完全に目を覚ました。

「大丈夫かい、リズ？」

「ええ」乾いた咽喉からしわがれた声が出た。「夢を見ただけ」

「夢というより悪夢だったようだな」

「そうね」

ジョシュアは立ちあがり、手を引っこめようとしたが、リズは彼の手を離すことができなかった。いつもの彼女なら人に甘えることはなかった。二年前、結婚生活に終わりを告げて以来、男性に——兄にさえ——頼らないでがんばってきたのだ。しかし、夢の後味が消えないうちはひとりにされたくない。

ジョシュアは手を引くのをやめて、その手をくるりと裏返してリズの指をしっかりとにぎった。「声ががらがらだね。飲みものを取ってくるよ」

リズは水が欲しいわけではなかった。欲しいのは慰めだった。彼にそばにいてほしかった。それでもにぎっていた指をそっとほどかれても抵抗しなかった。ジョシュアがそばを離れたのはほんの数秒のあいだだったが、まるで一生のような心地でリズはベッドに横たわり、悪夢の名残《なご》りに体を震わせていた。

「坐ってこれを飲むといい」

リズは体を起こそうとしたが、驚いたことになかなか起きあがれなかった。腕は左右ともゼリーになってしまったようだ。ジョシュアは片手を差しだしてリズを助け起こすと、ベッドの隣に坐り、腕を彼女にまわしてそのまま抱きかかえていた。

リズは震える手をグラスに伸ばした。「ありがとう」

ジョシュアは水を飲むのも手伝った。リズの唇にそっとつけたグラスをふたりで持っていると指と指が軽くふれ合った。彼はなんとかリズをなだめてグラス一杯の水をほとんど飲ませると、グラスをベッドのあいだのナイトテーブルに置いた。

リズは頭をジョシュアの胸にあずけた。彼はTシャツを着ていたが、体の熱がTシャツ越しに伝わってきた。「例の男の夢を見たのか？」とジョシュアは言った。

部屋の明かりはついていなかった。暗がりは夢のなかの漆黒《しっこく》の闇のように不安を呼び起こさせはせず、親密さを醸しだしていた。

しかし、親密さも種類はちがえども不安なことに変わりなく、リズは自分を強いて、心安らぐたくましい腕を押しのけた。「ええ」

「悪夢を見ると言ってたけど、毎晩なのかい？」

「いいえ」毎晩ではないが、ほぼ毎晩だ。

「リズ、きみはもうひとりじゃない」ジョシュアはベッドから立ちあがった。「ぼくがいるからもうきみに危害を加えるようなまねはさせない。きみが気づかう人たちにも」

リズは彼のことばを信じたくてたまらなかった。しかし、誰かに頼りきることはストーキングされるよりも怖いことだ。ジョシュアがどれだけ有能でも、彼は傭兵である以前に男であり、男というものは裏切るものなのだから。たとえ善良な男であっても。

ジョシュアはリズの肩の上のあたりの宙で手をとめた。上掛けにくるまる彼女はまるで妖精のようで、磁器の人形さながらの顔立ちからすっかり緊張が解け、すやすやと眠る寝顔を見せていた。ゆうべはあのあとリズも悪夢にうなされることはなく、ジョシュアとしてもほっとしていた。もう一度叩き起こされたら、彼女のベッドにもぐりこんでいたかもしれない。

リズが欲しい。

この気持ちは消えそうにない。

何カ月もまえからずっと、リズの唇の味わいを、指でふれたときの弾力のある素肌の感触をなんとか忘れようとしてきた。

体の関係になる気はないとはっきり言い渡されていたにもかかわらず、その努力は結局実を結ばなかった。リズへの激しい欲望は任務のあとの息抜きが足りなかったせいだったと思っていたが、彼女と行動をともにして二十四時間もたたないうちにジョシュアはまた姪の洗礼式の夜と同じ状態に戻っていた。

思わず足がもつれるほどむらむらしていた。

ただし今度はやるべきことがある。セックスと任務を両立させることはできない。絶対に。

3

「ところで、そろそろシアトルに引っ越したほんとうの理由を説明する気になったかい、リズ?」ジェイクのことばは、感謝祭のテーブルを囲むなごやかな静けさのなかに爆弾が落とされて、小さな爆発を引き起こしたかのようだった。

ジェイクを見るかわりにリズはジョシュアをにらみつけた。兄になにをしゃべったの?

ジェイクには黙っているとたしかにジョシュアは同意してくれたわけではなかったが、リズとしてはその件について自分の意向ははっきりさせたつもりだった。兄に心配をかけたくないということと、ストーカーをつかまえることに兄を巻きこみたくないということは。

ジョシュアの平然とした表情からはなにも読みとれなかった。「ぼくはなにも言ってないが、きみからちゃんと話すべきだと思う」

「それはいやだと言ったでしょう」とはいえ、やっぱりいまさら強情を張っても無駄だろう。なにか嗅ぎつけたが最後、ジェイクは犬が骨にかじりつくようにしつこく追及してくる。

「彼には知る権利がある」

「どういうことか話したくないのか？」とジェイクが尋ねた。リズは歯を食いしばりそうになるのをなんとか抑えた。「べつにたいしたことじゃないのよ」

「そんなわけないだろ、おれは信じない」

まさか。いや、そう思うのは当然だ。「兄さんに信じてほしいなんて誰も頼んでないわ」とリズは指摘したが、秘密にするのはもうやめてもいい、そう思わなくもないと認めざるをえなかった。

「生意気な口をきくんじゃない」

ベラは膝の上のジュヌヴィエーヴが小さな指でいじろうとする銀食器を押しやって、赤ん坊をさらに手前に抱き寄せた。「ジェイクと結婚したわたしのせい？　あなたは牧場から出ていかなくてもよかったのよ。追いだすつもりなんかなかったのに」

義姉の顔に浮かんだとまどいと傷ついた表情にリズは心苦しくなった。

「引っ越したのはお義姉《ねえ》さんのせいじゃないのよ」リズはひとつ深呼吸をして、真相を打ち明ける潮時だと覚悟を決めた。ジョシュアは家族を守ると約束してくれた。これからは彼を信頼しなければいけない。「シアトルに引っ越したのはストーカーされてるからなの。引っ越せばストーカーから逃れられると思ったのよ」

「なんだって」ジェイクの目はまぎれもなく心配と怒りでぎらぎらと燃えたぎった。

「迷惑な片思いをされてるとかそういうこと？」ベラが信じられないというように尋ねた。リズが答えるまもなくジュヌヴィエーヴが自分のパパに両手を差しだし、ジェイクがあくびをしている赤ん坊を抱きあげた。

「ネメシスがわたしに片思いをしてるってことはないわね」とリズはベラに言った。「わたしが自分でしたことの報いを受ければいいと彼は思ってるんだから」

「おまえのしたことってなんなんだ？」とジェイクが声をひそめて尋ねた。膝の上に抱き寄せて、もう半分眠りかけた娘を驚かさないように。

「さあ」

「きみに報いを受けさせたがっているとどうしてわかった？」とジョシュア。

電話のそこの部分はうっかり話しそびれていた。混乱して疲れきっていた昨夜の状態を考えれば不思議でもないが。「祝日にひとりぼっちかとわたしをばかにしたときに、目には目をだというようなことをネメシスが言ったの。つまりわたしに対する復讐を匂わせてるのよ」

リズはテーブルを囲む大人たちに目を向け、頭のなかで鳴り響いている疑問に誰か答えてくれないかと願った。「こんな反応を引き起こすほどのひどいことを、どうして知らず知らずのうちに自分がしていたのかさっぱりわからないの」

「たぶんきみはなにもしていない」ジョシュアは椅子に背をもたれた。正装用のシャツの袖を肘までまくりあげると、日焼けしたたくましい腕がむきだしになった。「現実に基づいた話ではなく、女性にとりついてつけまわすほど錯乱した精神状態でその男が勝手に作りあげた話なんじゃないか」

極悪非道なことをしでかしたのにまったく覚えていないというよりははるかに筋が通る。リズはその説明に納得したというようにほほえんだ。

ジョシュアにほほえみ返されると、リズは一瞬頭がぼうっとしてしまった。

「その男になにをされたんだ?」ジェイクがそう尋ねると、リズはまた注意を引き戻された。そこでネメシスのことを話した。事件をひとつひとつかいつまんで説明すると、みるみるうちに兄の怒りは増大していった。途中でジェイクが質問をはさみ、その声にジュヌヴィエーヴがびっくりして目を覚ましてしまった。ベラが子守を夫と交代し、赤ん坊をあやし、また寝かしつけた。

「その男は何カ月もおまえをつけまわしてるのか?」ジェイクは無理に押し殺した声で尋ねた。

「そうよ」

「なんでひと言も言わなかった?」

「彼女はあなたを守りたかったんだ」

リズは説明のあいだ無言だったジョシュアに視線を向けた。ジョシュアはこっちを見ていなかった。彼が見ているのはリズの兄だった。

「守ってもらう必要はない」ジェイクは眉をひそめてリズを見た。兄がここまで感情を表に出したのは、ベラのおめでたを打ち明けてきたとき以来のことだった。「それはおまえのほうだ」

「これはわたしの問題で、兄さんの問題じゃないわ」

「ばか言うな、おれはおまえの兄貴だ。おまえの問題はおれにも関係あるに決まってるだろうが」

リズは首を振った。

「おまえはストーカーのことをおれに話しもせず、おれとおれの女房に嘘をついた」ジェイクはとまどい、傷ついたような声で言った。「まかりまちがえば、そのネメシスってやつにおまえがいまどこに住んでるかしゃべっちまったかもしれない。秘密にしておかなきゃならないなんて知らなかったんだから」

自分で自分を責める兄の口調にリズは胸が痛んだ。

「なにか起きたわけじゃないんだし、かりに起きたとしても、絶対に兄さんの責任じゃないわ」

「おれがうっかり口をすべらせたせいでおまえの身に万が一のことがあったら、さぞや寝覚めが悪いことになっただろうよ」

「兄さんたちに害がおよぶ危険は冒したくなかったの」

「ところがそれが裏目に出た、だろ？」

「どういう意味？」

「ベラは自分がなにかやったせいでおまえを生まれ故郷から追いだしてしまったと思って、何カ月も悩み苦しんでいたんだぞ」

「それについては悪かったと思うわ」リズは、非難ではなく、心配でたまらないという顔をしたベラを見て言った。「あなたたち《ユオール》の安全を守りたかっただけで、お義姉《ねえ》さんの気持ちを傷つけるつもりはなかったの」

「〝悩み苦しんでいた〟なんて、大げさだわ」ベラは眉をひそめて夫を見た。「強迫観念並みの罪悪感に苛まれていたというより、あなたの妹のことが心配だったのよ」

ジェイクはしかめ面をして、とがめるような妻の目から視線をそらした。

「脅威が近くにひそんでいると知らなかったら、どうやって家族を守れっていうんだ？」不満の矛先を変えて、リズに訊いた。「ネメシスがジュヌヴィエーヴやベラを通しておまえに近づこうとしてたらどうなった？　おれがなにも知らなかったばっかりに、ふたりになにかあったとしてもおかしくなかった」

リズはジェイクの怒りのことばが妹の自分や妻子を守ろうとする意識の裏返しだとわかっていた。それでも、兄のことばはリズの心臓を切り裂いた。痛いところを突かれたからだ。

考えもしなかった点を。

「リズはよかれと思ってやったんだ。引っ越せばあなたやベラや赤ん坊に危険はなくなると思って」ジョシュアの表情は真っ向からジェイクに異議を唱えていた。

リズの知るかぎり、兄は挑戦されてあとに引いたためしはなく、次のことばは一〇〇パーセント確実に予想がついた。

「嘘をついたのは妹が悪い」とジェイクは言った。予想どおりに。

突然ジョシュアは立ちあがり、テーブル越しにジェイクのほうへ身を乗りだした。「もう水に流してやったらどうだ？ いまはほんとうのことを話してるんだから」

リズはジョシュアが守ってくれると言ったとき、兄からも守るという意味だったとは気づきもしなかった。なんだか妙な気分だ。元夫ですらわたしをかばって家族に立ち向かったことはなかったのに。

「自分の妹とどうつきあえばいいかおれにいちいち指図しないでくれ」そう言ってジェイクも立ちあがった。いまにも手荒な手段に出かねないかまえだった。

たぶんジョシュアなら相手に不足はないと踏んでいるのだろう、とリズは思った。鬱憤《うっぷん》を晴らす相手なら妹よりジョシュアのほうがいい。タフガイ気取りの兄ならそう考えるはずだ。

とはいえリズとしてはこれ以上ふたりの対立を悪化させるつもりはなかった。「わたしが悪かったわ、ジェイク」

ジョシュアはレーザー光線ばりの視線を今度はリズに向けた。「きみには謝らないといけないことはなにもない。きみのしたことは身勝手な行動だったわけじゃない。きみは家族を守るために慣れ親しんだものをすべて捨てたんだ。それも理解できないほどきみの兄さんがわからず屋なら、喜んでその根性を叩きなおしてやる」

「ジョシュア！」ベラが悲痛な声をあげた。

ジェイクは暴力に訴える気配をまた一歩深め、ジョシュアは顎《あご》を、切りだされた岩のように硬くこわばらせた。

いまにもジュヌヴィエーヴは目を覚まして泣きだしそうだった。

心温まる家族の食事会もお開きの時間だ。

リズは席を立った。ふたりの男性に対してはとくに思うところはなかったが、ベラが結婚してはじめて迎えた感謝祭をめちゃくちゃにしてしまったことには内心後味が悪かった。

「すっかり引っかきまわしてごめんなさい。わたしがおいとまするのがいちばんのようね。みんなの休暇を台無しにするつもりはなかったの」そう言ってリズは悲しげな笑みを浮かべてベラを見た。「それに、気持ちを傷つけるつもりもまったくなかったのよ」

ジェイクは歯を食いしばり、いらいらしたような目で言った。「おまえは帰らなくてもいい」

「いまさらよくそんなことが言えるわね。ピクニックにまぎれこんだアリ並みの歓迎だとリズに思わせたくせに」ベラのきつい口調にリズはぎょっとした。

義姉はせわしげに夫と兄を均等ににらみつけながら、赤ん坊の背中をやさしく叩いていた。

ジェイクは顔をゆがめたが、テーブルをまわってリズのほうへやってきた。彼女を引き寄せ、まるでクマのような抱擁をした。昔から愛情表現が下手だったせいか、いささかぎこちなかったが、それでもしばらくしっかりと抱きしめてくれた。

「思ってもないことまで言っちまった。おまえも承知のとおり、おれは頭に血がのぼりやすい性分だ。八つあたりしてすまなかった。どこかの変態野郎がおまえにつきまとってると聞いて死ぬほどびっくりしたんだ。それに、おまえがこの問題にひとりで立ち向かっていたと知って、それも気に食わなかった。でも、だからって、いますぐ帰れなんて思ってない」

リズも自分から兄を抱きしめた。「兄さんに心配をかけたくなかっただけなの」

ジェイクは抱擁を解いた。「キャニオン・ロックの二百倍もでかい都会でひとり暮らししてるおまえを心配してないと本気で思ってるのか？」

「ごめ――」

「ごめんなさいはもういい。ジョシュアの言うとおりだ――おまえには謝らなきゃならないことなんてなにもない。愛してるよ、リズ。おまえはおれのかわいい妹だ。これからもずっとおまえを心配しないことはないさ」

最後にジェイクに愛していると言われたのがいつだったかリズは思いだせなかった。涙がこみあげて、咽喉が締めつけられた。「わたしも愛してるわ」

リズはほかになんと言ったらいいのかわからなかったが、ベラが助け舟を出してくれた。

「殿方たちはテーブルの上を片づけて仲直りしたらいかが？　そのあいだにリズとわたしで赤ちゃんをベッドに連れていくから。ふたりのお行儀がよくなったら、リビングルームでデザートにしましょう」

リズは兄が素直に従ったことにびっくりした。ベラとの結婚でまちがいなく兄は人間が丸くなった。


三十分後、リズは気づくとジョシュアと同じソファに腰をおろしていた。ジェイクとベラはそれよりさらに小さなふたりがけ用のソファに坐っている。

なぜ肘掛け椅子に坐るのをやめたか、リズはいまもよくわからなかった。ベラを手伝って赤ん坊をベッドに寝かしつけたあとリビングルームに行くと、ジョシュアがソファの端に坐っていた。じっと見つめられ、いつのまにか彼のほうへ歩いていた。

あやうくすぐ隣に腰をおろすところだったが、すんでのところで理性が働き、ソファのもう一方の端に坐ったのだった。リズは自分のそんな行動が招いた動揺を隠そうとスカートを膝の下まで引っぱって時間を稼いでから目をあげて、部屋に集まった顔を見渡した。

ジョシュアと兄が視線を交わしている様子を見ても、キッチンで片づけものをしているあいだにふたりがどこまで関係を修復したのか、リズにはなんとも言えなかった。ジェイクのことなら理解できる。兄は自分で自分をふがいなく思い、癇癪《かんしゃく》を起こしてしまったのだが、ジョシュアがどうして激怒したのか、そこのところはリズもわからなかった。

もしかしたら兄の怒りでベラの神経が逆撫《さかな》でされたのがジョシュアとしては気に入らなかったのかもしれない。ジェイクが妻を幸せにするためならなんだってやる男性だとジョシュアもそろそろ気づくべきだ。ジェイクはけっしてわざとベラの気持ちを傷つけたりしないのだから。

「で、リズのストーカーのことはどうするの？」とベラが単刀直入にジョシュアに尋ねた。

「きみの兄さんは別になにもする必要はない」とジェイクが口をはさんだ。「リズは牧場に戻ってくればいいんだから。私立探偵を雇って、その無責任な保安官の尻の下に火をつけてやる」

ジェイクからそういう答えが返ってくるだろうとリズはわかっていた。「兄さんたちのところで同居するつもりはないわ」

「彼女はぼくと同居する」

リズは息をのみ、ジョシュアをまじまじと見つめた。「どういうこと？」

「そんなことになるわけないだろ」とジェイクが怒鳴り声をあげた。

「なんなら賭けるかい？」シルクのようになめらかな声でジョシュアが尋ねた。

そのことばに兄が気色ばんだようには見えなかったが、リズは身震いがした。

「シアトルを離れたら、どうやってネメシスの正体を突きとめられるの？」

ジョシュアの黒っぽい瞳がメッセージを送っていたが、リズにはその意味がよくわからなかった。「きみのところで同居するとはっきり言うべきだったな」

「それはだめだ」とジェイクが部屋の反対側から言った。いまにも立ちあがり、ジョシュアを外に連れだして〝話をつけよう〟とするかのようだった。

兄といえば手のつけられない荒くれ者、という時期があった。あのころの兄さんは男性ホルモンと男くささの塊だったっけ。

リズは兄には顔をしかめただけですませ、ジョシュアのほうを向いた。

「わたしのところで一緒に暮らすつもりなの？」と彼女は尋ねた。いつもよりはるかに甲高い声になっていた。

「そうだよ。ストーカーが何者か突きとめて、始末をつけるまでは、きみの忠実な手足となって働く」

リズは誰かの単なる手足を務めるジョシュアを想像することはできなかった。「力を貸してくれると言われたとき、まさかあなたがわたしのところで同居することになるなんて夢にも思わなかった」

「それ以外の方法でどうやってきみを守れる？」

「ホットワイヤーとニトロがアパートメントに新しい防犯装置を取りつけてくれるから、それが役目を果たしてくれると思ったの」

「機械はあくまでも補助だ」

「あんたが妹のところで一緒に暮らすのは許さない」

ジョシュアはようやくリズの兄がかっかしているのに気づいたという表情をした。「彼女が誘惑される心配はない。任務中はセックスしない主義だから」

リズはそのことばに思わず咳きこんだが、ベラは愕然《がくぜん》としたように自分の兄を見つめた。

「リズを助けてお金を取ろうっていうの?」

リズとジョシュアは同時にノーと言った。

ベラはほっと息をついた。「それなら単なる任務じゃないわね——私的な人助けだもの」

なにかをたくらむようなジョシュアのきらりと光った目も、ベラの顔に浮かぶすました表情も、リズは気に入らなかった。ジョシュアと一度だけ思いがけなく親密になったとき、彼にすっかり圧倒されてしまった。男性にああいう反応をして生活が乱されるのはリズには迷惑だった。いまは困る。絶対に。

「べつに私的なことってわけじゃないわ!」

「キャニオン・ロックでストーカーをつかまえるほうが断然簡単だぞ、誰もおまえを知らないシアトルでやるよりも」

「ストーカーをつかまえればいいっていう問題じゃないの」とにかく兄に理解してもらわないと。そこが肝心だ。「ここまで来る飛行機のなかでいろいろ考えて、わかったの。ストーカーはわたしの人生を操っていると考えるだけではもう満足しなくなってるのよ」

そのとおりだというジョシュアの表情とは対照的に、リズの兄の口からは汚いことばが飛びだした。

ベラはただ考えこむような顔をした。

「反撃ののろしをあげれば、危ない目にあうことになるかもしれないんだぞ、リズ」

「ラッシュアワーに通りを渡ってたってその可能性はあるわ。でも、だからといってアパートメントに引きこもってはいられない」

「それとこれとは話がちがう！」

「ああ、たしかにそうだが」リズが答えるより先にジョシュアが言った。「いまはシアトルにいたほうが理にかなってる。ネメシスはリズの引っ越し以降エスカレートしていった。やつが行動に出たときにしか正体を突きとめるチャンスはない」

「で、どうやってやるつもりだ？」

「対敵諜報《ちょうほう》活動のテクニックを使う。ネメシスはまちがいなく盗聴器を――もしかしたら盗撮器も――リズのアパートメントに仕掛けている。それを見つければ調査の取っかかりになる」

「盗撮器も仕掛けていると思うの？」仕事に取り組んでいる姿を、どこかのさもしい男に薄暗い部屋で見られている光景が頭に浮かび、リズの体に虫唾《むしず》が走った。「どこに？」

「ほんとうに仕掛けているかわからないが、死角があることならわかる。玄関、廊下、あるいはベッドルームに。そこが見えるなら、きみが玄関のドアを閉めたときにぼくが帰ったと思わなかったはずだ」

ネメシスがなんらかの方法で盗撮しているというジョシュアの読みがはずれていてほしいとリズは願ったが、アパートメントのなかの動きや会話を逐一聞かれていたことはもはや疑いようがなかった。どこの誰ともわからない男に生活の一部始終に聞き耳を立てられていると思うと、リズは生きた心地がしなかった。

「ネメシスをつかまえるには、本人が仕掛けた装置を逆に利用するのが得策だ」

「そんなことをして妹が殺されたりレイプされたりしたら？」

「それはない」ジョシュアのゆるぎない自信はリズのぴりぴりした神経を鎮《しず》めてくれた。兄の気を落ちつけることにはならなかったようだが。「そもそも性的な執着によるストーカー行為だと考える理由はない。さっきも話に出たとおり、むしろ復讐心のからんだ事件のようだから」

「だからって妹が危険じゃないわけじゃない」

「それはそうだが」

「やめてよ。実際に危ない目にあってるわけじゃないんだから」

「道路に突き飛ばされたのを忘れたのか？」とジョシュアが尋ねた。

その件はわざとふれないでおいたのに。ジョシュアにばらされて、リズとしてはおもしろくなかった。

それを目で訴えるようにジョシュアを見た。「ネメシスがわたしに危害を加えたかったのなら、車が来たときに突き飛ばしたはずだわ。危険と言えるほどの危険はなかったのよ」

「いったいなんの話だ？」ジェイクがまたすごい剣幕に戻った。

リズは感情がいまにも爆発しそうな気がした。兄がなにを知るべきか、ジョシュアの考えと彼女の考えでは牧場の北の端と南の端ほどにもかけ離れていた。

リズはしっかりと口を閉じ、意地になってだんまりを決めこんだ。

なにからなにまでこと細かくジェイクの耳に入れておきたいのなら、ジョシュアが自分で話せばいい。

ジョシュアはそうした。

「で、それを聞いてもシアトルの警察はなにもしなかったの？」とベラが怒りもあらわに尋ねた。

「誰かがわたしを押したのを見た人はいなかった」説明を求められているとリズもさすがに感じて言った。「届け出を受理した巡査部長は、人込みで偶然押されただけだと思ったのよ」

　ジョシュアのダークブラウンの目は決意に満ちていた。「彼女の話をまじめに聞くように警察に働きかけることもできる。ネメシスは州をまたがってリズを追いまわしているのだから連邦捜査局《FBI》に話を持ちこむことも可能だが、警察やＦＢＩにできることはたかが知れている。これは自分たちでなんとかしたほうがいい」

「どうして？」とリズが尋ねた。あのいやな巡査部長に自分の話をきちんと聞かせるのはなかなか悪くない。

「警察当局は規則や手順にしばられているが」ジョシュアはいったん間《ま》を置いて、次のことばに最大限のインパクトをあたえた。「われわれはしばられていない」

　リズは気迫のこもった彼の声にぞくりとした。

「だからといってあんたが妹と一緒に暮らさなくちゃならない道理はない」リズがなにか言うより早くジェイクがきっぱりと言った。

　ジョシュアは胸の上で腕を組み、長い脚をまえに伸ばした。「具体的に言って、ぼくがリズのボディガードになってなにが悪い？」

「あんたは妹に気がある」

「まさか、そんなわけ――」

　リズをぎょっとさせたことに、あわてて否定したことばをジョシュアがさえぎった。「かりにそうだとして、あなたになんの関係がある？　リズは大の大人だ、結婚歴まであるのは言うまでもなく」

「任務中はセックスしないって言ってたわよね？」リズはパニックに陥るほど心臓をどきどきさせながら、ジョシュアに思いださせるように言った。

ジョシュアの返事を待たずにジェイクが言った。「冗談じゃない、否定なんかできるもんか。あんたが妹をどんな目で見ているかおれはちゃんと知ってる——次の獲物にかぶりつこうとしている腹を空かせた狼だ」

その〝獲物〟になったような気がしたことがリズは一度あったが、思いだせば気まずくなるような記憶だった。「ジョシュアとわたしはそういう仲じゃないわ」

「ふたりがそういう仲になっても、あなたが口を出すことじゃないわ、ジェイク・バートン」ベラの口ぶりはまちがいなく、自分の夫は筋の通らないことを言っている、という考えを伝えていた。

「リズはおれの妹だ。どうしておまえにそんなこと言われなくちゃいけない？」

「彼女は二十八歳のひとりの女性でもあるの。そこを忘れないで」

「こんな言い合いはくだらないわ」リズは会話がここまで脱線したことが信じられなかった。

「ジョシュアはわたしを助けてくれてるのよ、わたしを脅して乱暴なまねをしようしてるんじゃなくて。わたしはとても感謝してるの、兄さんだって感謝するべきよ。だって、ジョシュアが手を差し伸べてくれなかったら、わたしは兄さん一家を危険にさらすよりも姿を消すほうを選んでいたもの」

次の日の午後、ジョシュアはリズを探しに行った。

昼食のあと姿が見えなくなり、彼としてはたとえ牧場のなかでも彼女がひとりきりでいるのをほうっておけなかった。

リズは午前中ずっと口数が少なく、ジュヌヴィエーヴと遊んでいるときでさえ沈んだ様子だった。しかもジョシュアを極力避けていたので、どうしてなのか彼は知りたかったのだ。

小さな池のほとりにリズはたたずんでいた。身じろぎもせず立ちつくす姿はまるで風景の一部のようだった。

彼女の一メートルうしろでジョシュアは足をとめた。

「幼いころよくここへ来たの、人生が不公平だという気がすると」

気配を悟られてジョシュアはぎょっとした。音もなく接近して、訓練された兵士たちの不意を突いてきたというのに。

ジョシュアはリズの隣に移動した。「効果はあったのかい?」

「ときどきはね」

「朝からずっとぼくを避けてたね」ジョシュアはリズを横目で見たが、無表情な横顔からはなにも読みとれなかった。

「あなたがわたしに気があるとジェイクは思ってる」

「あるよ」

リズがジョシュアのほうへ振り向いた。彼女の目に浮かんだ困りきった表情が気になったが、逆のことを言って彼女を安心させることはできない。

「わたしは男性とのおつきあいに興味はないのよ、ジョシュア」

「ジュヌヴィエーヴの洗礼式の夜にもはっきりそう言ってたね」

あのときは彼のほうでもつきあおうと考えていたわけではなかった。考えていたのはセックスだった——熱く、激しい、その場かぎりのセックス。

「そうだったわね」リズは下唇を嚙んだ。「どうしてシアトルのわたしのところに来たの?」

「ベラがきみに感謝祭に来てほしかったからだ」

「ああ、そう」リズの緊張した態度が少しだけやわらいだ。「わたしを連れてくるようにベラが頼んだのね」

「いや、きみのところへ行ってくれとベラに頼まれたわけじゃない」

リズは不安げな様子に戻った。

「去年ぼくとのあいだにあったことのせいできみはぼくを避けていると思ったんだ。きみに謝ってからテキサスへ一緒に連れていくつもりで立ち寄ったんだよ」

「謝ろうとしてたの?」リズは彼のその心積もりに驚いたような声をあげた。

「ああ」

リズは自分の体を抱きしめるようにウエストのあたりで両腕を交差させた。「悪かったなんてあなたがわたしに言わなくちゃならないことはないわ。したくないことを無理やりさせられたわけじゃないんだから」

無理強いはしなかったが、結局彼女を怖がらせてしまった。「いいかいリズ、きみはみんなにおやすみの挨拶もしないで逃げるように帰って、ぼくが出発するまでの三日間牧場に寄りつかなかった」

「忙しかったのよ」リズは下手な嘘をついた。

「なるほどな」

ベラに誘われるまま姪の洗礼式に早めに来たのは、大きな失敗だった。任務を終えた直後で充分な休養を取っておらず、本能的な反応を抑えられなくなっていた。おまけに長いあいだの禁欲生活でジョシュアの体は火が点くのを待つ爆発物同然だった。

リズ・バートンへの欲望が爆発の瀬戸際まで彼を押しやったのだった。

「とにかく強引にことを急ぎすぎて、きみを怯えさせてしまった。あのときはすまなかった」

「怯えてはいなかったわ」それは嘘だとジョシュアがまたとがめかけたが、リズは片手をあげて先をつづけた。「そうじゃなかったの。あのときのキスはすばらしかった。あなたの情熱にたじたじになったけど、怖くなったわけじゃなかったわ」リズはため息をついた。心を無防備にさらけだしているようでもあり、少し不機嫌になっているようでもあった。「自分の反応に怖くなったのよ」

そんな返事が返ってくるとはジョシュアは思ってもみなかった。これっぽっちも。自分のせいでリズが逃げだしてしまったと何カ月も罪悪感に駆られていたというのに、彼女はいま、彼女自身の反応が原因だったと言っている。「なぜなんだ?」

「女性はね、わたしがあなたに引きだされたような強い感情で自分が自分でなくなってしまうことがあるの」

「つまり、自分を見失うのが怖かった?」

「ええ」ハシバミ色の澄んだ瞳に隠しごとの気配はなかった。

「結婚生活でもそういうことがあったのかい?」

「そういうわけじゃないけど、一心同体だった夫婦の関係が崩れたとき、わたしはすっかり自分を見失った。ひとりになった自分がどんな人間なのか自分でわかるまで思いのほか時間がかかったわ」

「ぼくとベッドに行ったらまたそうなるかもしれないと?」

「ベッドをともにするときの感情に押しつぶされるかもしれないと思う」

女性からこれほど率直に気持ちを打ち明けられたことにジョシュアは心を動かされた。それでも賛同はしなかった。「セックスは心をずたずたにしなくてもできる」

心をずたずたにするのは愛だけだが、リズはその点を心配しなくてもいい。まさか裏稼業の傭兵と恋に落ちるはずはなく、それを言うなら彼が丸顔になるようなありえない心配もしなくてもいい。愛だ恋だということにかかわるのはやめようとずいぶんまえに学んだのだから。


リズはまるでジョシュアがなにも言わなかったかのように池のほうに顔を戻した。薄手のジャケットを体に巻きつけるように引っぱり、黙ったまましばらく立ちつくしていた。もうなにも言うつもりはないのだろうと思ったとたん、リズは話しはじめた。

「十八のときにいちばん仲のよかった男友達と結婚したの。親元を出ていけるならなんだってしてたわ。高校の卒業パーティの夜にマイクに結婚しないかと言われて、そのチャンスに飛びついたのよ」

「結婚して、なにがあったんだ？」

「いろいろよ」リズは笑ったが、笑い声は虚《むな》しく響いた。「あつあつの結婚生活じゃなかったわ。ベッドでの相性は悪かったと思うけど、それでも彼はわたしの親友で、わたしは彼を一〇〇パーセント信頼していた。彼はわたしの物書きになる夢を応援してくれて、わたしが自信をなくしたときもわたしを信じてくれた。でも、友情だけじゃだめだった。少なくとも彼にしてみれば」

「夫は情熱を求めた」リズの話にジョシュアは驚いた。ふたりがキスをしたとき、腕のなかの彼女はまるで燃えさかる炎のようだったのだから。

「そう、彼は別の人とのあいだに情熱を見つけると、離婚を切りだした」

「浮気をしてたのかい？」

「そうじゃないの。マイクはばか正直だからそんなことができる人じゃないけど、恋をしてしまったのよ。わたしとマイクも愛し合っていたけど、それとこれとは別だった。というか、まあ、それがマイクの言いぶんだったんだけど」

「きみはそれでも彼を愛してた」

「ええ、それに信頼もしてたわ。結婚が終わったとき、わたしは夫を失っただけじゃなかった。いちばん親しい友達も失ったのよ、完全に心を許した世界でただひとりの人も」

リズはまだその男を愛しているのか？　ばか正直だから浮気はできないが、ほかの女と恋に落ちる程度にはいいかげんな男を？　自分に対する反応に悩んでいるのは過去の結婚に未練があるからなのだろうか？

「きみはぼくには情熱を感じた」

「頭がどうかなるくらいに。もう二度とあんなに強く心をゆさぶられたくないの」

その気持ちはジョシュアにもわかる。痛いほど。感情に走って人生がめちゃくちゃになることはある。しかし彼が思うに、リズは欲望と愛をごっちゃにしている。そのふたつは同じものではないのに。それを納得させることができるかわからなかったが、とにかくいずれは説得してみることになる、それだけははっきりしていた。どれだけ彼が節度のある男でも、その欲望のままに行動しないとは約束できなかった。

ネメシスはワンルームの自宅アパートメントのなかで行ったり来たりしていた。

〝どこに行った？〟

雨が薄汚れた窓に打ちつけ、まだ昼間だというのにどんよりとした空のせいで部屋は薄暗かった。

雨が多いここの気候が気に入らなかった。壁際の小さなヒーターでは防ぎきれない冷気も。そうした体に感じる不快感もまたリズ・バートンを責める理由のひとつになっていた。あの女にはことごとく人生を台無しにされてしまった。

自宅を空けて三日。ジョシュア・O・ワットがクレジットカードを使った形跡もない。ジョシュアのラストネームが妹のベラとはちがうと発見したときに覚えた満足感も、獲物の留守が長引くにつれ、跡形もなく消えていった。

宿泊代の支払いは現金だったにちがいない。だからホテルを突きとめようがなかった。男が州を越えてオレゴンあたりまでリズを連れだしたとしても、遠くまでは行かないだろう。

ネメシスはそう考えてみずからを慰めた。

まさか逃げだすはずがない……大事なコンピュータと書きかけの原稿をほうりだしたまま。コンピュータが部屋に置きっぱなしであることはシステムに侵入して確認ずみだった。それに、ひと月分の原稿のデータも見つけた。

計画を狂わされた腹いせにその原稿を削除してやったのだ。

勢いにまかせてやってしまったが、ネメシスは後悔していなかった。これでふざけたまねはできないと思い知らせてやれる。こっちには計画があり、それを邪魔させるつもりはない。

目標の実現は見届けなければならない。

その暁《あかつき》には、無関係のリズに余計な口を突っこまれて迷惑をこうむった、自分をはじめとする男たち全員が正しかったと証明されることになる。

すべての計画は、はじめて彼女に接触した日にまでさかのぼれる。しかし、こうして姿をくらまされることは考慮していなかった。そもそも自宅を留守にするはずはなかったのだ。

そうした行動はプロファイル——必要な統計を出すために膨大な時間を費やして作成した——にあてはまらない。

それにしても暇つぶしにできることはなにもない。

いまのところは。

三日前まで、リズは予想どおりに行動していた。自宅に押し入るまで保安官のところへは行かなかった。保安官は彼女の訴えを取るに足らないことだと却下した。こちらの最終目標がいかに正当か、これで証明されたわけだ。

そしてネメシスが思ったとおり、そうなってもリズは家族に泣きつこうとしなかった。義理の姉と姪に目をつけていると匂わせ、リズを家族から引き離した。どちらにも目などつけていなかったが。

リズが自分で思っているほど頭がいいのなら、それに気づいたはずだ。罪もない人間が有罪になり、罰を受けるはずはないと。

この男、ジョシュア・ワットはもはや罪のない人間ではないが。

いずれにしろネメシスの努力は実を結び、リズはあわてふためいてシアトルへ逃げた。どこかへ逃げだすだろうと思っていたものの、移転先に雨がちな寒い地方を選んだときは意外だった。が、ネメシスはとにかくあとをつけた。自分には使命があり、少しぐらい過ごしづらいからといってためらうことは許されない。

感謝祭の計画をつぶされたと気づき、ネメシスは怒りに体を震わせた。ふたりで過ごす計画を立てていたのに、リズに裏をかかれてしまった。

いや、ちがう、彼女じゃない……裏をかいたのはあの男、ジョシュア・ワットだ。

女だけなら妨害はできない――家庭を崩壊させたあの女といえども。女房とて、なにもわかっちゃいない男どもから助けを得られなかったら、どんなにあがいても悪あがきに終わっただろう。

ネメシスは自分がなにを失ったか思いだし、穏やかならぬ心中をさらにかき乱され、胸に絶望がこみあげた。

失ったものに気持ちを向けてはいけない。ろくでもない本を書いて大混乱を招いた女にあたえる罰に意識を集中させなければならない。

わたしの定める最後の審判の日に正義がおこなわれるのをいずれ見届けることになるのだから。

4

リズは冷気から身を守るために肩掛けを羽織《はお》り、ポーチのぶらんこに坐った。白いフランネルのナイトガウンでは冬の寒さはしのげないが、どうしても外に出ずにはいられなかった。この数カ月ほとんどアパートメントにこもりきりの生活だったため、外の空気は神話のセイレーンの歌声さながらに強く彼女に誘いかけた。

シアトルの明るすぎる夜空には見えない星が頭上でまたたき、新鮮な空気の香りが鼻の奥をくすぐった。夜中の三時、牧場にはひとっこひとりいない。犬さえ寝静まっている。リズはひとりでいることを満喫していた。

ストーカーに姿を見られることも、声を聞かれることもない。居場所も知られていない。でも、明日になればそうもいかなくなる。だから今夜のところは、ストーカーがつかまるまではおあずけされる自由の味をあますところなく愉しむことにした。

ぶらんこに心を惹かれたのは、子供のころそこに坐って、頭のなかでお話をこしらえ、ランチハウスのなかの冷えびえとした雰囲気を避けて過ごした夜が幾晩もあったからかもしれない。ただ、いまは幼少時代の思い出にひたっているわけではなかった。あるいは、頭のなかで物語を作っているわけでも、次の本の構想を練っているわけでもなかった。

そうではなく、去年このぶらんこでジョシュアの腕に抱かれ、我に返って彼をはねつけるまで胸をどきどきさせた、あのときめきを思い返していたのだ。あのときの気持ちはマイクに抱かれたときの気持ちとまるでちがった。だからびっくりして、逃げてしまったのだ。

ジョシュアに責められたとおり。でも、今夜は思い出から逃げることはできない。どうしてかわからないけど……たぶんジョシュアがいまでもわたしを欲しがっていると、今日気づいたからかもしれない。その欲望におののきつつも、胸がときめいている自分の気持ちにも。彼に求められ、リズはあらためて女であることに目覚めた。女であることとはどんなことなのか、心のなかを丹念に探ってみたいとは思わないにしても、とにかく女の自分を自覚する必要は感じはじめていた。

とはいえ、ジョシュアが自分を欲しがっているとわかったのは、キスにも負けない衝撃だった。それを思い返し、リズの胸にはからずも性的な興奮が湧いた。目を閉じれば、彼の唇をもう一度味わうことができるかもしれない。

ジョシュアに唇を奪われた瞬間を思いだし、ずきずきするような興奮に胸の先端が小石のようにとがり、ナイトガウンにこすれた。こんなふうにマイクを欲しくなったことはあっただろうか？　あったとしても思いだせなかった。リズは張りの出た胸を両の手のひらでしっかりと押さえ、高まる一方の疼《うず》きをやわらげようとしたが、なんの効き目もなかった。両脚のあいだがもぞもぞすると、リズは太腿をぴったりと合わせ、うめき声を低く洩らした。

すごいわ。

リズはセックスに淡白だった。体の交わりにあまり興味がなかったのだ。男性と心をかよわせるための手段としては悪くない方法だが、彼女にとってしょせんセックスはそれだけの意味しかなかった。

しかし、いま感じている激しい疼きは、そういった心のふれ合いになんの関係もなかった。いまのリズは、自分にはないと思いこんでいた原始の欲求にふれて、欲望をむきだしにした動物だった。

反射的に手が動き、乳房をぎゅっとつかむと、それだけの刺激で興奮を抑えきれなくなり、小さく声をあげた。

左手で物音がして、リズの注意がそちらへ惹かれた。

彼女はすばやく目を開けた。

「ジョシュア……」

ジョシュアは一メートル先に立っていた。体からリズにも劣らぬ性的エネルギーを発散させ、それが波のようにゆれながら広がり、すでに敏感になっている彼女の体を包みこんだ。洗礼式の夜と同じように。ただ今度のジョシュアはその場にたたずんだまま、ぶらんこに一緒に坐るでもなくリズを見つめている。

ジョシュアの顔には深いしわが刻まれ、裸の胸は息を吸うたびにせりあがっている。その胸の上の黒い縮れ毛が、ボタンをはずしたジーンズのウエストバンドまでしだいに細くなりながらつづいていた。ジーンズの開いた部分に影が差し、それとなく男らしさを誇示しているようだった。

リズは身を乗りだして、下まで見えるようにファスナーをおろしたくなったが、そんなことをすれば取り返しがつかなくなる。

ただその瞬間は、なぜそう言えるのかわからなくなっていた。行動したくて指先がうずうずしているときには無理な話だ。

ジョシュアのジーンズのまえがふくらんでいくのを、リズは催眠術にかけられたようにうっとりと眺めた。みるみるうちに大きなふくらみになった。

「リズ……」

彼女は顔をあげた。

魂まで燃えつくすほど熱いまなざしが炎のようにリズを包みこんだ。物音ひとつしない静寂のなか、ふたりは数秒のあいだ身じろぎもしなかった。たがいに目は欲求を切実に訴えながらも唇は沈黙を守っていた。

過去は跡形もなく消えた。

リズの心を奪っているのはいまこの瞬間だけだった。

警戒する理由は遠のき、恐怖は燃えさかる欲望の炎に変わった。ジョシュアの存在がふたりのまわりのあらゆるものをのみこみ、あとに残ったのはもっとも本質的なレベルで心をかよわせる男と女だけだった。

ジョシュアがポーチの階段をのぼると、ぶらんこまではほんのわずかになった。ぶらんこをゆすれば、彼の脚にぶつかる。

そんなふうにわずかにでも体がふれ合うと思っただけで、リズはぞくりとした。

力ずくの手段には出ないというように、ジョシュアはリズのまえで両膝を突き、目の高さを合わせた。

どちらも口をきかなかった。

リズはきこうとしてもきけなかった。

ジョシュアは手を伸ばし、脈を打ちふくらんだ胸の先端に押しあてられたリズの手に手を重ねた。彼の肌の熱が肌に伝わり、リズはなんとも言いようのないせつなさに体を熱くした。

ジョシュアが顔をうつむけて唇を重ねようとすると、リズは途中から彼を迎え入れた。彼のキスが欲しくてたまらずに。

リズはあらゆる感覚にひとつ残らず意識を集中させた。はすに重ねられたジョシュアの唇にも、顎にちくちくあたる無精ひげにも、彼の味……飲まずにはいられない美酒のような味わいにも、口の温かさにも、顔を撫でる吐息のぬくもりにも。唇を重ねて気づいた激しい悦びも、ふれ合ったときの大火災を引き起こすような感覚もリズはいままで知らなかった。

正気を失わないためには彼をとめるべきだと、リズはまだ頭のどこかでちゃんとわかっていた。しかしそれは、ハリケーン級の快楽のなかではかき消されてしまう小さな声だった。

ジョシュアはジーンズのなかでいまにも爆発しそうだった。リズの胸にじかにふれてもいないのにそんな気がした。

ああ、ほんとに……いまにも爆発しそうだ。

ナイトガウンのいくつも並んだボタンをはずしにかかり、途中でリズの手を体からそっと払いのけながら、襟ぐりが大きく開くところまではずしていった。リズがどこにいるのかと思って外へ探しに出てみたら、ぶらんこに坐って、うめき声を洩らしながら自分で自分の体にふれている彼女の姿を見つけてどんな気持ちになったか、当のリズにはわからないだろう。もしもリズの手が脚のあいだにあったら、たぶんいまごろはそこに体をうずめていたにちがいない。

人一倍自制心が強かろうと、リズのそばにいると、ぎりぎりまで追いつめられてしまう。

ジョシュアはキスを中断し、少しだけ顔をさげて、リズの完璧な形をした白く美しい乳房を月明かりのなかで見た。

乳首は腫《は》れたようにつんと立ち、興奮して血が流れこんだのか紅潮している。そう、まさにリズは興奮していた。素肌の甘い香りとともに体の奥が濡れたときのじらすような匂いが立ちこめていた。

明日になれば飛行機でリズをシアトルに連れ戻し、仕事が始まる。しかし今夜は、彼女はぼくのものだ。

ジョシュアは屈《かが》んで、深みを帯びた色合いの乳首の両方にまずそっとキスをしてから、舌で洗うように舐めはじめ、花びらのようなやわらかさを愉しみ、その味わいにふけった。

リズはうめき声を洩らし、ジョシュアの口に体を押しあてた。

あまりにも甘美な、無視できない誘いだった。ジョシュアはリズの乳首を歯のあいだにはさみ、温かな口のなかに含んで舌の先でじらした。

甘えるような鼻にかかった声が洩れ、リズの息づかいが乱れてくると、ジョシュアは軽く乳首を嚙んだ。

「ああ……」

てっぺんをくわえて引っぱり、まわりもすべて口に含むと、乳首を吸いはじめた。

「ああ……ジョシュア」

吐息混じりのリズの声が気に入った。

一方の乳房からもう一方の乳房へ移りながら、工夫を凝らしてリズの胸に快感をあたえ、彼の口の下でリズが身をくねらせるまでどちらの胸も味わった。彼女の両手が彼の髪のなかにうずめられ、頭を手前へ引き寄せようとしていた。本能のようなものがジョシュアに働きかけ、さらに愛撫を深めることは手控えた。

リズの乳房の神秘を解き明かしたい。まずはふれるだけで悦びの極みを味わわせてやりたい。自分にはそれができるとジョシュアはわかっていた。リズはとても感じやすい。情熱に身をまかせる彼女は信じられないほど美しかった。

リズはぶらんこの長椅子の上で身をよじらせ、ジョシュアの髪を引っぱったかと思えば、彼の頭を体の曲線に押しあてもした。

「ジョシュア。やりすぎよ。そろそろおしまいにしないと」

海賊のような低い笑い声を胸に響かせ、ジョシュアはさらに強く吸った。

「いや」悩ましげなうめき声が洩れた。「ああ」リズはため息をつき、はっきりと要求した。

「やっぱりやめたらだめ……」

ジョシュアはリズの求めることをあたえた。悦びのあまり彼女の体が弓なりにそり返ると、口に含んだ乳首にもう一度慎重に歯を立てた。

リズは大声を張りあげ、ぴんと伸ばした体を震わせながら絶頂に達した。ジョシュアがさらに胸に刺激をあたえるあいだ、何度も絶頂にのぼりつめ、最後にはぐったりと力が抜けた。

ジョシュアはリズを完全にわがものにしたくてたまらなかったが、その衝動はぐっとこらえた。かろうじて。

ふたりは戸外にいた。おかしな物音がしたと思って、誰かが様子を見にこないともかぎらない。愛を交わしているのを見つけられてしまうかもしれない。そんなふうに現場を押さえられたらリズはいたたまれなくなってしまうだろう。さらにもっと問題なのは——少なくともジョシュアにとって——ひとたびリズと一線を越えれば、二度と関係を持たずに寝起きをともにするのはおそらく不可能になるということだった。

彼の任務はセックスと両立できない。

リズには最善をつくしてやらなければならないが、四六時中セックスのことを考えて惚《ほう》けていたら、それはできない相談だ。

が、だからといって彼女が欲しくないわけではない。まさかそれはない。欲しいに決まっている。ジョシュアは愛撫がどんな効果を生んだか見てみようと思ったが、息を整えるのに数秒かかり、ようやく顔をあげた。いざそうしてみると、自制心はいつになく崩壊寸前の瀬戸際に追いやられた。

リズはぶらんこに背をもたれ、すっかり緊張をほどき、目をなかば閉じていた。満たされたあとの興奮が冷めやらぬ表情が月光に照らしだされ、石のように硬くなった乳首が誘うように輝いている。「すばらしかったわ」

そのことばとはうらはらに、情熱で深みを増したリズの瞳は潤んでいた。

どうしたんだ？

ぽろぽろと涙がこぼれ、頬をゆっくりと伝い、幾筋も流れた。

「なぜ泣くんだい？」リズを傷つけてはいない。傷つけていたら、ジョシュアもわかったはずだ。

リズは、ジョシュアがどうにかまた手をふれないように我慢している薄紅色の素肌を隠そうともせずに、肩をすくめた。

「しばらく我を忘れてしまったわ、案の定」

そうなってよかったというようには聞こえなかったが、怒っているようでもなかった。むしろあきらめの境地のようで、ジョシュアは涙よりもその口ぶりが気に入らなかった。

リズはため息をつき、手の甲で濡れた顔をこすった。「部屋に来る？」

さっきまでの情熱にあふれる声で誘われたら、たとえ欲望に流されるのは彼女のためを思えば分別に欠く行動だとわかっていても、ノーとは言えなかっただろう。しかし、もうそういう声ではなかった。リズの口調は、性的に満たされた様子とはうらはらに、捨て鉢な態度がにじんでいた。彼にはあらがえないと認めているが、彼からあたえられた悦びでさえ、代償を払うことのうめ合わせにはならない。そう言っているも同然だった。

怒りがジョシュアの胸にふつふつと沸きあがった。リズがいやがることをやったわけでもあるまいし。

みずからの欲望を拒めないほどリズをめろめろにしようと強引な手を使って彼女の体にふれていたわけでもなかった。「誘惑するためにさわったわけじゃない」

進んであたえられるものでなければジョシュアは欲しくない。

「だったらどうして?」

「我慢できなかったんだ」嘘いつわりのない真実だった。

絶頂に達したときのリズの心の反応が気に入らなかったのと同じく、ジョシュアにしてみれば突きつけられたくない真実だった。

彼は立ちあがり、リズの小柄な体を腕に抱きあげ、やわらかな曲線をぴったりと体につけた。リズはジョシュアの肩に頭をあずけた。なめらかな髪が、考えないに越したことはない心地で肌をくすぐり、一歩進むごとに胸もとは気をそそるようにゆれた。

抱きあげるまえにナイトガウンのボタンをはめなおせばよかった。あるいはリズに自分で歩かせればなおよかった。

挑発的な肉体を男らしく無視し、ジョシュアはリズを彼女の部屋へ運び、ベッドに横たえると、彼女に背を向けて出ていこうとした。

リズの手が伸びて腕をつかまれると、ジョシュアは十六年以上の軍隊生活で磨きあげられた電光石火の反射神経でくるりと振り返った。

「帰るの?」

「ああ」

「どうして?」

「ひとつには、いま肉体関係を結ぶのはふたりにとってよくないことだから。もうひとつには、帰ってほしいというのがきみの本音だからだ」

リズは口もとをゆがめた。「そんなことないわ」

「きみの体は求めてるが、心はまちがいだと言ってる。ぼくもそれに賛成だ」

「そうなの?」

内心それはどうかと思っていたが、ジョシュアはいま持てるかぎりの自制心を総動員した。あと一秒でもここにぐずぐずしていたら、ノーと言うべきおたがいの理由など知ったことではないとばかりにリズと一緒にベッドに入ってしまうだろう。

リズはジョシュアがそれ以上なにも言わずにベッドルームから出ていくのを見ていた。戻ってきてと呼びかけずにいるのが精いっぱいだった。理性はどこにいったのだろう? 信じられない、どうして愛撫を許してしまったの? 思慮に欠けていたから、それともただ単に脳みそが空っぽだから?

どこまで許すのであれ、ジョシュアと親密な関係になれば、圧倒されてしまうとリズもうすうすわかっていたが、やはり思っていたとおりだった。元夫との愛の行為で、ジョシュアにふれられたときのように我を失ったことは一度もなかった。ジョシュアの巧みな愛撫は深い仲になるのは避けたいと思うリズの確固たる理由づけを打ち崩していった。それはただ単に彼の手が実際に体に置かれたからというわけではなかった。

以前交わしたキスを思いだしただけで、彼と距離をおこうとする思いはくじけてしまった。ジョシュアがポーチに現われ、これまでに感じたことのない強い欲求を満たそうとするのを見つけられてしまったとき、リズはすっかりその気になっていた。ジョシュアはすぐにそこにつけこみ、リズはリズでそれを許した。許すどころか、彼の手にかけられて甘美な悦びの爆発を経験したといっていいほど愛撫に溺《おぼ》れてしまった。

ジョシュアもまんざらではなかったはずだ。ジーンズのまえのふくらみがその証拠だ。だったらなぜベッドへの誘いを断わったの？

帰ってほしいというのがきみの本音だ、とジョシュアは言っていたが、あのままいけば、リズが不安を覚えながらも最後の一線まで許したと気づいていたはずだ。リズはどう考えてもストップをかけることはできなかった。なぜならほんとうにジョシュアを欲しかったのだから。たまらなく。

もっとも、ジョシュアもある点については正しかった。たしかに心が乱されるような肉欲にまた溺れてしまうのは本意ではなかった。

そういうことを彼は本気で気にしているのだろうか？

ジョシュアは傭兵で、セックスを息抜きがわりに利用してもおかしくない。抱きたいという気持ちとはうらはらに安易に据え膳を食わないほど理由にこだわるタイプには見えない。そうした繊細さは彼のイメージにそぐわないが、そぐわないといえば報酬の受け取りを拒む姿勢もそうだった。

彼は謎に満ちた男性で、深入りすれば痛い目にあうかもしれない。

任務中はセックスしない主義だとジョシュアは言っていた。ことにおよぶまえに理性を取り戻したのも、そのルールを思えば説明がつくのかもしれない。

理由はともあれ、手を引いてくれたことに感謝すべきだろう。胸の奥でせつないほどの虚しさを覚えたり、このベッドがいやなら、こっちから向こうのベッドを探しにいこうなどという誘惑に駆られたりすべきではなく。

夕闇が滑走路を包むころ、ジョシュアがシアトル近郊の小さな公営飛行場に飛行機を着陸させた。

着地はなめらかだったが、機体が着陸態勢に入り降下するうちにリズの胃は重くなっていた。軽い朝食のあと、昼食は抜いていた。疲れると食欲がなくなるたちだったが、いま胸にむかつきを覚えるのは睡眠不足のせいばかりではなかった。旅が終わることを思うからだ。

ジェット機のエンジンがとまり、ふたりのまわりは完全な静寂に包まれた。出発してからほとんど会話はなかった。ジョシュアにコックピットに招き入れられ、せっかく並んで坐っていたのに。コックピットで過ごすのは興味深いことだったが、一キロ一キロ、シアトルに近づくにつれ、憂鬱《ゆううつ》な気分になっていった。

「夕方のこの時間帯にシアトルに戻ったら、ひどい渋滞に巻きこまれるわ」ほんとうに気がかりなことに目を向けなくてすむように、リズはそう言った。

ストーカーの行動圏内に戻ることに。

ジョシュアは肩をすくめ、飛行機のドアを押しあけ、階段をおろした。「市内に戻るまえに夕食にすればいい。食事のあともまだ渋滞していても、腹ごしらえしておけば困らない」

「今夜アパートメントに戻らなきゃだめ？」とリズが尋ねた。

もうひと晩家に戻らなくてもたいしたちがいはない、そうじゃない？　そんな意気地のない考えに、リズは我ながら情けなくなった。

「予定を変えるとしても、まずはニトロとホットワイヤーと話をして、彼らがなにを発見したか聞いてからだ」

家に帰りたくないのを悟られたと気づき、リズは弱気の虫に負けるものかと心に決めた。

それに、書きかけの本のこともある。ベラに話した原稿の締め切りのことは作り話ではなかった。ただ、予想外に締め切りが早まったわけではなかったが。しかし、集中力が散漫になったせいで執筆の進み具合は予定より遅れており、期日までに仕上げるには相当がんばらないといけないのもわかっていた。

「そうよね、わたしも仕事に戻らないといけないんだったわ」

ジョシュアはなにも言わなかったが、手を差しだしてリズが階段をおりるのを助けた。

階段の下のターマック舗装の滑走路で、ジョシュアに負けず劣らず強面《こわもて》の男性が待っていた。ブロンドの髪、ブルーの瞳。ホットワイヤーだ。ジョシュアとテキサスへ飛ぶまえに軽く顔合わせしただけだったが、見覚えがあった。

彼はさっと手を伸ばしてジョシュアの手からバッグをひとつ取りあげた。「こんにちは、ミズ・バートン。またお目にかかれてよかった」

蜂蜜のように甘いジョージア訛りがホットワイヤーの口から流れると、リズはつられてにっこりとほほえみ、彼に誘導されるまま階段の残りの二段をおりた。

「ニトロはどこだ？」とジョシュアは訊きながらリズの腕を取り、彼女とホットワイヤーのあいだに体を割りこませた。

友人に向けた表情はまさに独占欲の強い男のそれであり、前夜にセックスを拒んだことを考えれば、ちぐはぐとしか言いようがない。自分の女を恋敵から守ろうとする態度なのだから。

ばかばかしいにもほどがある。ジョシュアはリズを自分のものだと言う権利がないばかりか、リズとこのブロンドの男性のあいだには性的な化学反応を起こす小さな試験管すら存在しないのだから。リズとジョシュアのあいだでは、たがいが一メートル以内に近づけばどんなときも可燃性の化学物質が爆発するのとちがって。

ホットワイヤーはすぐには答えず、飛行機のドアを閉め、車がとめられているほうへ三人で歩きだしてから話しはじめた。「ニトロはアパートメントを見張ってる。ミズ・バートンが留守のあいだに、あわよくば犯人をおびきだせないものかと思って」

「なぜそうなると思うの？」リズはジョシュアのわけのわからない振舞いに気を取られていたが、それを一瞬忘れて尋ねた。

レンタカーのところにたどり着くと、ホットワイヤーはリモコンのボタンを押して車のロックを解除した。「盗聴器ににせの信号を送ったんだ。電子機器が故障したと表示されるように。そうしてから今朝、送信を完全に停止させた」

「犯人は機械が壊れたと思って、修理しにまた部屋に押し入ろうとする、そう考えてるの？」

「それを期待してる」

そんな簡単にはいきっこないんじゃない？　ストーカーの身元が割れたら、それは自分にとってどんなことを意味するのだろうか、とリズは考えた。そうなったときのことを思うと、寒気が両腕を駆けのぼり、やがておりていった。

ジョシュアは助手席のうしろのドアを開け、リズにそこに乗りこむようにと身ぶりで示した。リズはそうした。が、ジョシュアが横から身を乗りだすようにしてシートベルトを締めてくれると、リズは思わずはっと息をのんだ。

彼はリズに顔をまっすぐ向け、手をとめた。「苦しくないか?」

「えっ……ええ」

ジョシュアがうなずいてうしろにさがると、リズの呼吸はまた正常に戻った。

「それで、アパートメントでなにが見つかった?」ふたりの男性はまえの座席に乗りこみ、ジョシュアがホットワイヤーに尋ねた。

ホットワイヤーは口笛を低く吹き、車をスタートさせた。「この御仁は電子機器にはくわしいが、使ってるブツは上等なものじゃない。たぶんプロ仕様の装置を買うほどの資金力はないんだろう。素人向けのスパイグッズを改良してるところを見ると、そっちの方面の知識はなかなかのものらしいが」

「スパイグッズって、どういう種類の?」とリズが後部座席から尋ねた。

ホットワイヤーはバックミラーを見てリズと目を合わせた。その目の色はジョシュアと同じく表情が読みとれない。「デスクトップ・コンピュータの内部に送信機が仕掛けられている。ペン立てのペンにもひとつ送信機がついてたが、こっちは電池切れで、どれくらいまえに仕掛けられたかはわからない。ステレオのスピーカーのひとつには小型カメラの送信機が

――」

「向こうにわたしが見えてるってこと？」そういう可能性もあるとテキサスでジョシュアに言われたときもぎょっとしたが、いざ現実を突きつけられるとリズはさらにショックを受け、思わずホットワイヤーのことばをさえぎっていた。

「そう。ただしリビングルームのある一定の場所にいるときにだけ」

リズはスピーカーの向きを思い浮かべ、どこの場所かはっきりとわかった。楓材《かえで》のロッキングチェアもそのなかに入る。くつろぐときにはほとんどいつも過ごす場所だ。胃に結び目ができて、それがよじれた。

「あとは？」とジョシュアが尋ねた。ホットワイヤーがいま言ったことだけではまだ足りないといわんばかりに。

ホットワイヤーはジョシュアをちらりと見て、道路に目を戻した。「車のアンテナに音声と位置の発信機がとりつけられていた。衛星回線には接続されていなかったが、三キロ以内なら尾行対象者に知られずに追跡できる」

テキサスからシアトルまで、ネメシスはずっとあとをつけてきていた。

居場所はつねに正確に把握されていた。

リズは宿泊した小さなホテルのことや、ハイウェイを走行中しばらく人けがなかったことを考えて、自分を知る人のいない場所に姿を隠せば安全だと思っていたのはまちがいだったと気づき、きりきりと痛む結び目のまわりで胃がむかついてきた。

胃液が咽喉もとにせりあがり、リズは無理やりそれを押し戻した。「ホットワイヤー、車をとめてくれない？」

急停止ながら車はなめらかに道路の端にとまった。リズはシートベルトをはずし、ドアをこじ開けるようにして押しあけ、車から飛びだした。空気を吸い、吐き気を抑えようとしたが、胸騒ぎがするような場面がつぎつぎに頭をよぎり、嘔吐をこらえきれそうになかった。

突然ジョシュアがそばに来て、たくましい腕をリズにまわし、温かな体に引き寄せた。

「大丈夫だ、リズ。力を抜いて」

「あとをつけられたなんて……ひとりでも安全だと思ってたのに彼はずっと近くにいた。わたしのあとをつけて、わたしがどこにいるのか毎日二十四時間把握して」

ジョシュアはリズの体の向きを変えた。リズは彼の胸に顔をうずめ、彼の体臭を吸いこみ、彼の体から強さを借りるようにそのまま身をあずけていた。

「わかるよ……しーっ……気持ちはよくわかる……」

リズはそのことばを信じた。たとえジョシュア・ワットがなにかに怯える姿は想像できないにしても、彼女の恐怖を理解し、共感しているのは嘘ではないと信じた。

ややあって吐き気はおさまったが、リズはジョシュアに寄り添ったまま、腕のなかの心地よさから離れる気になれず、しばらくぐずぐずしていた。

「彼女は大丈夫か？」とホットワイヤーが尋ねた。

ジョシュアは体を離して、問いかけるような目でリズを見おろした。

「大丈夫よ」

「ほんとに？」

リズはうなずいた。ホットワイヤーのほうを向いて言った。「ごめんなさい。こんなことで気分が悪くなるなんて」

ブロンドの男性はほんとうに大丈夫なのか見極めるようにリズを見つめ、やがて口もとに笑みを浮かべた。「無理もないよ」

どういうわけかジョシュアはそれを見て顔をしかめたが、リズに腕をまわしたまま彼女をまた車に乗せた。ホットワイヤーが車を道路に戻すと、ジョシュアが口を開いた。

「ということは、キャニオン・ロックのアパートメントに侵入したときに取りつけなかったと考えられるものはなかったんだな？」

「ああ」

「おかしなものにはなにも気づかなかったわ」だからいまの自宅にはネメシスに侵入されていないとリズは思いこんでいたのだが、いまはそんな甘い推測をする気はしない。「わたしがいま住んでるアパートメントには来なかったと思うのね？」

「ええ、お嬢さん、それはないだろうな」

そう聞いただけでなぜこんなにも気が楽になったのかリズはわからなかったが、とにかく実際にそうなった。「リズと呼んでちょうだい」

「わかった、リズ」ホットワイヤーが彼女の名前をゆったりと発音すると、まるで音節が六つもあるように聞こえた。

リズは彼のとぼけた南部訛りにくすくすと笑った。

「出所がたどれるものは？」とジョシュアがぶっきらぼうに尋ねた。

「ない」ホットワイヤーは車をレストランの駐車場に入れた。「犯人が買ったのはインターネット通販で売ってるようなスパイグッズだ。その手のサイトは掃いて捨てるほどあるから特定の買いものの履歴をたどるのは無理だな」

「音声送信機の受信範囲はどれくらいだ？」

「三キロ。愛用の装置はどれも似たようなやつだ」

ジョシュアは車からおりる気配も見せず、眉をひそめた。「厄介だな」

「どうして？」とリズが尋ねた。

「そいつの根城はきみのアパートメントから半径三キロ以内のどこにあってもおかしくない」

「しかも近所にはアパートメントハウスがいくつもあって住民も多い」とホットワイヤーはつけ足した。「犯人はどこに住んでたって不思議じゃない」

ジョシュアはシートベルトをはずし、リズのほうへ振り返った。「せめてもの救いは、きみのところは住宅地だから、犯人にしてもイヤホンアンテナは使いづらいということだ」

「見た目は小型のパラボラアンテナだが、音を探知するのに使う道具だ。受信範囲が一キロ以上のものもある。だけど、きみの近所のような地域では、かなり接近しないかぎり犯人がきみの部屋の音を聞き分けるのは事実上不可能だ」

「通りでパラボラアンテナをかまえてたら、人目につくものね」とリズは推測して言った。

「たいていの場合はそうだが、工事関係の車両を装ったワゴン車のなかにいたら、たぶん誰も気づかない。われわれなら気づくが」

われわれというのはホットワイヤーとニトロと彼自身のことなのだろう。

いま話題にのぼっていることはしょっちゅう本に盛りこんでいる装置だと気づき、リズはため息をついた。「わたしったらどうして思いつきもしなかったのかしら」

「仕方ないよ」

「わたしが書いているのは冒険小説なのよ。ヒロインたちは盗聴器より突撃銃《AK47》にくわしいけど、それでもそれくらい思いついていてもよかったのに」

ジョシュアは首を振っただけだった。

ホットワイヤーはにっこりとした。それを見てリズは、彼がこういうふうに魅力を振りまくなら、さながらベーコンを欲しがる子犬のように女性たちは彼のあとを追いまわしているのだろうと思った。彼が威嚇《いかく》的なところや、危険なところを見せても。

「きみはいいものを書くね」

ホットワイヤーが自分の作品を読んでいたことに驚き、リズは思わず目が見開くのがわかった。「ありがとう。読んでくれたのはわたしのアパートメントで？」

「いや、お嬢……じゃなくてリズ、アパートメントにいたときは、きみの留守中に盗聴器を撤去する作業に追われてたから」

「だったらどうして……」

「ぼくもニトロも、ウルフが読み終わったあとにまわしてもらって読んだんだよ」

「ウルフって誰のこと？」

「ぼくのことだ」とジョシュアはうなるように言った。

5

ジョシュアにどうしてそういうニックネームがついたか、リズはすんなり想像できた。この男性はときどき生まれながらの捕食者に姿を変えるときがあるのだから。

「わたしの本を読んでくれたのね……全部?」

ジョシュアの顔がこわばった。それを見て、この話はばらされたくなかったのだろうとリズにもわかった。「最近のだけだ」と彼は言った。

どう受けとめればいいかリズはわからなかった。彼のような仕事をしていたら読書する暇がたっぷりあるとは思えないが、もしかしたらそれは誤解なのかもしれない。「おもしろかった?」

「ああ。すごくよかったよ」

ホットワイヤーの暴露でしらけてしまった場の空気がジョシュアの褒めことばで温められ、リズはほほえんだ。「ありがとう」

彼は肩をすくめた。「お世辞じゃない。で、アパートメントのスパイグッズはすべて取り除いたわけじゃないんだな?」とジョシュアはホットワイヤーに尋ねて、うまく話題を切りかえた。

「ああ。車の発信機も残してある。コンピュータの音声送信機は回線を切った。ビデオ送信機を取りつけて、いまは無人の部屋の映像を流してる。ニトロとぼくがアパートメントにいたことは誰にも気づかれないよう手は打った」

ジョシュアはわかったというようにうなずいた。「リズが家に帰ったら、その仮の装置は取りはずさないといけないな」

「隠しカメラはそのままにしておくの?」とリズが尋ねた。

「カメラまで都合よく壊れたら、向こうはきみがプロの手を借りたと思い、警戒を強める可能性が大きい」

姿を見られるのはたとえ盗撮カメラのまえにいる一瞬であってもいやだったが、ストーカーをつかまえるためなら喜んで我慢しよう、とリズは思った。

「じゃあ、いまわたしが留守にしているあいだに彼が侵入するとは思わない?」と彼女はジョシュアに尋ねた。

彼は首を振った。「危険すぎる。きみがいつ戻ってくるかわからないし、きみの車は置きっぱなしだ。つまり、ストーカーはきみの帰宅を探知するすべがない。これまでの動きを考えれば、彼は慎重に行動の計画を練ってるはずだ」

リズも同意するしかなかったが、やはりがっかりせずにはいられなかった。

「今日やつに動きがなくても」とホットワイヤーが励ますように言った。「きみが食料品を買いに行ったり、外出しないとできない用事をすませたりしているときに、ぼくらでアパートメントを見張ってるから」

「わたしがどこにいるか彼にはわかってしまうわ」車から撤去されなかった発信機のことを考えてリズは言った。

「そうなればなお都合がいい。きみが自宅の近くにいないとなるとやつは大胆になる」

リズはうなずいた。

ホットワイヤーはジョシュアを見た。「なあ……ウルフ、あんたがついてたら、犯人は絶対に近寄ってこないぞ」

「リズをひとりにするつもりはない」

「それはわかってるよ、相棒、だけど、彼女が出かけるときにはあんたは人目につかないようにしないといけないし、部屋にいるときもつねに隠しカメラの視界に入らないようにしていないといけない」

ジョシュアが無言でにらんでいると、ホットワイヤーはにやりとしたが、目は笑っていなかった。「わざわざ言われるまでもないってか」

「それじゃ、あなたとニトロは帰るの?」とリズが尋ねた。

ホットワイヤーは首を振った。「同じアパートメントハウスに部屋を借りた」

「空き部屋は調べたか？」

「無断で使われている形跡はなし」

「ほかの入居者は？」

「リズが引っ越してきたあとにうまったアパートメントは三軒しかない。三軒とも入居者は犯人の特徴と一致しない」


ジョシュアはリズをアパートメントハウスに送り届け、建物のなかまで一緒に行ったが、彼女がエレベーターに乗るとその場を立ち去った。リズはジョシュアもあとで部屋に来るとわかっていたが、エレベーターのドアが閉まったとたん孤独感に襲われた。

鍵を開けて自宅に戻ると、壁際から黒い人影が音もなく離れた。ニトロがいるとあらかじめホットワイヤーから聞いていてよかった、とリズはつくづく思った。そうでなければ心臓が飛び出そうになっていたところだ。

とはいえ、ニトロの存在に驚かなかったとしても、また顔を合わせる心の準備ができているかといえば、それには程遠かった……とくにふたりきりで会うとなると。

彼はジョシュアやホットワイヤーより上背があった。芸術的ともいえる骨格に長い黒髪、なにを考えているのか読みとれない表情をした、昔のアパッチ族の戦士のような風貌だった。

リズは彼に片手を差しだしながらも思わずぞくりとした。「こんにちは、ニトロ。あなたがいると聞いていたわ」

ニトロはにこりともしなかった。あまり笑わないタイプという印象だが、握手には応じてくれた。

「力になってくれてありがとう」とリズは言ったが、出そうと思った声よりぼそぼそした声になってしまった。

「ウルフの頼みだから」ニトロはリズの手を離し、うしろにさがった。「これからカメラをライブ映像に戻す」そう言ったきり、くるりと背を向けた。リズはいささか面食らったまま玄関にぽつんと取り残された。

その後の一時間、ニトロはステレオのスピーカーに仕掛けられた盗撮カメラの視界外にあるリズのコンピュータに向かって黙々と作業をしていた。

リズは手持ち無沙汰になり、紅茶を淹《い》れてリビングルームへ持っていった。テレビをつけて、ロッキングチェアにゆったりと坐った。この席にいれば隠しカメラを通じてストーカーに姿を見られてしまうとわかっていたが、なんとか不快感は顔に出さないようにこらえた。

一時間後、ジョシュアが来た。リズは椅子から跳ね起きて出迎えたいと思ったが、ひとりでいるふりをしていなければならず、そうもいかなかった。彼のいない寂しさを感じていたのだが、そんなふうに思うのは愚かしくもあり、情けなくもある。そんな自分のばかさ加減を露呈せずにすみ、リズは盗撮されていることに感謝したいくらいだった。

ジョシュアとニトロがコンピュータの横でなにやらひそひそと相談しているあいだ、リズは引きつづきテレビを見ていた。五分後に番組が終わり、ティーカップを手に取ってキッチンに持っていった。シンクに向かいながら、もう隠しカメラのまえにはいないという安堵が胸に流れ、緊張させていたと気づきもしなかった筋肉の緊張がほどけた。

「ニトロが言ってたけど、きみはなかなか上手にひとりのふりをしたようだね」

リズはカップをシンクにおろして振り返りジョシュアと向き合うと、はっとして息をのまずにいられなかった。彼はゴージャスだった。最高に。粗探《あら》しでもできれば気が楽だったかもしれないが、こめかみの近くの小さな傷痕すらセクシーだった。

「むずかしくなかったわ」リズは、ジョシュアのまえにいると一瞬ごとに大きくなり、たとえどれだけ精神修行をしても消し去れないほどのせつなさをなんとか押し隠して返事をした。

「彼は社交的な人じゃないでしょう?」

ジョシュアは冷蔵庫を開けて、リズが家を空けるまえにはなかったビールをひと壜取りだした。

ふたをひねって開けると、ぐいっとひと飲みした。「ニトロは任務を終えたばかりなんだ」

「だから?」

これは気のせいかしら、それともジョシュアはもっと近くに来たの? ビールのにおいと、彼のそばにいるときにだけわかるスパイシーな香りがした。まさに男性的で、ジョシュアらしい香り。

磨きあげられたクルミ材の色をした目でリズを釘づけにしながら、ジョシュアはまえに進み、ふたりの距離を縮めていった。「臨戦態勢の兵士ではなく、一般人のような反応に戻るにはしばらく時間がかかる」

リズはシンクを背にして上半身をのけぞらせ、なんとかジョシュアとのあいだを空けようとしたが、やるだけ無駄だった。「これが一般人のモードだって言うの？」

「まあね」

リズは彼らの結束の強さに心のなかで目を見張った。「ホットワイヤーはあなたやニトロよりずっと愛想がいいわ。ジョージア訛りにだまされないほうがいい。

ジョシュアは目を細めた。「あの甘ったるいジョージア訛りにだまされないほうがいい。」

あいつもぼくやニトロ同様、どこをとっても危険な男だ」

「そうじゃないなんて一分だって疑わないけど、でも彼は日曜日のディナーの席にいる新米の牧師さんといってもいいくらいチャーミングでもあるわ」

ジョシュアはリズの背後のカウンターに壜を置くと、リズをはさむようにして自分の両手を同じカウンターにのせた。「情熱できみをめちゃくちゃにする男より、うっとりさせてくれる男とベッドに行きたいのかい？」

リズはつばをのみ、唇を舐めた。「誰かとベッドへ行く話なんてしてないわ」

「じゃあ、そのままでいろ」

「なんですって？」

「ホットワイヤーといつか寝るかもしれないなんて考えるな」

リズは両手をあげて、圧迫感のあるジョシュアのたくましい胸板を押した。「誰のことを考えたってわたしの勝手でしょ」

「いや」ジョシュアはリズにキスをした。短いキスだったが、膝ががくがくになるほど力強いキスだった。「だめだ」

リズの指先はジョシュアの体の熱で疼いた。「どうしてだめなの？」

「なぜならきみはぼくを欲しいと思っていて、ぼくもこの任務を終えたら、それがどれだけの気持ちかきみに実践してみせようと思っているから」

「うぬぼれ屋ね」

キスで始めたことのとどめを刺すようにジョシュアはほほえんだ。ジョシュアがこんなに近くにいなかったら、体で支えていてくれなかったら、リズはカウンターに背中をこすりながら床にへたりこんでいたところだ。

「うぬぼれ屋というのとはちがう。自信家のほうがあたってる。それに、自信といえば、きみとは両思いの自信もある」

「そう？」リズはゆうべ彼が誘いを拒んだことを思いだして尋ねた。

ジョシュアは腰をリズに押しあてた。硬くなったものがリズのお腹にあたり、セクシーな声で答えるより先に質問の答えになった。「ああ、そうだ」

彼はリズにもう一度キスをした。唇と唇が重なり、リズはどきどきしながら彼にもたれていたが、やがてジョシュアはうしろにさがった。

「もう夜も更けた。ベッドに行く時間だ」

リズは、キスと官能的な殺し文句のようなジョシュアのことばに声を失い、ただうなずいた。

「先にバスルームを使うといい」

「ありがとう」リズはかすれた声で言った。

シャワーのおかげでリズは気分がほぐれたが、どれだけ熱い湯を浴びても、体をごしごしこすっても、ジョシュアとベッドをともにする光景が頭について離れなかった。体を拭いたあと、色褪《あ》せてほとんどピンク色になったクランベリー色のTシャツ――ずいぶん昔から愛用していた――を着て、小さなバラのつぼみ柄の白いフランネルのパジャマのズボンを穿《は》いた。

鏡に映った姿を見てみじめな気持ちになった。ちっともセクシーじゃない。まるで十歳そこそこのお子さまみたい。リズは顔をしかめてバスルームを出た。

ジョシュアは壁に寄りかかっていた。

リズを上から下まで眺めまわした。彼の目の色を見て、リズは自分がまるで黒いシルクのネグリジェでも着ているような気分になった。思ったより子供っぽくないということか。

「バスルームは空いたわ」とリズは言わずもがなのことを言った。

ジョシュアはなにも言わなかったが、すれちがいざまに彼の腕がリズの腕をかすめた。それだけのふれ合いでリズの体の芯が熱くなった。

出てきたばかりの場所に裸のジョシュアがいるのを思い浮かべ、よからぬ妄想に頭を悩ませながら、リズは閉じたバスルームのドアの外側にしばらく立ちつくしていた。シャワーの音がとまり、さっさと動かなければ恋煩《わずら》いの愚か者よろしくぼんやり突っ立っているところを見られてしまう、とリズは気づいた。

五分後、リズはリビングルームの入口で、ジョシュア用の寝具と枕をかかえて途方に暮れていた。自分が使うにしろ、ジョシュアが使うにしろ、ソファをベッドがわりにすれば、ソファの一部は隠しカメラから見える位置にあるため、アパートメントに誰か別の人間がいるとネメシスに悟られてしまう。

ジョシュアがバスルームから出てきた物音が背後から聞こえ、リズは振り向いた。どうやって寝ればいいかと訊こうとした質問が一瞬にして頭から消えた。ジョシュアはチャコールグレーのボクサーショーツ一枚の姿だった。

彼の肉体ならボディビルダーの雑誌の表紙を飾れる……あるいは〈プレイガール〉誌の。リズはその雑誌を買ったことはなかったが、ジョシュアのヌード写真が連載されるなら愛読者になるかもしれない。

彼はリズが腕にかかえている寝具のほうにうなずいた。「ぼくのかい?」

「え……」リズは咳払いをしなければならなかった。「ええ」

「ありがとう」ジョシュアは一歩リズに近づき、毛布に手を伸ばした。

「どこで寝るの?」なんとか声になった。

「ベッドルームで」

「そうよね」理屈で考えるならそうだ。ジョシュアは大男で、大きなベッドが必要なのはリズよりも彼だ。

「わたしはどこで寝たらいいの?」とリズが訊いた。まるでここが自分のアパートメントではなく彼のアパートメントであるかのように聞こえて、彼女は自分に苛立った。わたしはへらへらした引っこみ思案のお人好しじゃない。刺激的な下着姿をこれ見よがしに見せつけられているからといって。

「自分のベッドで」

リズはあんぐりと口を開けた。ジョシュアと同じ部屋で寝るなんて考えもしなかった。

「寝るのは別々よ」

ジョシュアの眉が茶化すように吊りあがった。「そう、きみはいつかぼくと寝るけど、それは今夜じゃない。ぼくは床で寝る」

「でも……」

ジョシュアはリズが言い終えるのは待たずに背を向けて、ベッドルームに向かった。

リズはあとからついていったが、床で寝るとはっきり言われても少しも気持ちは落ちつかなかった。「床なんて寝心地が悪いわ」

「ここの毛足の長いカーペットなら、この十六年間あちこちで寝場所にしたほとんどの場所より寝心地は数段いいよ」ジョシュアは屈んで寝床を作りはじめた。

リズは生まれてこの方男性のヒップをまじまじと見つめたことなど一度もなかったが、どうしてもジョシュアのヒップから目を離せなかった。

マイクにお尻なんてあったかしら？　いまこの瞬間心をわしづかみにしているような欲望をつのらせてマイクのヒップを見たことはたしかに一度もなかった。ジョシュアが言いきった、いつか自分と寝るという予言が現実になりそうな気がしてならない。

「傭兵になって十六年なの？」とリズは尋ね、考えごとの向かう先も胸を打つ激しい鼓動も無視しようとした。

「いや。陸軍レンジャー部隊に六年間在籍した」

「若くして入隊したのね」

ジョシュアは体をまっすぐに起こして肩をすくめた。「十八だったよ」

同じ年齢でリズは結婚した。彼女の結婚はジョシュアの軍人としてのキャリアよりほんの少し長続きしただけだった。リズはため息をつき、ベッドを見て、彼に目を戻した。キングサイズのベッド。そのベッドを買ったのはヘッドボードに恋をしたからだった。バラに見立てた図柄の細工が手彫りでびっしりと施《ほどこ》されている。彫りものの美しさもさることながらそれ以上に購入の決め手となったのは、独身に戻ったからというだけで小さなベッドに寝ればいいという考えに対する内なる反抗だった。

「床でならあなたよりわたしのほうが楽に寝られるわ」

「そんなことはない」

本人がどう思っているのであれ、ジョシュアには白馬の騎士のようなところが大いにあった。

「ちゃんと理屈で考えてよ、ジョシュア。あなたはわたしよりずっと体が大きいのよ」

「ふたりでも楽々ベッドを使える。大きさは充分あるからね、とくにきみが小柄だということを考えれば」

リズの心臓はまたしても胸を突き抜けんばかりに鼓動を打ちはじめた。「それはやめておきましょう」

姪の洗礼式の日に火が点くような熱いキスを交わして以来、悩まされている夢があった。

リズはその夢を思いだして、ジョシュアと同じ場所で寝るなんて〝ぞっとする〟どころではない、と思った。

きっと顔に出てしまったにちがいない。顔をしかめたジョシュアの表情はリズの胸を焦がすほど熱っぽかったのだから。

震えあがったようなリズの拒絶にジョシュアは苛立った。原則的には彼女の意見に賛成だとはいえ。

どれだけベッドが大きかろうと、リズと同じベッドに入ったら一睡もできないだろう。とはいえ、あまりにも露骨に驚かれたので思わずむっとしてしまった。

ゆうべ部屋から立ち去ったのはジョシュアのほうだ。そんな彼を怖がることはないとリズは気づくべきだ。

「なぜだめなんだ?」とジョシュアは食いさがった。「ぼくが近くに忍びこんでくるとか、そういうことを考えてるのかい?」

リズの頬が視線を惹きつけるようにほんのりと色づいた。「そうじゃないわ」

「無理強いしたことは一度もない」

リズはさらに顔を赤らめた。「わかってる」

「だったらなにがいけない?」

なぜつっかかっているんだ？　なんだかんだ言っても、よからぬ考えはよからぬ考えだ。口が開かないように誰かに唇を縫いつけてもらわないといけない。

リズが深く息を吸うと、薄いコットンのTシャツに胸が張りついた。「あなたの夢を見るの」

「ぼくの夢？」ほう、そういう話ならおもしろい。

「ええ、去年のあのときから」

「いけない夢かい？」ジョシュアはわざとリズを怒らせようとしてそう尋ねた。突き刺すような視線が飛んできて、その試みはうまくいったとわかった。「別にいいじゃないか。たかが夢だろ」さらにもうひと押ししてそう言った。

「ゆうべあんなことがあったあとだもの、いつもより過激な夢になるかもしれない」リズは歯ぎしりするように言った。

「だから？」ジョシュアは、自分が出てくる官能的な夢を――男でいえば夢精するような夢を――リズが見ていることに気をよくした。

リズはジョシュアをぐっとにらみつけた。「もう、いいかげんにして。あなたの夢に迷惑してるってことは認めてくれないの？」

「まあ、そういうことだな」

リズはさまざまな色合いの混じったブロンドの髪の房を耳のうしろにかけ、怒りにハシバミ色の瞳を曇らせた。「目が覚めると枕を抱きしめてるのよ」

ジョシュアは片方の眉をあげた。

小さな手が体の脇でこぶしににぎられている。「枕のかわりにあなたに抱きついて目を覚ましたら、死ぬほど気まずくなる」

「別にいいよ」

リズはいまにも爆発しそうに見えた。「わたしはよくないの」

「今夜飛行場で車に乗るまでぼくの隣にいてもきみは平気だった」

「それとこれとはちがうわ」

「ゆうべぼくの腕に抱かれても平気だった」

リズの顔が青ざめた。

ジョシュアはため息をついた。からかうのはもうおしまいにしよう。「寝ているあいだに枕のかわりにぼくに抱きついても、目が覚めたら脚のあいだにぼくがいるなんてことにはならないよ」

そもそも同じベッドで寝るつもりはなかったとジョシュアがつけ加えようとすると、リズはくるりと背を向けて、身を守るように腕を体に巻きつけた。「心配なのはそういうことじゃないの」

ジョシュアは彼女をこれほど無防備にさせていることはなんなのか聞こうとして無言で待

った。リズはジョシュアに向きなおり、困った顔をした。「夢のなかでしてるようにあなたにさわったらどうするの？」

その場面を思い描いただけでジョシュアの股間は脈打ち、ショーツはぴんとマストを張った。

リズの目が見開かれ、どこを見ているのか彼に知らせた。「まあ」

「どうするつもりもないよ」

「それならいいけど」納得したような口ぶりではなかったが、彼女があてにならないと思っているのがジョシュアの心がまえなのか彼女自身の心がまえなのか、彼としてはなんとも言えなかった。

リズの息づかいが荒く、ボクサーショーツの張りに目を奪われている様子がありありとわかると、うっかり忘れてしまいそうになったが、リズは彼女自身の自制心はともかく、こっちの自制心ならあてにできる、とジョシュアは思った。任務にセックスを持ちこまないルールを守るプロなのだから、と。

単なる任務じゃなくて、私的な人助けだ、と痛いところを突いた妹の声がじわじわと胸によみがえった。

知ったことか。「ぼくの夢を見てくれるなんてうれしいよ」

「そう?」

「ああ」少なくとも悩まされているのはおたがいさまだ。

「どうして?」

「ぼくもきみの夢を見るから」

「だったらなぜわたしが床で寝るべきかわかるわね」

「いや」ジョシュアはすでに満たされぬ欲望に悶々としている——それにくらべれば床で寝るのがなんだ?

リズは眉をひそめてジョシュアを見た。「あなたって筋金入りの頑固者ね、それ、自分で知ってる?」

「ぼくは三十四だ。もうすっかり頭が固くてね」

「そうみたいね」

「さあ、ベッドに入れよ」

「準備ができたら」

「ひとりで寝たければ、いますぐベッドに入ってくれ」ジョシュアの自制心は崩れかけていた。その気配を聞きつけなかったとしたら、リズは耳が遠いということだ。

あわててベッドに飛びこんだリズを見てジョシュアは笑ってもよかったが、実際は笑うどころか大いに傷ついた。

ネメシスはまちがっていなかった。

リズ・バートンはアパートメントに帰ってきた。

リズはコンピュータから離れてはいられない——大切な執筆活動からは。嘘と不道徳な考えをほかの女たちの頭に吹きこむ道具からは。他人の生活をめちゃくちゃにしたのだから、リズは罰を受けなければならない。

その罰をあたえるのが自分の役目だ。そういう定めなのだ。女たちをまちがった道に導こうとしたことをリズもいずれ後悔するようになるだろう。

頭がむずがゆくなり、ネメシスは頭をかいた。髪はべとべとと脂ぎり、体はにおった。シャワーを浴びないといけないが、監視を中断するわけにはいかない。あの女《アマ》は気まぐれだから。

尾行の準備ができていないうちに、またどこかへ消えたらどうする？

この二、三日リズがどこにいたのかいまだにわからず、ネメシスは気になって仕方なかった。シアトル・タコマ国際空港からもポートランド国際空港からもリズが飛行機に搭乗した記録はない。航空会社の記録に不正侵入し、出発地をアイダホとカリフォルニア北部にまで広げて調べてみた。該当なし。

どこであれリズ・バートンが飛行機に乗った記録はない。

偽名を使ったはずもない。最近は安全重視のもと旅行者は身分証明書の提示を求められる。当初立てていた祝日の計画こそ阻《はば》まれたものの、リズが家族と感謝祭を過ごすのは妨害できたとわかり、ネメシスもいくらか溜飲を下げた。あの女のせいでこっちは家族で感謝祭を迎えることはできなくなったのだから、あいつに家族水入らずの感謝祭を送る資格はない。リズがどこにいなかったかわかったとはいえ――テキサスにはいなかった――どこにいたかもわからなかった。シアトルを離れてジョシュア・ワットと過ごしていたのかさえはっきりしない。あの男はリズのアパートメントにひょっこりと現われたが、長居はしなかった。そのことからは具体的になにもわからない。

ジョシュア・ワットについてなにを探りだせたかというと、まさにそれだった。つまりなにも出てこなかった。東海岸の出だということはわかった。しかし、なんの仕事をしているのか、どこに住んでいるのか、そういったことは不明のままだ。

それがネメシスは気に入らなかった。

基本的な情報にそのたぐいの穴があれば、計画の開始予定を狂わすことにもなりかねない。ジョシュア・ワットはどこかに消えたが、戻ってこないと決めてかかるまちがいは今度は犯すものかとネメシスは思った。一度はまんまとだまされたのだ。二度もその手は食うものか。

それにはこの男に関する情報がもっと必要だ。

音声送信機が壊れたのは痛い。ビデオ送信機から送られるかぎられた映像しか材料はない。

テキサスのアパートメントとちがい――あそこは隠しカメラを仕掛けたスピーカーの位置からダイニングルーム兼用のリビングルーム全体とベッドルームの入口が見えた――いまはリビングルームの一部しか見えないのだから。

リズが帰宅し、家にいることは充分に確認できたが、カメラには映らないところでどうしているのかネメシスは音声で確かめたかった。なんとかして送信機をつけかえなければ。同時に別の隠しカメラのセットも取りつけたいという誘惑に駆られた。しかし、盗聴器は部屋に仕掛けるよりも、外部から電話線に仕掛けたほうが安全だろう。

しかしながら、最終段階に向けて計画を動かす準備はまだできていなかった。

それがひどく苛立たしかった。

ネメシスはいても立ってもいられなくなり、ビデオのモニターのまえの椅子から勢いよく立ちあがった。計画はほころびかけていた。昨日一日かけてもう一度練りなおしたあとでさえ。しかるべき時が来たら、最後の仕上げにかかる準備のために計画からはずすべき動きもある。

十五年間プロジェクト・マネジャーを務めた経験から、計画を遂行する方法は心得ていたが、事前に計算できないことがらというのはあるものだ。計画をすっかり狂わせてしまいかねないことがらというのは。

ジョシュア・ワットがしゃしゃり出てきたのもそのひとつだが、ネメシスとしてはこの男に、リズ・バートンに罰をあたえる邪魔をさせるつもりはなかった。

まもなくリズには家庭を崩壊させた代償をたっぷりと払ってもらう。

そうなればおそらくネメシスは夜ぐっすり眠れるようになり、どうしても心を離れない喪失感にさほど苦しめられなくなるだろう。


リズは目を覚ました。夢のなかでジョシュアとしていたことで全身が脈打っていた。両脚のあいだが潤っているのがわかる。手を下に伸ばし、お腹をそっと撫でながら太腿のつけ根の湿り気を帯びた茂みに手を持っていった。軽くふれただけでぞくりとして、リズは息をのんだ。ひだのあいだに指をすべらせ、彼女自身にふれた。

体の奥はシルクのようになめらかで、濡れて腫れあがっている。

ぎゅっと手を押しさげると、心ならずも体がびくりと動いた。リズはパジャマのズボンから手を引き抜き、暗く影の差す天井をじっと見あげ、息をあえがせた。ベッドの脇の床からはジョシュアの規則正しい静かな息づかいがかすかに聞こえるだけだった。自分で自分の体にさわって絶頂に達した声をあげてしまったら、いっそ死にたい気分になるだろう。

リズは性欲の強いタイプではない。というか自分ではそうだとずっと思っていた。マイクとの夫婦生活は性的な刺激というより心が満たされる営みだった。それほど刺激的なオーガズムの経験がなかったせいか、自慰にもあまり興味がなかった。あれこれいじっても押し殺された快楽が短く爆発するだけだ。

それならどんなことになら性的な関心がある？

ジョシュアが目を覚まし、恥ずかしい場面を見つけられたいとは思わないが、彼を起こして別の状況に持っていきたいという誘惑が、まるで新しい馬を慣らすカウボーイさながらにリズの心を乗りこなそうと悩ませていた。

そんなリズにストップをかけることがあるとしたら、ジョシュアとのセックスは大きなまちがいだというはっきりした認識だけだった。すでに危険なほど彼に心をさらけだしているのだから。

セックスしてしまったら、ジョシュアがほかの女性に目移りしたあとはどうしたらいいのだろう？　いずれそうなるはずだ。彼はリズとセックスしたいだけで、深入りするつもりはないのだから。つきあうつもりさえないのだ。

しかし、リズは自分でも否定できない欲求に体を疼かせてベッドに横たわりながら、欲望に抵抗する強さが自分にあるのだろうかと思いをめぐらせずにはいられなかった。

6

ジョシュアは伸びをした。ベッドルームの窓辺のカーテンの下から街灯の低い明かりが差しこみ、外はまだ暗いとわかった。

硬くなり、体が疼いていた。ここに泊まりこむことにしたのは——ましてやリズと同じ部屋で寝ることにしたのは賢明な選択だったのだろうか、と思い返さずにはいられなかった。規則正しい息づかいからするとリズは寝ているようだが、彼女も自分と同じく寝苦しい夜を過ごしたことはわかっていた。寝返りを打つ音が聞こえたが、それはストーカーのことを考えていたからではないはずだ。

小さなあえぎ声が聞こえたときさえあり、そのときはホルモンが最高潮に分泌されてしまった。官能的な声に反応せずにいるには、陸軍レンジャー部隊の綱領《こうりよう》を頭からすべて心のなかで唱えなければならなかった。

腕時計の文字盤のライトをつけた。午前四時半はリズを起こすにはいささか早すぎるが、ジョシュアとしては起きだして仕事を始められる時刻だった。

立ちあがり、ドアのほうへ向かった。ドアを開けると廊下から明かりが差しこみ、どうしても無視できない欲望に突き動かされ、ジョシュアは振り返ってベッドのリズを見た。濃いブロンドの髪をバーガンディ色の枕に広げて大きなベッドの真ん中に横たわるリズは小さくてかよわい存在に見えた。そう思って、ジョシュアは思わず吹きだしそうになった。たしかに体は小さいことは小さいが、このタフなテキサスのお嬢さんはけっしてかよわくなんかない。頭のおかしな人間につきまとわれる精神的なストレスに耐え、道路に突き落とされた事件のあとも気丈に振舞っているのだから。

たしかにジョシュアが突然玄関先に訪ねていったときは肝をつぶしていたが、そのときでさえなんとか家族には真相を隠し、彼らを危険にさらさないようにと心を砕いた。彼女は驚くべき女性だ。

それに刺激的でもある。

ジョシュアはリズのベッドに入り、上半身の薄っぺらい服をはぎとり、その下のシルクのような肌に手をふれたくてたまらなかった。ひと晩じゅうリズの胸を頭に思い浮かべ、彼女を悦ばせ、自分も満足するためにその胸をどうしたいか妄想していた。すぐにこの場から動かなければ、リズがしたくないと言ったことをしてしまいそうだった。

ふいにリズの目が開き、唇がカーブを描いて、眠たげな穏やかな笑みを浮かべた。「ジョシュア」

ジョシュアは体の脇で両手をこぶしににぎりしめた。「まだ朝じゃないよ――もうひと眠りするといい」

リズが体を起こしてベッドの上に坐ると、上掛けが腰までさがった。だからといって肌があらわになったわけではない。それなのになぜネグリジェ姿の彼女を見ているかのようにつばをごくりとのみこんだのだろう？

「どうしてもう起きてるの？」とリズが尋ねた。そのハスキーな声はさながら化学戦争で使用されるもっとも浸透性の高い薬剤のようにジョシュアの中枢神経に伝わった。

「眠気が覚めたんだ。調査に取りかかりたくてね」部分的には嘘ではない。

リズは上掛けを払いのけベッドの端に押しやった。「手伝うわ」

「きみはいいよ。あとでも間に合う」

リズはベッドから立ちあがり、部屋を横切って化粧簞笥に向かい、ゆったりとしたソックスを取りだし、ピンク色の素足に穿いた。「もう眠れそうにないからふたりで始めましょう」

ジョシュアはコットンのTシャツの下で下着に締めつけられていない胸もとがゆれる様子を見るのに忙しくまともな返事はできなかったが、彼女は気づかなかったようだった。それでもそばに来るとリズは足をとめた。彼が戸口をふさいでいたのだ。

「ジョシュア？」

「うん？」

「仕事をするならキッチンのテーブルでしたほうが楽じゃないかしら」

「Tシャツとは名ばかりの思わせぶりな代物の上になにか羽織らないなら、これから取りかかる仕事は、このあいだの夜のように、ぼくがどれだけ早くきみの乳首を赤く腫れあがらせることができるか、ただそれだけになるぞ」

リズは息をのみ、腕で胸もとを隠し、まるでジョシュアが迫ってきたかのようにあとずさりした。「このTシャツは思わせぶりじゃないわ」

「薄くて体の線が丸見えだ」

リズは自分の体を見おろした。「薄くなんかないわ。ぶかぶかだし、体の線なんか見えないじゃない」

「トレンチコートだってきみの体を充分に隠せるものか怪しい。なんなら試してみるかい？」そう言ったとたん、裸にトレンチコートを羽織っただけのリズの姿が頭にまざまざと浮かんだ。股間が脈打ち、ジョシュアはうっかり口走ったことばに首を振った。「いや、やっぱりやめておこう」

リズは、まるで賭けに負けて脳細胞をひとつ残らず巻きあげられたのかといわんばかりにジョシュアをまじまじと見つめた。

ジョシュアはため息をつき、片手で顔をこすった。「とにかくなにか着てくれ、いいね？」

「ええ、でもあなたも服を着てくれないと」

ジョシュアは下を見て、下着一枚だったと気づいた。太腿にぴったりと張りつき、体の状態が包み隠さずあらわになる、やわらかいコットンのボクサーショーツしか身につけていなかった。「心配するな。服を着るよ」

十分後、キッチンに集合した。リズはコーヒーを淹れはじめ、ジョシュアはノートを開き、メモを読み返していた。「相談がある」

「どんなこと？」リズはジョシュアを見ていなかった。ベッドルームの戸口で起きたことを忘れようとしているのだろう。

幸運を祈る。

「まずは容疑者のリストを作ろうと思う。可能性をしぼるのに、ネメシスがまた行動に出るまで待たなきゃならない道理はない」

「それはそうよね」リズは立ったまま、ポットにコーヒーが落ちるのをじっと見ていたが、ジョシュアはそんな彼女をからかうのはやめておいた。

たがいに距離を置かないといけない。四、五百キロも離れていれば性的衝動《リビドー》も鎮まるかもしれない……いや、そうともかぎらないか。人命より身代金のことしか頭にないトチ狂った集団に囚われていた少年のところへ向かおうと蒸し暑いジャングルに分け入るあいだ、ずっとリズを欲しいと思っていたのだから。

ジョシュアはそんな考えを頭から振り払い、リストに集中した。「きみの元夫はどうだ？」

リズはいきなり振り向き、愕然とした表情でジョシュアをまっすぐに見つめた。「マイク？」

「きみの話では彼は別の女性に惚れてその女性と再婚した」

「ええ」

「その後どうしてるか知ってるか？」

「幸せに暮らしてるわ。ふたりには小さな女の子がいて、たしか奥さんは二人めを妊娠してる。どう考えてもわたしにつきまとう理由なんかマイクにはない――そもそもそんな人じゃないもの」

ジョシュアは、リズが結婚するほど一度は愛した男をかばうのを聞きたくなかったが、どうしてなのか自問しようとは思わなかった。「犯罪者《クリミナル》は額にでかでかと〝C〟とスタンプを押されてうろついてるわけじゃないんだぞ、リズ」

リズは目をぐるっとまわした。「わかってるわよ。ただマイクはとても正直で、曲がったことが嫌いなの。かりにマイクがわたしになにかしら腹を立てているとしたら――はっきり言ってそんなこと想像もつかないけど――堂々と出てきて、ちゃんと話をするはずだわ」

「その正直者はキャニオン・ロックに住んでるのかい？」

「ええ」

「彼が最近長期休暇を取っていないか確認するのはむずかしいことじゃない」

リズは首を振った。「マイクのことを騒ぎ立てるなんてお門《かど》ちがいもいいところだわ」

「騒ぎ立ててなんかいない」

「今朝はずいぶんいらいらしてるのね」

「いや、むらむらしてるんだ。いらいらとむらむらはちがう」

「言わせてもらえばたいしてちがわないわ」リズはそうぴしゃりと言ったものの、顔を赤らめたため、ジョシュアは彼女を気絶させるようなキスをしたくなった。

「わかった、それじゃ先に進もう」

「ぜひそうして」

「恋人は?」

「いないわ」

「ひとりも?」

「ひとりも。十八で結婚して二十六で離婚したの。その後のこの二年は仕事ひとすじだったから」

「セックスはどうしてたんだい?」びっくりしたような声に聞こえたかもしれないが、実際驚いていた。〝二年間セックスなし?〟

「みんながみんな、ささいな刺激で爆発する時限爆弾並みの性欲があるわけじゃないのよ」

あなたとちがって、とリズの表情は物語っていた。

「ノーブラがばれる薄いTシャツはささいな刺激じゃない」

「もう、やめて。蒸し返さないでちょうだい」

「ということは、恋人はいないってことだね？」とにかく念は押しておかないと。

「いないわ」

「きみに片思いしてた男は？」ふられた男は要注意人物になりうる。

「デートもしてなかった」

「全然？」

「そうよ！」

ジョシュアは両手をあげて、それ以上彼女の癇癪《かんしゃく》玉が破裂するのを抑えようとした。「わかった。二年間誰にもデートに誘われなかったのが信じがたいだけだ」

「わたしは作家よ。日ごろからひとりの生活だし、デートに興味もなかった。男の人ってそういうことを敏感に察するものでしょう？」

「ぼくに興味がないような振舞いじゃなかった」

「あなたが好きだったから」

「過去形か。もう好きじゃないのかい？」ジョシュアはまたしてもリズにからんでしまったが、内気でおとなしいと誰もが思っているこの女性がまるで火を点けた打ちあげ花火よろしく火花を散らすのを見るのがたまらなく好きだったのだ。

いつ頭の上で爆発されてもいい。

「いまのあなたは好きじゃないわね」リズはちくりと皮肉をこめてそう言い、ジョシュアは思わず苦笑いを洩らした。

「すまない。怒らすつもりはなかった」とジョシュアは白々しく嘘をついた。

リズもリズでそのことばには乗せられず、小さく咳払いをしてジョシュアにそれを知らしめた。

「いいだろう、じゃあ、きみに反感を持つ読者はどうだ?」

「本に文句をつけてくる手紙はそれほど来ないわ。ときたまだけど、ヒロインの攻撃的な性格に反発した読者から、レズビアンや極左のフェミニズムに肩入れしてけしからんなんていう手紙も来るけど、ほとんどはわたしの書いたものを気に入ってくれた読者からの手紙よ」

「目を通させてほしい」

「いいわよ。変な手紙はまとめてファイルしてあるから」

ジョシュアはそのことをノートにメモした。

「ほかには?」とリズが訊いた。

「そもそも心あたりはないのかい?」

リズは首を振った。「ないわ、ほんとに。父が生きてたら、人を雇ってわたしにいやがらせをさせていることもありえると思ったかもしれないけど、自分の知るかぎり、わたしに敵はいない」

る？」

「もちろん。でも、コンピュータに侵入されたのが癪《しゃく》に障るの。土足で踏みにじられた気分がする」リズは首を振り、皮肉な表情を浮かべて美しい顔をゆがめた。「でも、なにをいまさら、よね？　あの男には何カ月も生活を踏みにじられてるんだから」

リズはメモリースティックを手に取って、コンピュータの前面のUSBポートに差し入れ、マウスをクリックした。

ジョシュアは折りたたんでいた携帯電話を開き、ホットワイヤーの電話に短縮ダイヤルでかけた。

一分後、相棒はアパートメントに入ってきた。

「どういうことだ、犯人がコンピュータを勝手にいじってるって？　盗聴器を探したときにシステムを徹底的に調べたけど、そんな足跡はどこにもなかったぞ」

リズは顔をあげて目をむいた。「足跡のことは知らない。でも、あいつはわたしの原稿を消したのよ」

「ちょっと見てもいいかい？」

リズは立ちあがった。「どうぞ。わたしは〈デイナ〉（携帯用小型コンピュータ）で原稿を書くから」そう言うと、上部に小さなディスプレイのついた黒いキーボードのようなものを手に取った。

「あの男のせいで締め切りを破ってなるものですか」

ジョシュアはリズを見てほほえんだ。「その意気だ」

リズはびっくりして足をとめ、まるで後光が差しているかのようにジョシュアをまじまじと見つめた。

ジョシュアはリズにウィンクして背を向けると、クイーンの『ウィ・ウィル・ロック・ユー』を口笛で吹きながらキッチンへ戻っていった。

ジョシュアが歩き去るのをあっけにとられて見つめていると、リズは口の両端があがって、思わず苦笑いがこぼれた。

「あいつはきみに惚れてる」とホットワイヤーが言った。

リズはブロンドの男性に目を向けた。「ひょっとしたらね。ただの体目当てかと思ってたけど」

ホットワイヤーはにやりとした。「それもある」

「そんなことは――」

「おいおい、どう見てもそうだって。きみが飛行機をおりてからのあいつの態度は、きみのまわりに犬のようにマーキングして、おれさまの縄張りだと宣言してるようなものなんだぞ。そのおかげでニトロとぼくはばか――いや、大笑いして、お腹の皮がよじれそうなんだから」

リズもホットワイヤーの想像力に笑わずにはいられなかった。正当化できるのであれ、そうでないのであれ、ジョシュアの行動はまさにそういう傾向があった。

「彼はそんな人なの？」

「いや。メロディのときは縄張り意識なんて見せもしなかった」

「メロディ？」

「ウルフがいつか自分から話すよ、たぶん」

リズはまたもや好奇心をむきだしにしてしまったと気づき、ため息をついた。「ごめんなさい。根掘り葉掘り訊くつもりはなかったの。悪い癖ね」

「きみが直接訊いてもウルフはいやがらないんじゃないかな」

「あなたはジョシュアの保護者意識を誤解してるんじゃないかしら、わたしの力になってくれてるからって」

「いや。彼は人助けの鬼だけど、だからって誰にでも性的な所有欲を持つわけじゃないよ」

リズはそういう意味で言ったわけではなかった。詮索されてもジョシュアはいやがらないとホットワイヤーが思っていることについて話していたのだが、どうしてわざわざ訂正しなくちゃならない？　理由はともあれ、ジョシュアのリズに対する気持ちは性欲だけではないとホットワイヤーは信じているのだから。

それについてホットワイヤーに反論しても、かえって言いくるめられてしまうかもしれない。

リズはホットワイヤーの言ったほかのことばに興味をそそられ、〈デイナ〉を胸にかかえながら尋ねた。「どういう意味なの、〝人助けの鬼〟って？」

「ジョシュアは自分が世の中を守らないといけないと思ってる。他人のために何度も命を危険にさらしたこともある。それが自分の生きる道だと思ってるんだろうな」

「でも、自慢してないわ」

「そうだね。金をもらってやっている以上、善行とは言えないと考えてるんだよ」

「でも、割りに合わない仕事もあるんじゃない？」リズはふと思いついて尋ねた。

ホットワイヤーは頭を振った。「まあね。でも、あいつはそんなことにはこだわらない。そんなんじゃないんだ」

「あなただったらどうなの——こだわる？」

チャーミングなジョージア育ちの男性は見るまに感情を殺した傭兵に変わった。「人それぞれ自分たちのやってる仕事には自分たちなりの理由があるものだ」

リズは彼の豹変《ひょうへん》ぶりを見ても気おくれしないようにした。ただにっこりとほほえんで言った。「でしょうね。でも、賭けてもいいけど、人助けの鬼はこのあたりでジョシュアひとりじゃないと思うわ」

リズはジョシュアのまねをしてウィンクをすると、ホットワイヤーが返事をするまえに踵《きびす》を返した。

なにも聞こえなかったが、背後で何秒か沈黙がつづき、やがてデスクトップのキーボードを猛烈な勢いで叩く音がリズの耳に届いた。

ジョシュアはノートを脇にどけた。リズが〝変な〟手紙のファイルと呼ぶマニラ紙のフォルダーから取りだした容疑者候補の読者からの手紙を何通か手もとに置いて。リズは封筒こそ保管していなかったが、差出人の欄に書かれていた都市と州の名前、あるいは国名を一通一通の手紙にメモしていた。さらに刑務所から来た場合はどこから来たのか名前を書きつけてあった。それはそれで役に立たないこともないが、手紙を書いた人々を見つけだすのはひと筋縄ではいかないだろう。

ジョシュアは立ちあがり、伸びをしてからリビングルームのすみまで行った。リズは隠しカメラの真正面の楓材のロッキングチェアに犯人に挑戦するように坐り、小さな黒いキーボードでタイプしていた。

「そろそろひと休みしないか？」

リズから返事はなかった。ジョシュアは小さなキーボードをすばやく叩く指がとまるのを待ち、もう一度尋ねた。ホットワイヤーもときどき同じような状態になるときがあり、集中力が途切れても差し支えないタイミングを待つことをジョシュアは心得ていた。

リズが顔をあげた。ぼうっとした表情で言った。「ひと休み?」

「ああ」

「そうね……」リズは膝の上のキーボードに目を落とし、打ちこんだ文章を声に出して読みあげだした。「あともう少ししたら」それだけ言うと、また文章を読みあげていった。

「わかった」

ほどなくリズはまたタイプに戻った。心ここにあらずといった口調からすると、〝もう少ししたら〟は二、三分より長くなりそうだ。

ホットワイヤーがリズのコンピュータで作業しているところに行き、手紙の束を彼の横に置いた。「この連中を調べてくれ」

相棒はうなずいた。「了解」

「ちょっと走ってくる――一時間かそこらここにいてくれるか?」

「もちろん」ホットワイヤーは手紙をつかみ、ぱらぱらとめくった。「おおまかな所在を割りだすのにそれくらいはかかるだろう」

「よろしく」

「いいとも。なあ、ウルフ、彼女はちょっといないタイプだな、あんたのリズは」

「彼女はぼくのものじゃない」たとえベッドに連れこんだとしても自分のものにはなりっこない。

ジョシュアの笑顔は、一〇〇パーセント、純然たるセックスアピールとしか分類しようがなく、リズの心拍数に悪影響をおよぼした。

「軽くつまめるから」

リズはキッチンに向かった。「二度言わなくてもけっこうよ。もうお腹ぺこぺこ」

コンピュータのまえを通りすぎながら、椅子に誰もいないと気づいた。「さっきドアが閉まる音がしたけど」

ジョシュアは顔をしかめた。「最後の音は、今日五回めに玄関のドアが閉まった音だよ。ニトロが来て、帰って、ぼくがランニングに行って、戻って、ホットワイヤーがさっき帰った」

「あなたがシャワーを浴びたばかりに見えても不思議じゃないってことね」

「ランニングは五時間前だ」

リズは顔をゆがめた。「あら……」

ジョシュアはくすくす笑った。「ミーティングのあと、きみが原稿を書いているあいだ、ベッドルームの床で体を動かしてた」

「わたしも体を動かしたいわ。ずっと同じ姿勢で坐ってたから筋肉痛になっちゃった」リズはテーブルの横で足をとめ、体の脇を伸ばすストレッチをした。

ジョシュアの食い入るように見つめる目つきは見られているほうをそわそわさせるほどで、

リズは椅子に腰をおろすときにうっかりテーブルに体をぶつけた。

彼が注いでくれたジュースをたっぷりと飲み、サンドイッチをひとかじりした。あまりのおいしさにリズは会話もそっちのけでほとんど食べてしまった。

「どうやら執筆ははかどったようだね」

「ええ」

「ホットワイヤーはきみのシステムに密かにファイアウォール（不正侵入を防ぐ防御システム）をインストールした。これで、誰かが侵入しようとすれば、相手のコンピュータを突きとめる手がかりが残る」

「ネメシスはわたしのファイルを消したとき足跡は残さなかったわ」

「ああ。戦場で掃討《スウィープ》作戦に参加する兵士をしのぐほど、きれいに掃除《スウィープ》して跡を残さない、いい仕事ぶりだった」

「それで筋が通るわ。自分でファイアウォールのソフトウェアを使ってネメシスのメールの出所を突きとめようとしたときは、なにも出てこなかったから」

ジョシュアは椅子をくるりとまわして前後逆にして、脚を広げて坐ると、両腕を椅子の背に載せた。リズが食べるところを見ているのが好きだった。本人に言っても感謝はされないと思うが、彼女はじつにおいしそうにものを食べるのだ。

「ホットワイヤーはメールに関してさらに手を打ったが、まだ作業の途中だ」

「だったらいまパソコンを使ってもいいのかしら？」

「きみ次第だ。〈デイナ〉を使っていたほうが気が楽なら〈デイナ〉を使えばいいが、毎晩パソコンにはダウンロードすること。ぼくたちが気づいていることをネメシスに突きとめられないように。ただしファイルの最新のバックアップだけは取っておいてくれ」

「いつもやってるわ」

「わかった」

「いろいろありがとう」

「礼ならホットワイヤーに言ってくれ。実際に作業したのは彼だ。コンピュータはぼくの専門じゃないから」

「あなたの専門はなんなの？」

「戦術と戦闘」

ジョシュアの思ったとおりリズはたじろがなかったが、魂をのぞきこもうとすると言っていいような目でじっと彼を見つめていた。「あなた言ってたわね、回想録に書き残したくないようなことをごまんとやってきたって」

「ああ」十年を傭兵として生きてきたのだから。陸軍レンジャー部隊にいた六年間はそれよりもかろうじてましという程度だ。

「誰しも自慢できないことが過去にあるものだわ」

「誰しも将来同じことをまたくり返す？」なぜなら自分がそうなのだから。

ジョシュアはこれまでいくつもむずかしい決断を下してきたが、助けを必要とする人々のためにおこなった戦闘行為で後悔したことはほとんどなかった。だからといって良心の呵責に苦しまないわけではない。人を殺さなければならない場面が何度あったとしても関係ない。人間なら殺しを平気でやってのけるようにはけっしてならないものだ。

少なくとも自分は。

「ヒーローに憧れてもそういう人生を送れる人はほとんどいないわ」

「ぼくはヒーローじゃない」

リズは手を振ってジョシュアのことばを退けた。「わたしが原稿を書いていたあいだ、あなたたちが話し合っていたことをおしえて」

あえて反論してまでリズを幻滅させたいとは思わなかったので、ジョシュアはそのまま話題を変えた。「〝変な手紙〟のファイルにしまってあった手紙に目を通した」

「わたしも読み返したわ、ストーカーされはじめてすぐ。でも、手紙とわたしの身に起きたことのあいだに相関関係は見つからなかった」

「いくらでも関連づけることはできるよ。五通は刑務所で書かれた手紙で、そのうち四通は男からで、男たちはその後出所している」

「ほんとに気味悪い手紙も何通かあった」とリズは身を震わせて言った。「彼らの消息を調べたの?」

「ひとりは中西部で仮出所中で、状況からすると、出所してから町を離れていない。もうひとりはまたお務め中だが、今度は郡拘置所にいる。あとのふたりは仮出所中に高飛びして、現在の居場所は不明」

「そのうちのひとりがストーカーだと思う?」

「わからない」ジョシュアは正直に答えた。それなら話は早いが、おそらくそうはいかないだろう。「ひとりは婦女暴行罪で服役していた男だが」

リズの顔から血の気が引いた。ジョシュアは考えるより先に手が伸びて、リズにふれていた。

「誰もきみに近づかせない」

「ありがとう」リズは口の端をぺろりと舐めて、ついていたパンくずを取った。口のなかに引っこんだリズの舌を自分の舌で追いかけたい。

そんな危険な方向へ向かいそうになる思考を無理やり引き戻し、彼は言った。「そのほかに何通か調査するべきだと思う手紙があった」

「どれ?」

「救済のあらたな道を発見したと主張する、ある右翼系の保守団体からの手紙が二通あった。女性問題に力を入れ、独断に満ちた論陣を張ってる団体だ」

「カルト集団につきまとわれていると思うの？」リズは信じられないという口調で言った。

「いや、そうは思わないが、きみを目の敵《かたき》にしているカルトの信奉者がいるとも考えられる。とにかく一応調べてみないと」

「手紙の線からは一足飛びに解決しそうにない、そうなのね？」

リズに嘘をついても始まらない。どのみち彼女は頭が切れるから嘘にはだまされないだろう。「そのとおり」

インターコムのブザーが鳴った。

「誰か来ることになってたのかい？」

「いいえ」

ジョシュアはリズのあとについて廊下へ出た。リズはインターコムの黒いボタンを押した。

「はい？」

「バートンさん、管理室です。今日お宅に小包が届いたのですが、郵便箱に入らないのであずかりしてます」

「すぐ取りに行くわ」リズはフックから鍵の束をつかんだ。「ちょっと行ってくるわね」

ジョシュアはドアに手を置き、リズに開けさせまいとした。「小包が来るのはどのくらいの頻度だ？」

「かなりしょっちゅう」リズはジョシュアを安心させるように彼の腕を軽く叩いた。

胸騒ぎがした。ジョシュアにそういう第六感のような感覚が欠けていると思う者は母親と妹たち以外は誰もいない。

「全然めずらしいことじゃないのよ、ジョシュア。出版社が校正刷りを送ってきたり、著者原稿を返却してくれたりするし、わたしもインターネットでよく本を注文してるから」

「だからといってこの小包が安全だとはかぎらない」ますますいやな予感がする、と直感が告げていた。なんの根拠もなかったが、それでもやはりどこか怪しいとジョシュアにはわかった。

「あなたが一緒に行くのはまずいでしょ」リズは自分で自分を抱きしめるように腕を体に巻きつけた。そういうしぐさをするときのリズは身の危険を感じているのだとジョシュアもすでに知っていた。「よくわからないけど、ネメシスはここの管理室にいる警備員のひとりかもしれないから」

ジョシュアはリズの胸を突きだした姿勢が気に入ったが、それを口に出そうとは思わなかった。

「そうであっても驚かないよ」彼は余計なことは言わなかった。「ここの警備はたるんでるから」

「部屋探しを手伝ってくれた不動産業者は、セキュリティはしっかりしてるって言ってたけど」

「ぼくは苦もなくここに入りこめた」

「あなたなら誰にも気づかれないかもしれないけど、たいていの泥棒はあなたとちがって元傭兵じゃないのよ」リズの唇に笑みが浮かんだ。リズが自分に軽口を叩いている、とジョシュアははっきりわかった。

これもまたはじめての経験だ。

「元なんとかじゃない」いまでも雇われ兵士だ。その事実はリズにしろぼくにしろ忘れないほうがいい。

「わかってるわ、でもわたしが言いたいのは」リズは大げさなほどことばを選んで言った。「あなたと同じ技術を備えている人は世間にほんのひとにぎりしかいないってこと。もしネメシスがそのなかのひとりだったら、彼に関する具体的な情報はひとつも出てこないでしょうね」

その点についてはジョシュアも認めざるをえなかったが、リズにひとりでロビーに行っていいと承諾するわけにはいかなかった。「ニトロに連絡して、きみが階下《した》に着いたときにロビーにいてもらう。ニトロとホットワイヤーの仮住まいの部屋はすぐ下の階だから、ニトロはきみのあとからエレベーターまでついていける」

リズは反対の声をあげなかった。ジョシュアもリズが反対するとは思っていなかった。

7

リズは神経が高ぶり、小包を引きとりながらいつものように警備員と雑談する心の余裕もなかった。

しかし、だからといってどこへも行き場はない。そもそも逃げるようにしてシアトルに出てきたわけで、また同じことをくり返すわけにはいかない。

荷物の箱を受けとり――大きさのわりに軽い気がした――リズは女性警備員に礼を言って、エレベーターに引き返した。ニトロが隣に来たが、視線を送ってくることもなく、知り合い同士だとほのめかすような態度はちらりとも見せなかった。

ふたりはエレベーターに乗りこむと、ニトロはまっすぐまえを見、リズは小包の外側を調べた。茶色の紙に包まれ、ちょうど本の宅配にぴったりのサイズだったが、中身が書籍一、二冊に軽量の梱包材だけだとしても、やけに軽すぎる。差出人の住所は汚れて判読不能で、消印はシアトルの中央郵便局のものだった。

〈アマゾン・ドット・コム〉はシアトルに本社があるが、配達されてくる箱には会社のロゴマークが入っているはずで、そもそもリズは最近注文した覚えがなかった。覚えがなくても意味はないが。本が届いて、注文していたことに驚くこともちょくちょくあるのだから。執筆に没頭しているあいだに無意識にしてしまうのは会話だけではなかった。

エレベーターがニトロの階でとまり、彼はおりた。開いたドアの向こうでいったん足をとめたが、リズに背を向けたまま言った。「おれが階上《うえ》に行くまで箱は開けるな」

リズの同意を待たずにニトロは立ち去り、そのすぐあとにドアが閉まった。

ジョシュアの態度も、ニトロの態度も、リズの神経に障ることはほとんどなかった。ストーカーにつきまとわれているのだから、攻撃にさらされて生活する覚悟はできていると思っていたが、自分はまた現実から逃げだそうとしているのだとリズは気づいた。昨日は仕事にかこつけて逃げた。ジョシュアと彼の友人たちが自分の困った状況について話し合っているあいだ、キーボードを打ちまくって。

ほんとうならその話し合いに自分も加わるべきだったのに。彼らの計画に積極的に関心を持ってしかるべきだった。しかしそうはせず、自分のつむぎだす虚構の世界に没頭してしまっていた。つねにヒロインは勝利をおさめ、悪党どもは罰を受ける勧善懲悪の世界に。そういう防衛機制の心の働きはいまに始まったことじゃない。父親に拒絶されることから目をそむけるために頭のなかでこしらえた物語を利用し、マイクに離婚を突きつけられてつらい現実にほうりだされるまで、本を書くことにかまけて結婚生活にひびが生じても見て見ぬふりをしていた。

そしていま、またしてもどこかに逃げこもうとしている。小包がストーカーから送りつけられたものだと信じたくないから、ほかの選択肢を探しつづけている。リズは日々の生活を一から十まで疑ってかからなくてはならないとはっきり悟りたくなかった。とはいえ現実を直視したくないと思っているようでは、両手のなかの中身のわからない箱を見おろすたびに胸をちくちくと刺す痛みを取り除くことは到底できない。

ジョシュアはリズの帰りをじりじりしながら待っていた。

彼女がひとりで廊下を歩いているのがどうにも気に入らない。ニトロの階にエレベーターがとまっても、リズのほかにも誰かが乗っていれば、ニトロもそこではエレベーターをおりずにいるとわかっていても、だ。仲間の能力を疑うわけではなかったが、どうしても携帯電話に手が伸びた。電話をかけ、ニトロがアパートメントに戻ったか確かめずにはいられなかったが、ダイヤルの途中でドアが開き、リズが入ってきた。

ごくふつうの茶色の箱を廊下のテーブルに置き、鍵をフックに掛けたリズは、不安な顔を見せていた。

ジョシュアは携帯電話をすばやく閉じて、ベルトに留めたケースに電話をしまった。「どうした？」

リズは下唇を嚙み、ちらりと箱に目を走らせてからジョシュアを見た。「差出人の住所は読めないし、消印はシアトルの郵便局」とくになにを見るでもないが、にらみつけるような目つきで言った。「こういう感じっていやだわ」

「こういう感じ?」

「包囲されてる感じよ」

言いたいことはジョシュアもよくわかる。これまでのところ、ストーカーがらみのリズの行動はすべて守勢に立たされていた。防御の盾に隠れていては気の安らぐときはない。戦闘とは端的に言ってこういうことだ。攻撃に出れば大きなリスクを背負うが、後手にまわることはなく、思うように打って出ることができるのだ。

「これまでネメシスからなにか送りつけられてきたことは?」そんな話は聞いていなかったが、目下の状況にいたった出来事をジョシュアはすべてリズに質問していたわけではなかった。

恥を忍んで認めれば、リズと一緒にいるといつでも悩まされる欲望と闘うのに彼は忙しかったのだ。十六年間の軍務経験がありながら、小柄な女性ひとりにかかって守りはがたがたになっていた。これほどばつの悪いことはなく、できればジョシュアは認めたくなかった。

「ないわ」リズは途方に暮れた目でジョシュアを見た。まるで戦火で破壊された国のように混乱した気配を浮かべている。「でも、道路に突き落とされるまえは、危険にさらされるようなことは一度もなかったのよ」リズの小さな指が体の脇で縮こまったり伸ばされたりし、指のつけ根の関節が白くなった。「もしかしたら巡査部長は正しかったのかもしれない。あれはストーカーの仕業じゃなかったのかも」

　ジョシュアはリズの肩をつかみ、ほんの少しだけ引き寄せた。「いま自分を疑いだしてはいけない」

　リズは肩に置かれたジョシュアの手を見て、またジョシュアの顔を見た。「よくそうするのね」

「なんだって？」リズの思考の流れについていくのはひと苦労だ。

「わたしによくさわるってこと」

「それが驚きなのかい？」

「そうよ」

「なぜだい？」

「任務中はセックスしないって言ったじゃない」

　ジョシュアはリズの優美な首筋を両手の親指でそっと撫で、脈の速さに気づいてはっとした。「セックスに持ちこもうとしてさわってるわけじゃない」たいていは。

「親しみをこめてさわってるだけ」とリズはからかうように言った。

「まあね」ほんとうに親しく交わろうとして。

「親しい人には誰にでもこんなふうに気づかう、そういうこと？」

ジョシュアの口もとがほころんだ。リズがストレスを感じているときでさえ彼女には思わずくすりとさせられる。リズのそんなところがジョシュアは好きだった。「ホットワイヤーとニトロは別だ」

リズのハシバミ色の目がさも可笑しそうな表情になった。「わたしもそれは想像できない」

それはジョシュアも同じだったが、それをいうならこんなふうに気軽にほかの女性にふれたりする自分も想像できなかった。リズは知らないことであり、あえて話すつもりもなかったが。セックスをしているときでさえ、愛撫は相手をいかせるために過不足なくするだけだったが、リズと一緒にいると、ひっきりなしに彼女の体に手を置きたくなる。いまのように悶々とした欲望に駆られていないときでさえ。

リズの小さな手がジョシュアの心臓のあたりにしっかりと置かれ、妖精のようにいたずらっぽい顔に真剣そのものの表情が浮かんだ。「あなたがここにいてくれてよかったわ、ジョシュア。力になってくれてありがとう」

数秒のあいだジョシュアはことばを失った。自分を強いなければ、リズの手を胸から離させることも、あとずさりすることもできなかった。「どういたしまして」彼はそう言うと箱を手に取った。「これを開けるまえにニトロに来てもらおう」

「あとで来るって彼も言ってたけど、どうして箱を開けるのに立ち会ってもらわないといけないの？」

「あいつは爆発物の専門家だから」

「まさか爆弾なの、これ？」

「ストーカーのこれまでの行動を考えればそこまでの暴力的な意図は感じられないが、用心に越したことはない」

リズはただではすまさないというような目でジョシュアをにらみつけた。「心臓が何拍ぶんかとまったわ。用心するのもいいけど、もう少しことばに気をつけてもいいんじゃない？」

ジョシュアはリズの生意気な物言いは好きだったが、同調はしなかった。「可能性に目をそむけてもなんにもならないよ」

リズは気を取りなおし、気合を入れるように背筋をしゃんと伸ばした。「あなたの言うとおりだってわかってる。無視すれば、消えてなくなるんじゃないかと期待する悪い癖があるの」

「たとえばストーカーが？」

「そう、とくにそれ」

リズは、空港警備員さながらに細長い化学物質探知器を操る寡黙な男性を見つめていた。

箱はキッチンに持ちこまれ、ニトロはテーブルについて作業していた。

ニトロが調べているあいだ、階下《した》のニトロたちの部屋に行っていたらどうかとジョシュアに勧められたが、リズは見学を希望した。職業上の好奇心をくすぐられて。それはともかく、しっかりと自己主張もした。もしほんとうに危険だとジョシュアが思うなら、そもそも管理室に小包を取りに行かせなかったはずだ、と。

それはもっともだとジョシュアもしぶしぶながら認め、しっかり者の頑固な女は困りものだとぼやきながらも、残っていいと許可した。ただし、ニトロが疑わしいものを発見したら避難することをリズに約束させていた。

これまでのところネメシスは慎重を期して、リズが警察へ持ちこめる具体的な証拠のたぐいを残さないようにしていた。小包に危険物や足のつく恐れのあるものが入っているとは思えない。ネメシスにリズを殺すつもりがないなら——恐怖心をあたえる以上の意図を匂わせることはこれまでいっさいなかった——小包はせいぜいリズの精神衛生を脅かすだけで、それ以上の危険がある可能性はほとんどないだろう。

おそらくニトロの努力は取り越し苦労に終わるにちがいないが、その作業自体にリズは惹きこまれていた。

「それはなんの道具なの?」手に持った棒を小包に走らせているニトロにリズは尋ねた。

「電磁放射を検出するものだ」

リズはつまりどういうことなのと尋ねるようにジョシュアを見た。

「爆弾の電気タイマーや起爆装置があれば、その棒が発見する」

「こいつはシロだ」とニトロは言って、どこからともなく現われたとしか思えない折りたたみ式のナイフを開いた。

箱の茶色の包み紙を留めていた梱包用テープに浅くナイフを入れ、箱の折り返しを起こした。なかにはピーナッツ型の発泡クッションがぎっしりと入っていた。ニトロは棒状の道具でさらに調べてから梱包材を注意深く取り除いた。

薄紙にくるまれた包みを箱から取りだし、リズを見た。「開けてもいいか?」

「どうぞ」

ニトロがごくふつうの白い薄紙をはがすと、ふたつに割れたクリスタルのハート型の置きものが出てきた。花婿は台座についていたが、花嫁は粉々に砕け、花嫁の一部だった色のついたクリスタルの小さな破片が薄紙のなかに入っていた。

これはなんなのかと尋ねるようにニトロとジョシュアがリズを見た。

「ウェディングケーキのてっぺんに載せる飾りよ。マイクと結婚したときのものによく似てるわ」実際のところ、気味悪いほどそっくりだった。

ジョシュアは薄紙にくるまれた包みをニトロから受けとり、しげしげと眺めた。「どれくらいよく似てる?」

リズは足腰が立たなくなった気がしたが、ふたりには悟られたくなかったので、カウンターに寄りかかった。かよわい女になるのはいやだ。「ほとんど瓜ふたつ。結婚式の写真かなにかを見たみたい」

「ひょっとしたらそうかもしれない」

胃液が咽喉もとにあがってきたが、リズはそれをのみ下した。こんなことで弱気になるものか。

「キャニオン・ロックのアパートメントに押し入られたときに見られた可能性はあるわ」結婚式のアルバムはほかの写真と一緒に飾り棚にしまってあった。

ジョシュアは包みをカウンターに置き、箱のなかをすみからすみまで調べはじめた。「結婚式の写真を取っておいたのか？」

驚いたような声だった。プロの傭兵には思い出の品を取っておく習慣はないのだろう、とリズは思った。

「ええ」自分の過去の一部なのだから。前歯が二本ない一年生のときのひどい写真や、いつか子供や孫に見せるために取ってある思春期のころのにきび面の写真と同じく。

ジョシュアはニトロを見た。「手紙はない」

リズにしてみたら残念だとは言えない。暗にほのめかされたメッセージだけで充分動揺しているのだから——追い討ちをかけるような悪意に満ちた手紙は必要ない。

その夜、リズの目を覚まさせたのはエロティックな夢ではなかった。電話の鳴る音だった。リズは大きなベッドの上で寝返りを打ち、ベッドの横のテーブルを手探りしてコードレスの受話器をつかもうとした。電話のかわりにがっちりとした毛深い手首に行きあたった。

「ジョシュア?」とリズは寝ぼけ声で尋ねた。

「ああ。電話はここだ」ジョシュアはリズの手に受話器をにぎらせた。「もしネメシスなら、逆探知できるように話を引き延ばしてくれ」

「うちの電話に逆探知機をつけたの?」とリズは尋ねた。そのショックのほうが電話の音より目覚ましの効果があった。

「いまそっちの心配はいい。とにかく電話に出るんだ」

ジョシュアがベッドの隣に腰をおろし、彼女は通話ボタンを押した。

「もしもし?」

「やあ、リズ」デジタル化された音声が聞こえ、受話器をにぎるリズの手に力が入った。

「ボーイフレンドに捨てられたようだね」

「あの人はボーイフレンドじゃないわ」

リズが否定すると、デジタル処理を施されても明らかにせせら笑っているとわかる笑い声が返ってきた。

ジョシュアの温かな手がリズの膝に置かれ、彼はなにかを伝えようとしているようだった。きみはひとりじゃない。

神経をまいらせている原因がどっちなのかまるでわからなかったが——電話なのか、ジョシュアがそばにいることなのか——とにかくリズは尋ねた。「あなた、誰なの?」

何度同じ質問をした? 電話がかかってくるたびに最低一度は。また訊いてしまった自分にリズは苛立った。どうせ向こうに答える気などない。

「ネメシスだよ。知らばっくれるのかい?」

「それはあなたの本名じゃないわ」

「本名だ。いまのわたしはネメシスだ。おまえのせいで」音声はゆがんでいたが、リズは彼の声に激しい怒りを、非難の気配を聞きとった。

「わたしのせいって、どうして? あなたのことは知りもしないわ」

「それはたしかかな、リズ・バートン?」またしても不気味な、機械の笑い声がした。

そう、たしかではない。だから悩まされているのだ。それもひどく。それでも本心とはうらはらにリズは言った。「たしかよ。あなたのしているようなことをする人は、わたしの知り合いには誰もいないんだから」

「その連中には度胸がないのさ」

「女性をつけまわすのに度胸なんていらない。ネジがはずれてればいいのよ」

ジョシュアが警告するように膝をぎゅっとつかむと、リズはこの頭のおかしな男との話を長引かせないといけないのだったと思いだした。男を怒らせて電話を切らせるのではなく。

「おまえの身に降りかかっていることは当然の報いだ。ほかの女たちをよからぬ道に踏みはずさせているのだから」

いったいなんの話をしているのだろう？　地元の作家の団体にさえ所属していないのに。ましてや女性グループのような団体にはどこにも入っていない。「どういう意味？」

「とぼけるのはやめてくれ。わかってるだろうが！」一語一語が怒りで震えていた。

「ほんとにわからないんだけど」

「嘘をつくな！　おまえはわかってる！　家庭を壊してまわりやがって」機械を通した声はささやくほどまで低くなった。「たぶん自分の家族がめちゃめちゃにならないとだめなんだろう――そうなれば、罪がどれだけ深いか、さすがにおまえもわかるはずだ」

胸が悪くなるような不安がリズの心に渦巻いた。

「わたしの家族はなにもしてないわ」

「そのとおり。彼らはなんの罪もない人々で、なんの罪もない人々は有罪の罰を受けるべきではないが、彼らはおまえを愛している。おまえを愛しているということは、おまえのゆがんだ世界観を共有しているはずだ。ということはやっぱり……」ネメシスの声はひとり言を言うように尻切れとんぼになった。

「やめて。家族には手を出さないで。お願いだから」

「そうだな」どっちにしようか迷っている口ぶりだった。リズは身内がネメシスに傷つけられることを思い、恐怖に胸が引き裂かれた。

「家族にはなんの罪もないのよ」とリズは語気を強めて言った。

「でも、おまえには罪がある！」ネメシスの声が電話線の向こうで鳴り響いた。音節ひとつひとつを震わせてリズを糾弾していた。

「わたしがなにをしたのか、お願いだからおしえて」

「おまえの亭主はおまえと離婚した。おまえには愛する価値がないとわかったから、そうだろ？　亭主は子供を産んでくれる女と再婚した、妻にする価値のある女と。おまえはそういう女じゃないんだよ、リズ・バートン」

電話の向こうの男は頭がおかしいからそんなことを言うのだとリズもわかってはいたが、それでも男のことばに傷つけられた。昔の不安が呼び起こされたからだ。楽しかったとは言えない子供時代に置き去りにして、なんとか引きずらないようにしていた、自分には愛される価値がないという不安が。

「ちがうわ」

「おまえは欠陥人間だ。亭主に子供を産んでやることもできなかった。神はおまえを不妊症にして罰した。今度はわたしがおまえを罰する番だ」

ネメシスのことばにショックを受けてリズはことばを失った。

「おまえはほかの女たちの結婚をぶち壊そうとしている。自分の結婚生活を維持できなかった腹いせに」

自分のことをとやかく言われても取り乱してはいけない、とリズは思った。頭がいかれているとしか思えない男に電話口で罵倒されてへこんだりしてはいけない。「誰の結婚もぶち壊したいなんて思ってないわ。なんの話をしてるの？　どうして非難されるのか、わたしにも知る権利があるわ！」

「権利なんかない。おまえはすでに裁判にかけられて有罪になった」

「裁判にかけられたって、まさかあなたにじゃないでしょうね？」

「おまえ自身の行動で有罪判決がおりた。だからおまえは罰を受ける」

ことばがまだ耳で響いているうちに、男が電話を切った音がかちりと鳴った。リズは震える手で切りボタンを押し、手探りで受話器をナイトテーブルに戻した。

「なんて言ってた？」

「わたしが他人の結婚をぶち壊していると言ってた。だから彼はわたしのネメシスになったって」リズは暗がりのなかで目を合わせようとしたが無駄だった。「ねえ、ほんとにわけがわからないの。女友達にだってご主人と別れるべきよ、なんて言ったためしもないのに。場合によっては別だけど……友達の身が危ないと思ったり、なにかあったりしたら言うかもしれない。でも、そういう問題にぶつかったことは一度もなかったわ」

ジョシュアの携帯電話がジーと鳴った。彼は電話をとった。「はい?」

リズにも携帯電話の上部から声が聞こえた。

「ちくしょう」

「誰から?」電話のやりとりに横から口をはさむ無作法もおかまいなしにリズは尋ねた。

「ニトロ——さっきの電話は街の反対側の公衆電話からかかってきたらしい」ジョシュアの注意は電話に戻った。「やつがなんだって?」と彼は訊き返した。

さらに電話の向こう側で話がつづき、どうやらニトロはさっきの不快な電話の内容を一語一句たがえずに伝えているようだった。つまり逆探知機だけでなく盗聴器も電話に仕掛けてあるということだ。よかったとリズは思った。

言われた内容をうっかり忘れたらいけない。とくに家族への脅しについては。

家族のことはなんとか手を打たなければ。

「たぶん彼女の医療記録をハッキングしたんじゃないか」とジョシュアは言って、間を置いた。

リズにもニトロの声は聞こえたが、携帯電話の向こうでなにを言っているのかは聞きとれなかった。

「ちょっと待ってくれ」とジョシュアは言った。

彼はベッドの横のランプをつけ、真剣な表情でリズの顔をまっすぐに見た。「きみが不妊症だという情報をあいつがどこで手に入れたか知る必要がある。診察の記録からじゃないかと思うんだが、きみが誰かに話したってことはないかい?」

リズは鼻を鳴らした。不愉快な電話のせいでじわじわと胸に広がっていた不安と無力感は消え、ふたたび怒りが取ってかわった。「わたしは不妊症じゃないわ。月経の周期が一定じゃない、ただそれだけ。お医者さまの話では、妊娠するにはしばらく時間がかかるかもしれない、ということだったけど、マイクとわたしは赤ちゃんを作ろうとしたこともなかったわ。ネメシスは頭がおかしいだけじゃなくて、頭が悪いのよ」

そう言った瞬間、どんな男だと思われているか、あの迷惑男本人の耳に届けばよかったのに、とリズは思った。

「女性のそういう体の周期にまつわる話は日常的に話題にすることなのかい?」

「いいえ」マイクには話したことさえなかった。結婚生活で一度も問題にならなかったからだ。「別にわざわざ隠すことじゃないけど」

ジョシュアはうなずいて電話に戻った。野性に帰ったような顔つきになり、かなり口汚いことばを吐いた。「あいつには絶対リズの家族に手だしはさせない」

そうとも——ニトロの意見も一致した。

「向こうに飛んで、一家を移動させてくれるか?」とジョシュアは尋ねた。ややあってさらに言った。「明日でも大丈夫だろう」間があいた。「おまえの家か。いいだろう。うちに負けない要塞だから」ジョシュアはにやりとした。「うちとおまえのとこと両方をベラに見せて、感想を訊いてみないとな」

ジョシュアが兄一家を安全な場所に移す計画を立てるのを聞きながら、リズは罪悪感と自責の念をつのらせていった。なにかしら自分のしたことで身内を危険にさらしてしまった。ジェイクは牧場を離れなければならない事態に怒り狂うだろう。ありがたいことにいまは冬場で、牛の駆り集め《ラウンドアップ》の季節ではない。それとも、兄さんは妻と娘を安全な場所に送りこんで、自分は牧場に残ると言って聞かないかもしれない。

だけど、それもこれもわたしのせいだ。わたしがみんなの生活を引っかきまわしている。

小さな理性の声が、あなたのせいじゃないわとリズに言い聞かせようとしたが、胸をかき乱す感情には太刀打ちできなかった。

ジョシュアは体の向きを変えて、空いている腕をうしろからぐるりとリズの太腿にまわし、彼女をすっぽりと包みこんだ。彼が自分の強靭《きょうじん》さを貸しあたえようとしているのは明らかで、リズはまたしても胸がいっぱいになり、息が詰まった。

もう事態は自分の手に負えなくなっていた。この二年、自分ひとりの力で世の中を渡っていけると自分に証明してきたというのに、そうした自画像はどこの誰かもわからない敵に完全に打ち砕かれてしまった。

どういうわけだかわからないが、すべては自分が引き起こしたことだ。それなのに、この事態を正すために自分ができることはなにもなかった。ジョシュアと彼の技術に頼らなければならない。リズはあらたな無力感に襲われた。自分の私生活の問題でとばっちりを受けている身内に償《つぐな》うことがなにひとつできないという思いが。

リズには場所が必要だった。ジョシュアはあまりにも近くにいる。あらゆることが近くにありすぎる。皮膚が張りつめ、ぷちんとはじけそうだった。ネメシスのことばが頭のなかで鳴り響き、その上にジョシュアのニトロとのやりとりが重なっていっしょくたになっている。

逃げなければ。

リズはジョシュアの腕を動かそうとしたが、彼は協力しようとしなかった。

「ジョシュア……」リズは彼の手首を押したが、まるで木を動かそうとするようなものだった。

ジョシュアはリズに視線を釘づけにしたままニトロと話していた。

彼女はジョシュアをにらみつけた。「放して」

ジョシュアの目は細くなり、リズが腕を引き放そうとしているところに視線がさげられた。

ジョシュアは一度だけ首を振り、体を離すどころかすかさずリズをさらに引き寄せ、太腿が毛布の下で彼の体とふれ合った。

「落ちつけ」とジョシュアは言って、ネメシスが医療記録を手に入れたと考えられる方法についての話し合いに戻った。

プレッシャーがずっしりとリズにのしかかり、彼女を取り囲むストレスが万力のようにゆっくりと生気を搾りとった。

こんなのもうんざり。

ジョシュアは送話口を手でおおった。「ちょっと確認するが――きみと主治医以外は、その婦人科系の問題のことは誰も知らないんだね？」

問題なんかじゃないわ、ネメシスのゆがんだ心のなかになければ。しかし、リズはその点を反論するのはやめておいた。口を開けば、胸にしまっておかなければならないことが飛び出てしまうかもしれない。恐怖。苛立ち。怒り――抜け殻になるまで魂を吸いつくす、このどうしようもないうしろめたさも。

リズはただ首を縦に振った。

「兄さんにも話さなかった？」

リズはその発想に思わず笑ってしまったが――ネメシスの声に匹敵する機械のような笑い声で――とにかくふつうに声は出ると気づいた。「いいえ」

ベラが生理の話を自分の兄とするなら、ジョシュアのところの兄妹関係はリズのところと大きくちがうことになるが、まさかそれはないだろう。

ジョシュアは心配そうに目を細め、気配を読みとろうとするかのようにリズの顔をじっと見つめた。八歳のときにジェイクに足跡をたどる方法をおそわったが、ひょっとしたらジョシュアのほうが自分よりも得意かもしれないとリズはなぜだか思った。

突然、ジョシュアは顔をさげ、リズが抵抗するまもなくキスをした。唇と唇をぴったりと重ねて。ほんの一瞬だったが、そのふれ合いはリズの不安な心のなかまでしっかりと届いた。

「大丈夫だよ、ハニー」ジョシュアは唇をつけたままそう言うと、リズのこめかみのあたりに唇をそっと走らせ、電話でのやりとりに戻った。「医療記録にちがいない。データがオンライン上にあるか調べてくれ、あるいはネメシスがクリニックに押し入って手に入れたかどうか」

ニトロがなにやら言い、ジョシュアは同意した。

リズはもう一度立ちあがろうとした。ジョシュアにもたれかかっていたいという欲求に身をまかせるわけにはいかなかった。

いつものようにリズを驚かせる力強くすばやい動きでジョシュアは彼女を膝の上に引きあげた。空いているほうの腕をリズの体にしっかりとまわしてニトロとの会話をつづけている。ジョシュアのボディランゲージは大型の看板よりわかりやすかった。じっとしていろ、ということだ。

リズはじっとしていたくなかった。

なんとかもがいたが、ゆるやかな拘束からさえ逃れるのがむずかしかったとすれば、こうしてしっかりと抱きかかえられたら、腕をほどくのは不可能だ。

ジョシュアは会話を終えて、携帯電話を閉じ、ナイトテーブルのコードレスの受話器の隣に携帯電話をほうった。電話を手に持っていたほうの腕もリズに巻きつけ、無言のまま大きな手でしばらく彼女の背中をさすっていた。

「彼の言っている意味がわからないの、わたしがほかの女性たちの道を踏み誤らせているっていう意味が」耐えられなくなるほど沈黙がつづき、リズはたまりかねてそう言った。

「しーっ……その話は朝になってからだ」

「でも――」

「今夜は手の打ちようがない」

「もし――」

「なるようになる」ジョシュアの口調はゆるぎなかった。

「黙れなんて言われたくない」

信じられないことに、ジョシュアの胸にくすくす笑いが響くのが耳もとで聞こえた。「まさかそんなこと言うわけないだろ。でも、ほんとに今夜この問題を分析したいのかい、リズ?」

「ええ。すっかり気が立って眠れないもの」

「わかった、きみとしてはどういう意味だと思う?」

リズは考えてみた。しかし、背中をさするジョシュアの手は下に行くごとに位置がさがり、やがてヒップの丸みの上までおりてくると、頭のなかで考えをめぐらせていた道筋は脱線してしまった。

親しみのこめられた愛撫をされながら、リズは自分の体のまわりにあるものを意識しすぎるほど意識した。

ジョシュアは上半身裸で、リズはやわらかな縮れた胸毛に頰をすり寄せていた。情熱的な麝香《じゃこう》のいいにおいがする。ジョシュアの香りをさらに深く吸いこもうとして、リズは彼の胸にほんのちょっぴり鼻をこすりつけずにはいられなかった。ジョシュアの鼓動に乱れはなかったが、だんだんと速くなった。下半身で硬いのは太腿の引き締まった筋肉だけではなくなった。

いつのまにかリズの下腹部の筋肉はきゅっと締まった。ジョシュアのだんだん大きくなる高ぶりの上でリズの太腿のつけ根は温かく濡れていった。

〝もう、なんてこと?〞どうしてさっきはあんなにおろおろしていたのに、あっというまにその気になれるの? わたしってふしだらな女なの? 家族が危険にさらされているというのに、ここに坐ってお尻の下の男性にむしゃぶりつきたくなるなんて。自分がそうしている姿も想像できた。ほかの男性を相手に空想してみたことさえないやり方でキスをして、体に歯を立てている姿も。

心をあちこちに振りまわす嵐のような感情の名残りが官能的な想像と闘い、リズはばかなことをしてしまわないようにその感情をしっかりとつかまえていた。熱に浮かされてジョシュアを押し倒してしまわないように。

「これはわたしのへまよ」リズはジョシュアの胸につぶやいた。目は合わせたくなかったから。「わたしは家族を危険にさらしてしまった。いったいどうすればいいの、ジョシュア?」

ジョシュアはリズの顎をあげて、無理やり彼女の目を、嵐を呼ぶような荒々しいまなざしのブラウンの目に合わさせた。「家族を守りたいならぼくを信頼しろ。それから、きみのせいだという戯言《たわごと》を信じるのはやめてくれ」

怒ったような声にも、にらむような目にも、リズはぎょっとした。ジョシュアの顎はまるで花崗岩《かこうがん》から切りだされたように硬くこわばっていた。

「でも、たしかにわたしのせいだわ。わたしのことがなければ、兄一家は家を空けるはめにならなかったのだもの。ジェイクはいやがると思う。牧場に心から愛情を傾けてるから」

「ジェイクは牧場よりぼくの妹と姪に愛情を傾けてる」

「それはわかってるけど、それでも動転するんじゃないかしら」

「きみが思うような、いくじなしのだめ男のイメージはきみの兄さんにまるであてはまらないよ」

リズはしかめ面をした。「わが身に降りかかった厄介ごとを解決する兄の能力を問題にしてるんじゃないの。そういうトラブルを飛び火させたわたしがいけないんだから」

ジョシュアはリズをぎゅっと抱きしめた。まだ目をぎらぎらさせている怒りとはうらはらにリズを励ますようなしぐさだった。「きみのせいでジェイクが家を離れるわけじゃない。ことの張本人はきみをつけまわしている卑劣な男だ」

「でも、つまり問題はそこでしょ？」〝わからないの？〟「その卑劣な男はわたしをストーキングしてるのよ！」唇が震え、リズは唇を嚙んだ。

ジョシュアは人差し指をリズの下唇に押しあて、めくるようにそっと引っぱった。「そいつの頭は狂ってる。きみの頭は狂ってない。きみの罪と思われている罪はそいつの頭のなかにしか存在しない。きみの破綻した結婚に対するやつのゆがんだ見方を見てみろ。きみの夫はほかの女性と恋仲になってきみを捨てた。このネメシスとかいうおかしな男はそれをきみのせいだと言いがかりをつけてる。なんであれそいつがきみに難癖つけてるのは事実をゆがめた作りごとだ」

理詰めで考えればジョシュアの言うことを信じるべきだと頭ではわかるものの、家族が危害を受けるかもしれないという足もとにつけこまれる恐怖にリズの心はもがいていた。「もしなにかあったらどうするの、ジェイクやベラやふたりの赤ちゃんジュヌヴィエーヴの身に？」最後のひとりを口にしたときはリズも悲痛な声を抑えきれなかった。

姪は守らなければ。

「そんなことはさせない」ジョシュアのことばを否定するようにリズが頭を振ると、彼は両手でリズの顔を包んだ。「絶対に」ショックで冷えきったリズの肌に彼の指は温かく、肩に彼の鼓動が感じとれるほどふたりの体は接近していた。

「頭の、おかしい、人間の、行動に、きみが、責任を、負うことは、ない」ジョシュアは一語一語をまるでそれぞれがひとつの文であるかのように区切り、言いたいことを強調した。

リズはなにか言おうとして口を開いたが、ジョシュアは首を振り、彼女の言いかけたことばを唇で咽喉に押し戻した。その親密なふれ合いが電気ショックのようにリズに衝撃をあたえた。興奮が轟音を立てて体を突き抜け、通り道にあるものすべてをなぎ倒していった。

抑制という抑制が取り払われた。

ジョシュアとセックスしてはいけないという反論はすべて頭のなかから消えてしまった。

この男《ひと》とできるかぎり親密に契《ちぎ》りを交わしたいという渇望以外はなにひとつ残らなかった。

ジョシュアは話をするのはやめにした。

三十四年間に身につけた技を総動員して、リズの胸に灯した火をさらに焚きつけた。

ネメシスのごとき人間のくずの餌食《えじき》になった責任をリズが取ろうとしているのが気に入らなかった。たとえひと晩じゅうかかろうと、リズの頭からそんな考えは消してやる。

リズの太腿の下で彼のものがずきずき疼いた。

オーケイ、たしかにリズのためばかりではないが、彼があたえられることをリズは必要としている。保護を必要とする以上に。光り輝く鎧《よろい》の騎士という柄ではないかもしれないが、正直者の元夫ができなかったことをリズにしてやることならできる。

叫ばせることなら。

ぼくの名前を。

いったときに。

ジョシュアはリズの頰を――シルクのような柔肌を――両手で包み、唇を離した。「すごくきれいだ」と彼は言った。

リズがまばたきをすると、奔放としか言いようのない官能的な表情が浮かんだ。「ジョシュア……」

ジョシュアはリズの唇を味わわずにはいられなかった。ただキスをするだけではなく、ほんとうに味わわなければ。唇を離していったんできたわずかな隙間をジョシュアはもう一度うめた。リズは吐息を低く洩らし、唇を開いた。その唇をジョシュアは舐めた。きれいな薄紅色の輪郭をなぞり、口のなかに舌をすべりこませ、彼を待ち受けていた甘みを味わった。なめらかで温かな深みを探索し、押しては引きながらリズをじらし、やがてリズの舌はつられてジョシュアの口のなかに誘いこまれた。ジョシュアがその舌を吸うと、リズはうめき声を洩らした。股間を直撃する素直な声だった。リズはジョシュアの胸にしっかりと手をあてがった。体は性的なエネルギーでぴんと張りつめさせて。

ジョシュアはリズのヒップの下で体が疼きつづけていたが、その責め苦のような欲求を解消する行動にみずから出ようとはしなかった。

そこにリズの手を感じたかった。彼女なら欲求を解き放してくれるはずであり、それをジョシュアは心から望んでいた。しかし、もっといえばそれ以上に、リズの官能的な体に手をふれて、すみからすみまで味わいつくし、彼女のエッセンスそのものを五感にたっぷりと感じてみたかった。まるではじめて女性を経験するようにリズを知りたい。あますところなく。

ジョシュアからのキスに返すキスの仕方で、リズも同じことをしたがっているのが伝わってきた。そう思いあたるや、ジョシュアは歯止めがきかなくなった。リズの胸の脇に手をすべりおろし、薄いコットン越しに感じる誘惑的な肌のぬくもりでみずからをじらした。Tシャツの裾までたどり着くと、そこでいったん手をとめて、素肌にふれずにいられるかひとりで我慢くらべをした。

リズは不満の声をあげて身をくねらせた。Tシャツがじわじわと上にめくれあがっていると思うと、リズが自分でTシャツをまくりあげていた。ジョシュアは誘いを拒むことはできず、手を上にすべらせた。今度はゆったりとしたTシャツのなかに。リズの唇と舌はジョシュアの下で暴れだし、体のなかを焼きつくす激しい炎のような情熱で彼を貪《むさぼ》った。

花びらのようにやわらかな胸のふくらみの先端は大きくふくらんでとがり、ジョシュアはそこを手のひらでいじった。ややあって乳房をすっぽりと手に包み、リズの口の味わいと官能をかき立てる手のなかのほどよい重みに酔いしれた。

獣のような声がリズの口から洩れ、重ねた唇越しに伝わると、ジョシュアはいったん体を引いて、情欲にゆがんだリズの顔を見た。「こうされるのが好きなのかい?」

「ええ、好きよ」リズの唇は腫れあがり、ジョシュアのキスで濡れていた。「わからない?」リズはそう言うと、乳房を包む彼の手にさらに胸もとを押しつけた。

ジョシュアは胸をつかみ、やさしく愛撫した。成熟した肉体を惜しげもなく差しだされると、自分では認めたくないほど体が震えた。「きみは驚くほどセクシーだ」

「ああ……」ジョシュアにはまだ受け入れる準備のできていない感情がリズの瞳にあふれた。ジョシュアはまたキスに戻り、一滴したたるごとにふたりの体を刺激する欲望の洪水を押しとどめた。

愛撫をつづけ、親指と人差し指で乳首をつまみ、転がしてはつねり、やがてとがった先端がやわらかくなるまでいったん刺激を鎮めてから、もう一度はじめからくり返した。リズの両手の指はジョシュアの髪のなかにしっかりと差し入れられ、メスの狼がオスを求める激しさで彼にキスをした。

リズのたてる音にジョシュアは気が変になりかけたが、彼の硬いものにもじもじさせているヒップの感触ほどではなかった。ジョシュアはリズのなかに入りたかった。きつく湿った鞘におさまったが最後、すぐに果ててしまうのはわかっていたが、その欲望をかなえてしまいたいと思う激しい衝動に屈服する覚悟はまだなかった。

ジョシュアはもう一方の乳房に注意を移し、じらすような愛撫をくり返してリズを責め立て、しまいに彼女は唇をジョシュアの口から離し、叫び声をあげた。快感を解き放った叫びではなく、消化しきれない緊張と悦びを持てあました叫びを。それに反応して、自身の先端が射精の前触れで濡れたのがジョシュアはわかった。

「あなたが欲しいの!」リズはジョシュアを見つめた。ジョシュアが胸に感じているような本能に根ざした思いを顔に浮かべて。「じらしてるのね」

「悦ばせてるんだよ」

リズは膝の上で体の向きを変え、ジョシュアに長いうめき声を体の奥からあげさせ、膝にまたがった。そんな一面があろうとは思いもしなかった激しさでジョシュアを押し倒し、あとを追うように彼におおいかぶさり、胸にも、首にも、肩にも、顔にも、キスの雨を降らせ、息をするときも彼の体から唇を離そうとしなかった。

狼のように野性的な本性をしっかりとジョシュアに刻みつけて。

リズに乳首を吸われると、ジョシュアは思わず彼女の体の下で身をよじらせた。「服を脱いでくれ」

リズはほほえんだ。にこっと歯を見せながらも大まじめに言った。「どうして？」

その質問にジョシュアは耳を疑った。「きみのなかに入りたいからだよ」

「もうちょっとじゃれ合ってたい」

ジョシュアはレンジャー部隊で覚えた身のこなしでリズをくるりと自分の下に組み敷き、Tシャツを頭の上まで一気に剝ぎとり、欲望で紅潮し、愛撫で腫れあがった乳房をあらわにした。

リズは両手で胸もとをおおい、ジョシュアの目から隠したが、ハシバミ色の瞳は黄金色に輝き、挑むような気配がまちがいなくただよっていた。

「胸から手をどけてくれ」とジョシュアはうなり声をあげて言った。

「どかせてみたら？」とリズはからかうように言った。

彼はそうした。片手でリズの小さな左右の手をつかみ、彼女の頭の上へ持ちあげた。「やったよ」

「さあ、どうするの、見てるだけ？」リズのからかうような声の裏には支配されたいとせがむ気配があったが、リズはけっして支配される女ではないとジョシュアの心の声がした。

「そうだ」と彼は語気を強めて言った。

そしてそのとおりにした。腕を上に伸ばしているとリズの乳房は持ちあがり、充血して深みを帯びた乳首は欲望をそそるようにつんと突きだしていた。息をあえがせるたびに胸が上下した。リズは彼女を見つめるジョシュアを見つめていた。その表情は催眠術にかけられたようだった。自分もリズと同じ顔をしているとジョシュアは自分でわかっていた。リズの乳首はさらにつんととがり、彼女の体が目覚めたにおいによってふたりは包みこまれた。ジョシュアの鼻孔が開き、そのにおいを吸いこむと、ボクサーショーツの中身がますます硬くなる。

ジョシュアはリズの上になり、自分のもので乳房をこすった。

リズは彼の体の下で背中を弓なりにそらした。「もう一度！」

ジョシュアは一度だけで動きをとめた。

リズは期待に瞳をゆらめかせてジョシュアを見あげた。「手は使わないの？」

「まだ」この求愛のダンスはジョシュアの知るなによりも刺激的だった。

「早くして」とリズはわめくように言った。

ジョシュアは首を振ってにやりとした。「まだ鑑賞中だ」

「ちゃんとできないか心配なの？」とリズは煽り立てた。

リズが魔法をかけられたように情熱的な生きものに変貌し、ジョシュアは息をのんだ。リズは背中をそらした。そのポーズにこめられた要求は、彼女の欲しいものがなんなのか、疑いようもなく明らかにした。

それをリズにあたえてやりたいとジョシュアは思った。

手を伸ばし、美しい曲線を描く乳房の下側をそっと撫でた。リズは体を震わせた。

ジョシュアは顔をあげてリズの顔を見た。「きみが欲しがってたのはこれかい？」

リズは瞼をなかば閉じかけ、口をかすかに開けて、浅い息づかいで小刻みに息を吸いながら声を洩らした。「ええ」

そのひと言だけで、せがみもされなかったが、ジョシュアは求めに応じた。彼がそうするとたがいにわかっていた。ジョシュアはやわらかな左右の乳房にそれぞれ円を描きはじめた。充血し、とてつもなく硬くなった乳首にはわざと指をふれないようにして。

「ジョシュア……」切迫したささやき声に、ジョシュアのなかの原始の本能が歓喜した。

「どうして欲しい？」

「わかってるくせに」

「言ってごらん」

リズはにらんだ。「言えっこないと思うの？」

ジョシュアはなにも言わずに待った。ふたりが爆発してしまうまでの、男と女のゲーム。

「乳首にさわって。あなたの口で、ジョシュア。お願い」

〝お願い〟のひと言に自制心がくじかれ、ジョシュアはリズの手を離し、突きだされた乳房に両の手をあてがった。胸を揉みながら、乳首をつまんで引っぱる。親指と人差し指にはさんだ乳首を転がしているうちに、ジョシュア自身も鋼のように硬くなり、リズの胸のつぼみはさらに充血し、いつもの二倍もの大きさになった。

リズはジョシュアの頭をつかみ、口もとを引き寄せた。ジョシュアは口を開けて、硬くなった胸の先端を含み、口のなかでそこを転がした。彼が乳首をしゃぶりはじめると、リズが反応する勢いでどちらもベッドから体が持ちあがった。ふたりは官能的な闘いをくりひろげた。ジョシュアはリズを悦ばせ、リズの体は要求を深め、動きのひとつひとつでジョシュアを悦ばせた。やがてジョシュアは息もたえだえになり、胸が苦しくなった。

体を起こすと、リズのフランネルのパジャマのズボンを引きおろし、なめらかな太腿と脚のつけ根の金色の茂みをあらわにした。そこに顔をうずめ、リズのにおいを深々と吸いこみ、それに反応して体が震えた。リズを味わわずにはいられなかった。

いきなりジョシュアの舌が茂みに分け入り、濡れて脈打つつぼみを愛撫した。神経の末端という末端がひどく敏感になった。リズはもっと欲しくなり、激しく攻め立てる舌に体を押しつけた。彼にふれられるたびに、もっと欲しくなってしまう。

ジョシュアがリズの太腿を大きく広げると、彼の口のまえで……欲望のまえで完全に無防備な恰好になり、あられもない姿をさらした。しかし、リズは無防備だとは思っていなかった。それよりも、自分の体に力がみなぎっている気がしていた。

いまジョシュアとしているのは、結婚生活でおなじみだった無難に折り合いをつけるセックスではなかった。奔放で原始的な激しいセックスだ。

リズは自分の力を行使した。太腿を閉じ、支配されるのを拒んで、またもやジョシュアをじらした。それと同時に腰を突きだし、やれるものならやってごらんなさいといわんばかりに彼をけしかけていた。

「口でしてほしいのかい？」とジョシュアはしわがれた声でうなるように尋ねた。

リズは腰をくねらせた。茂みがジョシュアの唇をかすめたかと思うと、リズは腰を引いた。

「あなたはどうしたい？」

ジョシュアは答えるかわりに両手をリズの太腿のあいだに差し入れ、リズが脚を必死で閉じていたとは思えないほどあっさりと脚を広げさせた。リズの筋肉が痛みを覚える一歩手前まで力をかけ、リズを求める唇のまえで容赦なく体を大きく開かせた。

「そうよ、ジョシュア、してほしいの！」リズは駆け引きを愉しんでいた。たがいをその気にさせ合う、狂おしいほどの熱情を堪能《たんのう》していた。

「いかせてほしいのかい？」

ジョシュアはわかりきっている答えを待たなかったが、リズの敏感になっている体の中心をもう一度舐めはじめた。そうなるとリズはもうまともにものが考えられなくなり、ただ声をあげるだけだったが、どれもことばにならなかった。

ジョシュアはリズの腫れあがったなめらかな内側に舌を這わせた。リズは太腿をしっかりと押さえられた姿勢のまま体をそらし、指をジョシュアの髪のなかにうずめ、髪の毛を引っぱったり頭を押し戻したりした。やがてジョシュアは唇で敏感なところをくわえて吸った。リズは体が無数の小さなかけらに砕けるような衝撃を受け、叫び声が部屋じゅうに響きわたった。体の奥から熱く濡れたものがさらに湧き、まるで美酒をちびちびと味わうように、ジョシュアは音をたてて舐めた。

動きをとめようとしない舌に体がびくりと跳ねあがり、リズの体は小刻みに震え、体じゅうの筋肉は緊張をつづけた。リズの口からすすり泣きが洩れはじめた。耐えきれないほどの快感だった。

「ジョシュア、もうやめて」

ジョシュアは口を離した。リズはベッドに倒れこむ。頭のてっぺんから爪先まで全身がわなないている。ジョシュアはリズの両方の太腿の内側にキスをして、濡れた茂みにもキスをした。「すばらしい」と彼はつぶやいた。

リズの頭がベッドの上で左右にゆれた。叫んでかれた咽喉からことばはなにも出てこなかった。突然、あらたな愛撫が始まったわけでもないのに、またもや背中が弓なりになってベッドからリズの体が持ちあがった。筋肉が一瞬硬直したかと思うと、やがて手足を小刻みに震わせてすとんとベッドに倒れた。体がひとりでに何度も痙攣《けいれん》した。

「わたしの体、どうなってるの?」こんな経験はリズにははじめてだった。

「余韻《よいん》だよ」ジョシュアはまたリズの太腿にキスをした。

上に移動しながら、口を使い、体を押しあててリズの震えをやわらげ、呼吸がほぼ正常に戻るまで落ちつかせると、ジョシュアはまた一から始めた。体にふれ、キスをして、リズをいかせた。指と口の両方を使い、たたみかけるようにさらに二度、絶頂へ導いた。

衝撃の余韻が何度も訪れたあと、リズは心身ともにぐったりし、ジョシュアの頭にまた置いていた手をあげることすらできず、ベッドに身を横たえていた。

涙が静かに頬を伝った。内側で起きている震えで見た目には体はゆれていなかったが、心のなかはぱっくりとひび割れ、我を失った自分の姿が現われていた。こうなることはリズもわかっていた。それを怖れていたのだが、欲望に負けたことを悔やむことはできなかった。

途方に暮れているものの、それと引き換えにジョシュアからすばらしいものをもらったのだから。自分のなかに奔放で情熱的な女が生きていることをおしえてもらったのだ。もはやセックスが苦手な女ではなく、求められる価値のない女だと自分を卑下することもない。そう思わせてくれる貴重な体験だった。

ジョシュアは髪にからまるリズの指を慎重にほどき、起きあがってベッドを出た。リズはすっかり満たされ、ジョシュアがどこへ行こうとかまわなかった。しかし、戻ってくると彼はコンドームをつけていた。

ジョシュアは枕をリズのヒップの下にすべらせ、彼女の体の上に乗り、たっぷりと濡れて腫れあがった股間に先端をあてた。リズは両手をジョシュアの首のうしろにしっかりとまわし、両脚を彼の体に巻きつけ、可能なかぎり完全に体を開いた。もはや肩すかしも、深入りを拒むふりをする駆け引きもなかった。

ジョシュアはリズの両膝を自分の腕にかけ、さらに大きく脚を広げさせ、自分を受け入れる準備を整えさせた。

「リズ？」リズはジョシュアの目に問いかけが浮かんでいるのを見て、この瞬間にはこれしかないただひとつの答えを返した。

「ええ、お願い、大丈夫だから」

ジョシュアはゆっくりと押し入った。しっとりと濡れていたにもかかわらず、リズの体は縮こまり、すんなりとはジョシュアを受け入れられなかった。ジョシュアはリズのヒップをゆらし、リズミカルに腰を突きあげながら、ようやく奥まで体をうずめた。

股間と股間がふれあうと、リズははちきれそうなほど伸びきり、耐えられる限界まで押し広げられたような心地がした。刺激を受けて内側がなめらかに潤っていることにひたすら感謝した。そうでなかったら絶対にうまくいかなかっただろう。

「大きいのね」

ジョシュアは笑った。「大きいとまずいかい？」

「そうじゃないけど」

リズの口ぶりはどこか自信がなさそうで、ジョシュアは思わずまた笑いたくなった。積極的だったかと思うと、ひとつ鼓動が打つうちにすぐ頼りなくなってしまったのだから。

ジョシュアがリズの内側のまといつくような熱さから体を引き抜いては押し戻すと、リズははっと息をのみ、目を見開いた。たまらなく気持ちよかった。頭で思い描いていたよりもずっと。想像を絶するほどに。

ジョシュアは捕食動物のような笑みを浮かべ、リズの目を見た。「ぼくたちはぴったりだ」

リズは唇を舐めた。「そうね」

そう言うと、リズはジョシュアの胸に顔を向け、彼を嚙んだ。強くは嚙まなかったが、ジョシュアの体にしるしを残した。

ジョシュアは顎をこわばらせ、リズにキスをした。しっかりと。リズもキスを返した。リズのなかでまた性的な緊張が高まっていくのをジョシュアは感じとった。

すばらしい。

ジョシュアは昔からよくあるリズムをふたりだけのリズムに変えて体を動かしはじめた。リズはジョシュアに腰を突きあげ、彼を包む熱い内側をぎゅっと締めつけた。かすかな動きがくりだされるたびにジョシュアはいってしまいそうな気がした。我を失いかけているのが自分でもわかった。リズのあらたな興奮に思わず夢中になり、ピストン運動をくり返したが、リズがもう一度絶頂を迎えるまで我慢できるかさえわからなかった。

体が硬直していった。勃起している彼自身の根もとにだんだん力が加わり、やがて激しい爆発が起きた。信じられないことに、リズもジョシュアと一緒に声をあげ、彼のほうへ体を起こした。リズはまたもやジョシュアの体に歯を立てた。左の乳首に。一回めよりもさらに強く。

ジョシュアは野性的な愛の行為に興奮を覚え、リズの体のなかでもう一度彼自身がほとばしるのを感じた。絶頂はこれまでいちばん長くつづいたが、ふたりは同時にくず折れた。

ジョシュアはリズにキスをして、甘くやわらかな唇を味わった。「すばらしかったよ、リズ、すごく」

「あなたもよ」リズはジョシュアの首に顔をうずめていたが、彼女が唇に笑みを浮かべているのがジョシュアにわかった。「あなたのものにふれるチャンスはなかったけど」

リズは問いかけるようにそう言った。それを聞いてジョシュアもにっこりとした。筋金入りの傭兵にしては上出来すぎる、と彼は思った。「コンドームはこれしかなかったんだよ」

「ふうん」

リズがまだ納得していないとジョシュアはわかった。

「もしきみにさわられていたら、あっというまに歯止めがきかなくなってた。ぼくとしては長持ちさせたかったのさ」

「それなら大箱を買ったほうがいいわね、次はぜひさわってみたいから」リズはそう言ってあくびをした。「眠くなっちゃった」

「きみを押しつぶすまえにどいたほうがいいね」あるいはもう一度興奮させられるまえに。

「でも、こうしていると気持ちいい」

ほんとうにそうだった。よすぎるくらいだった。ジョシュアとしてはこのままリズの上にいたいのはやまやまだったが、こうしていても、もう一度抱くことはできない。使ったコンドームも始末しなければ。

ジョシュアは自分を強いて起きあがり、バスルームへ行き、シャワーを浴びてからベッドに戻った。リズを腕に抱き寄せずにはいられなかった。ジョシュアがベッドに寝そべったとたん、リズは彼のぬくもりを求めた。

ジョシュアは彼女を抱きしめた。

「すてきだった」リズはジョシュアの胸にささやき、嚙みついたところにキスをした。「痛かったでしょう――ごめんなさい」

「痛くはなかったけど、まるでメスの狼みたいだ。ああいうのも悪くないね」

「でしょ？」

リズはまたエロティックな夢を見て、興奮に体を震わせて目を覚ましてしまい、仰向けに寝返りを打った……というか、打とうとしたが、寝返りを打とうとした場所に大きな温かな体があった。

それですべてが思いだされた。

真夜中にかかってきたネメシスからの電話。ジョシュアと愛し合ったこと。

自分のなかでなにかを失い、なにかを手に入れた、そんな気持ち。

悦びの記憶がよみがえり、体が疼いた。九十キロ近くはある、男らしい完璧な肉体の隣で目覚めること自体はそれほど悪くはなかったが——まさか、それほどどころか、こんなにすてきなことはない。

「おはよう、リズ」ジョシュアの声が耳もとで低く響いた。

リズは彼の隣で目覚める親密さをひしひしと感じた。「目が覚めたってどうしてわかったの？」寝返りを打とうとしたあとは、少しも身動きしなかったのに。

「目が覚めて、ゆうべふたりでしたことを思いだしている女のような息づかいだからだよ」

爪先が熱くなり、熱気が体の上へ広がっていった。「そのとおりよ」

そのすこぶるセクシーで満ち足りたハスキーな声は自分の声だった。信じられない。いかにもセクシーな女という声を出したのは生まれてはじめてだった。リズはそれが気に入った。ジョシュアの本能的な情熱と相性がいいとわかるのもうれしかった。相手がほかの男性だったら、前夜の振舞いを思いだして気まずくなっていたかもしれない。でも、ジョシュアとならそんなことはなかった。もちろん、ほかの男性ならあんな反応は引きだせないだろう。

そんなことができるのはこの人だけだ。「ゆうべは信じられない夜だったわ」

ジョシュアは隣で体を動かし、リズが仰向けになれるようにずれると、肘をついて彼女の上へ身を乗りだした。「ああ」

ダークブラウンの目になんとも言いようのない感情をゆらゆらと浮かべながら、ジョシュアは体を屈めてリズにキスをした。リズはなんとか忘れないようにしていたが、彼の口はただの肉体関係しか約束していないのだ。どんな感触がしようと。

ジョシュアはリズの首筋に鼻をすり寄せ、下へとたどった。彼のキスにリズはぞくりとした。「こんなによかったのははじめてだ」とジョシュアは言った。

ふつうに考えればそんなことはありえない。ベッドをともにした相手の数でいえば、リズよりジョシュアのほうが断然多いことはわかりきっている。ジョシュアの豊富な経験とリズのたったふたりの男性経験では比べものにもならないが、それでもリズは彼のことばを信じた。ふたりのあいだに起きたことはとても特別なことだったのだから。

「たぶんわかると思うけど、わたしにもこんなことはなかったわ」

ジョシュアが問いかけるような目でリズを見た。「一度も?」

「まえにも言ったけど、夫婦生活は淡白だったの」

「宦官《かんがん》と結婚してたのかい?　いいかい、セックスしているときのきみは、噴火している火山より熱い」

リズは笑った。自由で、人生がいきいきして感じられた。「そうじゃないけど、彼はわたしの夫になるより友達でいたほうがよかった人なの。残念ながら十八のときにどちらもそれに気づかなかったけど」

「それぐらい若いときには誰だってベストの判断はできない」

そういえば陸軍に入隊したのは十八のときだったと言っていたっけ、とリズは思いだした。彼はそれを後悔しているの？「どうして若くして軍隊に入ったの？」

「軍人になりたかったんだ。親父も陸軍レンジャーだった。ぼくが四つのときに任務中に死んだが、いまでも親父のことは覚えてる。大きくて、強い、静かなる男だった。継父のリーはいつもぼくを実の息子のように扱ってくれたけど、心のどこかで自分はリーの息子じゃないとわかっていた」

「だからほんとうのお父さんと同じ道を歩んだのね？」

「レンジャー部隊に入って、自分が親父の一部を引き継いでいるような気がした。親父がどこにいようと、ぼくのことを誇りに思ってもらいたかったんだ」

「あなたのお母さんも育てのお父さんもとっくにそう思ってたはずよ」

「ああ、ふたりはすばらしい両親だった。でも、なんとなくぼくにはしっくりしないところがあったんだ。なんであれそれは親父から受け継いだものだといつも思ってた」

それはまちがいないとリズも疑わなかった。ジョシュアは生まれながらの戦士であり、そういうタイプはごろごろいるものではない。父親が特殊部隊員だった場合、息子も特殊部隊に入隊する確率は高い。

「お袋もリーも、いまはそれほど誇りに思っていないんじゃないかな。ぼくは影の世界で活動しているわけだから」

ジョシュアの家族が彼に失望するはずはない。リズはそう思って、彼にそう言った。影の世界であろうとなかろうと、あなたはわが道を行く、高潔な男性なのだから。

ジョシュアは首を振った。「ぼくをロマンティックに美化したらいけないよ、リズ。しまいにきみが傷つくことになる」

彼の言うことはあたっているのかもしれない。少なくともしまいに傷つくことになることについては。しかし、リズは彼を美化しているつもりはなかった。ジョシュアは現代の等身大のヒーローを地でいっている。たとえ本人が認めたがらないとしても。

ジョシュアは下半身をリズの腰に押しつけた。リズは彼のものが硬くなっているのがわかった……それともわたしの隣で目覚めたから？

彼女はジョシュアをからかうように言った。「任務中はセックスしない主義だって言ってたと思ったけど」

「今回は例外だ」

「あなたにお金を払ってないから?」ジョシュアが禁欲を破ったのは、ふたりの関係についてベラに言われたことがきっかけになったの?

「単なるセックスじゃないから。それに、セックス抜きできみと寝起きをともにするのはもう選択肢から消えた。ゆうべきみがぼくのキスに反応したときに」そう言うと、ジョシュアはまたリズにキスをした。

リズの胸がきゅんとなった。リズはジョシュアのことばを深読みしないようにしたが、彼が言いたいことは裏の裏まではっきりとわかり、思わず全身に力が入った。ジョシュアは将来を約束しているわけではない。でも、体だけの関係ではないと言っている。リズの予感では、ほかの女性とはしばらくそういう関係にはなっていないのに。

それだけで充分だった。

リズは手を伸ばし、ジョシュアの太腿にふれながら、彼のものにさわるほど大胆になれるだろうかと思った。夜をともにして朝を迎えた幸せにひたりつつもゆうべの奔放なメスの狼が心のどこかにひそんでいた。しかし、セックスはおあずけだった。したいと思っていることをジョシュアがやらせてくれるのかはわからない。

そうじゃないでしょう? わからないのは、彼があれを出してしまえるほど自分がうまくできるかということだ。いままで一度もやってみたことはなかったし、やりたいと思ったこともなかったが、やり方ならなにかで読んだことはあった。

リズがさわるとジョシュアはキスをやめた。息を詰めているようだった。リズはたくましい太腿の線を探索し、彼の力強い高ぶりのすぐそばまで思いきって手を伸ばしたが、じかにはさわらなかった。

「そこに手を置いてくれ。頼むから」

ジョシュアのしわがれた声を聞いてリズは顔をあげた。

ジョシュアは苦しげな顔をしていた。「さわってくれ、リズ」

リズは彼の声に浮かぶ切迫感に従い、大きくなった彼のものへ指を這わせた。手のなかに包むと、むくりと動き、脈を打つのが指に伝わった。

リズは試しににぎってみた。

ジョシュアは大きくうめき声をあげた。「殺す気かい？」

「まさか。悦ばせてるの」ゆうべじらされたときの彼の答えを借りてリズは言った。

「もちろん、そうだろう」ジョシュアの腰が、リズの手に押しつけるように突きだされた。

「きみにさわられるのは悦び以外のなにものでもない」

なめらかな硬いものに指をすべらせていると、ひと撫でごとに鋼のようにさらに硬くなっていった。息を切らしながら、ジョシュアはリズの手に自分の手を添えて、力加減を強め、ペースを速めた。もっとしてくれというジョシュアの無言の要求にリズは喜んで従った。どうしてほしいかジョシュアがきちんと意思表示していることこそ、なによりも官能的に感じられた。

正直で、気取りのかけらもなく、ことばを濁すようなまどろっこしさもいっさいない。しかし、ジョシュアの体のほかの部分も手招きしていた。彼がわがままを許してくれたらいいのだけれど、とリズは思った。「あなたをいかせたいんだけど、そのまえに全身をさわりたいの」

リズのことばに反応して彼のものは脈打った。

「してもいい?」

「ああ」ジョシュアは欲望を抑えて歯を食いしばったような顔をした。その歯のあいだから歯ぎしりするように言った。

手を下におろし、ジョシュアは仰向けに横たわり、リズの欲望に完全に身をゆだねた。彼の瞳は謎めいているが温かな気配を浮かべてリズを誘い、彼女はそれが気に入った。愛の交歓が狼のオスとメスの戦い——最後はどちらも勝者になった——だった昨夜とちがい、今朝のジョシュアは境界線を取り払い、なんであれリズが欲しがる領域をものにすることを許した。

リズは起き上がって膝を突き、シーツをめくってすべてが見えるようにした。

なんと見事な肉体だろう。

あらゆる筋肉がひとつ残らず完璧な形をくっきりと刻んでいる。傷痕もあった。リズのなかに息づく原始の女の部分が、ジョシュアが戦士であることを示すしるしを気に入ったのだ。ゴージャスな肉体に残るそれぞれの傷痕にともなったであろう苦痛を、ジョシュアが味わわずにすんだのならそれに越したことはないと思うものの、そうした傷痕はリズをどこまでも興奮させていた。

リズはジョシュアの体を本気ですみからすみまでさわろうとして、足のほうまで手をすべらせていった。彫刻のような筋肉をおおうブロンズ色に日焼けした肌のそこかしこを探索しながら、指先からリズ自身の体のあらゆる興味深い場所へ悦びが広がっていった。

ジョシュアはうめき声をあげ、身じろぎし、賞賛のことばをくり返し、リズの気持ちを盛りあげた。リズはジョシュアの体をさわることと同じく、彼のことばにも興奮した。

リズはジョシュアの高ぶりにふれるのはわざと最後にまわすことにした。なぜなら手ではさわりたくなかったから……彼がしてくれたように味わってみたかった。

顔にたどり着くと、リズは目を閉じて指でなぞり、指先にジョシュアの顔立ちの記憶を刻み、キスをした。

唇と唇がふれ、ジョシュアが咽喉の奥でなにやら低くつぶやいたかと思ったとたん、いつのまにかリズは仰向けに寝かされていた。気づくと体の上には九十キロ近くも体重のある、身を震わせたオスの獣がのしかかっていた。

9

ジョシュアの口が唇を貪り、体が胸から足首までを愛撫した。乳房は胸毛にこすれ、ゆうべの愛の交歓のあとやわらかくなっていた乳首はぴんと立ち、目を惹いた。重ねた体をくねらせるとさらに刺激され、なんとも気持ちいい。脚をからませ、ジョシュアの毛深い太腿がなめらかな素肌にこすれると、ちくちくと刺激された。

やがてジョシュアの探索が始まり、その快感にリズは自分がしたいと思っていたことをあやうく忘れかけた。

あくまでもあやうくであり、すっかり忘れはしなかったが。

今朝は受身でいるだけでなく、自分からあたえようとリズは心に決めていた。ゆうべジョシュアに文句をつけられたわけではない。しかし、彼は手にあまるほどの悦びをもたらしてくれた。だから今度はお返しをしようとリズは決心したのだ。たっぷりと。

「ジョシュア……」

彼はキスから顔をあげ、狂おしく燃える目で言った。「なんだい?」

「言ってたでしょう、わたしもあなたを味わうことができるって」

ジョシュアの顔にふと浮かんだ野性を取り戻した表情にリズはぞくりとし、そのとたん彼への抑えきれない渇きが胸の奥で頭をもたげた。

「もう味わっただろ？」

「ここのこと」リズは腰を押しあげて、体にくっつけられている硬いものを愛撫した。

「ほんとにしたいのかい？」リズの上で体を震わせながらジョシュアはしゃがれた声で尋ねた。

「ええ」

「好きじゃない女性もいる」

「好きになるわ」彼にするなら。「うまくできないか心配なの？」リズとしてもあまり自信はなかった。「奥まですっぽりくわえるやり方があるってなにかで読んだけど、それはできないわ。やってやれないこともないかもしれないけど、相手があなたならたぶん無理」

ジョシュアは笑った。あけすけな笑いでありながら、愉しんでいるような響きもあった。

「きみの舌があそこにふれると考えただけでいきそうだ。ぼくを満足させるのにディ、、、、、、、、、、、、、ープスロートする必要はない。保証するよ」

〝ディープスロート〟まるでポルノ用語のような響きだが、リズが言っているのはまさにそのことだった。聞くところによれば男性は好むという。「マイクは――」

「いまこのベッドにいない、今後も絶対に」とジョシュアはすごい剣幕で言った。「くそまじめの元亭主の好みなんて知ったことじゃない――いま話してるのはぼくのことだ。参考までに言っておくが、ぼくのかわいい狼が喜んでやってくれるというなら、どんなことでも興奮する」

リズが言いかけたのは、マイクから一度もそういう行為を求められたことはなく、自分から申し出たこともなかったので、これがはじめてだということだった。でも、ジョシュアは過去の性生活についてまったく知りたくないのだ、とリズもわかった。彼は現在だけに心を傾けている。

「あなたを味わってみたいの」

ジョシュアは体を震わせた。くっきりと輪郭の浮き出た筋肉がこわばっていく。「きみの口の感触を味わうためならなんでもする」

ジョシュアは昨夜のようにリズを抱きかかえたままくるりと方向転換してふたりの位置を変え、今度はリズが上になった。そのままベッドに倒れ、ふたりそろってふうっと大きく息を吐いた。

「なんにもしなくていいの。ただ横になって、わたしにさわらせてくれれば」リズは息を整えると、そう言った。

「わかった」

リズは腹這いになったままジョシュアの上からおりて、もう一度彼の横にひざまずいた。これからやろうとしていることを思い、体が興奮に震えた。彼の屹立《きつりつ》したものはリズが見つめるうちにむくりと動き、真珠のような小さなしずくが先端からにじみ出た。

ほんとに味見してもらいたがっているのね。

リズは顔をほころばせて手を伸ばし、サテンのようになめらかな硬いものに手を上下させた。「なめらかなのね。手ざわりはやわらかいけど、でもタイヤレバー並みにかちかち」ゆらめく官能的なまなざしがリズに向けられた。「きみの体がどこもやわらかいのとちがって」

リズの胸の先が興奮して硬くすぼまった。「どこもじゃないかもしれないけど」ジョシュアの視線はリズの咽喉もとから胸へと舐めるようにおりていき、まるで実際にふれられたかのようにリズの肌にぞくりと鳥肌が立った。

満足げな表情がジョシュアの顔をよぎった。「その見事な小さなラズベリーはそうじゃないかもしれないけど、そこでさえいまのぼくのものにくらべればやわらかい」

リズの目は勃起したものに釘づけになった。血が流れこんで深紫色になった肌の下で、血管が脈打つのが見える。〝すごい！〟いまのジョシュアのあそこにくらべたら、骨でさえ硬さでは負けるかもしれない。

ジョシュアの興奮に呼応するようにリズの乳首も脈打ち、狼のような彼にふさわしい情景が頭に浮かんだ。でも、気に入ってもらえるかしら？　当然気に入ってくれると、大見得を切ったけれど。

見たところ、ジョシュアに抑制する気配はなかった。

突然乾いた唇を舐めて、つばをのみ、リズはからからになった咽喉に湿り気をあたえようとした。「さわってあげる」

「味見したいんじゃなかったのかい？」

「したいわ。でも、まずはさわりたいの」

「もうさわったよ」

「胸でってこと」とリズは吐息混じりの声で言って、そそり立つ彼のものにうなずいた。

「そこを」興奮で締めつけられた咽喉からささやき声が洩れた。

「殺す気かい？」とジョシュアは大まじめな声で訊いた。「興奮でいつ爆発してもおかしくない危険な状態なんだ」

「ちょっと刺激が強すぎるかしら？」なんてこと。男性をからかったり、じらしたりするタイプではけっしてなかったのに、ジョシュアと一緒にいるといつのまにかそうなってしまう。「爆発しそうなのね、いいわよ、でも約束する、きっとあなたのお気に召すわ」

ジョシュアは笑い声をあげたが、愉しげな笑いではなく、咽喉を締めつけられたような声だった。「たしかに刺激は強すぎる。口に入れるまえにいかされても、叱らないでくれ」

そのことばに思わず母性本能がくすぐられた。「坊やはもうお兄さんよ。お兄さんなら大丈夫」リズはジョシュアの脚の上にまたがった。

「そこのところはあまり買いかぶらないでくれ。きみのやりたいことっていうのは、きみが出てくるお気に入りの夢のひとつの再現なんだから、夢精してしまうほどの夢の」

「わたしの夢を見たからといって、まさかそんなことになるなんて?」たしかに、とリズは思った。わたしの夢を見るのはいいとしても、セックスのことで頭がいっぱいのティーンエイジャーよろしく寝ているあいだに射精してしまうとは信じられない。

ジョシュアは黒っぽい眉をあげ、腕をリズにまわし、たこのある両の手でリズのヒップを撫でた。「まさか?」

リズはジョシュアの上にじっと坐ったまま、彼の太腿の上のほうをつかんでバランスを取った。「あなたは三十四歳で、旺盛な性生活を送ってる。そんなことするわけないじゃない」

「今後はめったにしないと思うよ」とジョシュアは言ってしかめ面をした。「ともかくここ一年ばかりはしてたけど」

「でも……」

「姪っ子の洗礼式の日にきみとキスをして以来、女性を抱いてない。それ以前は何カ月も任務についていた。いつからだったか考えたくないほど長いあいだ、夢精と自分の手だけが性欲解消の手段だった」

ジョシュアのような男性にとっては一生と思えるほどの長さだっただろう。「信じられないわ」

その感想を思いなおさせようとするようにジョシュアはリズを見つめた。彼女は思いなおした。

「どうしてそうだったの？」とリズは尋ねた。

「きみ以外の女性は欲しくなかったから」

「でも、言ったはずよ、あなたとつきあう気はないって」

「男のリビドーは理屈にしばられてるわけじゃないんだよ。知らなかったのかい？　だけどぼくとしては、刺激的なセックスと恋愛はかならずしもイコールではないときみを説得して、この問題に同調してもらえないものかと期待してたんだけどな」

彼はまちがっていない――セックスと恋愛は別もので、それを忘れるほどリズも愚かな女ではない。しかし、いま忘れたくないことといえば、ジョシュアの素肌のにおいと味わいと手ざわりだけだった。

ジョシュアの太腿の筋肉が収縮した。リズはそれを自分の太腿でぎゅっとはさんだ。「いますぐあなたとできたらいいのに」

ジョシュアの目が官能的な火花を散らし、リズを見た。「ぼくも同じ気持ちだ。でも、ぼくたちはすぐに燃えやすいたちだから……」ジョシュアはいったんことばを切り、子宮のあたりを包みこむように手を置き、茂みを親指でそっと撫でた。「きっと妊娠させてしまう」命がはぐくまれる場所に手を置いて、ジョシュアはどれくらい重みを感じているのだろう、とリズは思った。どれくらい欲望をかき立てられるかは言うまでもなく。ジョシュアのまなざしは手に負けないほどの親密さでリズの心にふれていた。「傭兵がいい父親になれないのは残念だ」

それを聞いてもリズはなにも言わなかった——言えなかったのだ。

妊娠させる可能性に興味を惹かれていると言っているの？

ベッドで戯れている最中に何気なく出たことばを深読みしたくはないとリズは思ったが、ジョシュアの赤ん坊を抱いている、目も眩むほど甘い光景が頭に浮かんだ。全身を暴走する性的興奮にはそぐわない想像だが、とにかくそんなことがふと頭をよぎった。そして、それが刺激を一段と高め、リズの全身をぴんと硬直させた。

リズはもうこれ以上待てなくなり、上半身をまえに倒した。とがった胸のつぼみを脈打つ彼の大きなものに押しあて、つけ根から先っぽまでこするように愛撫した。

あまりの気持ちよさにリズはうめき声を洩らした。

それはジョシュアも同じだった。ただ彼の声はうなり声に近かった。

やがてリズはもう一方のぴんと立った乳首でも同じことをくり返しながら、刺激が乳房の先から体の芯へとぎれることなく走るのを感じた。

「すごくいいわ」リズは大きな吐息を洩らして言った。

「ぼくもだ」

リズはほほえんで、もう一度した。一回めよりもさらに気持ちよかったが、もっと主導権をにぎり、ジョシュアを降参させたかった。そこで、彼の硬く脈打つそれを両側から乳房でぎゅっとはさんだ。

ジョシュアはうねるように体をしならせながらなにやら口走り、そのことばはリズを驚かせ、たまらなく興奮させた。

「これってほんとにそういう名前がついてるの?」とリズは尋ねたかと思うと、下向きにさっと体をおろして仕上げに彼自身の幅の広い先端に口を開いてキスをした。

「そう……」とジョシュアは声を振りしぼって言った。「もう一度!」

リズはもう一度した。今度は先端にぐるりと舌をまわして。ジョシュアの味はいままで味わったどんな味とも似ていなかった。涙のようにしょっぱいが、甘みもある。リズが胸の谷間でジョシュアのものを撫でるあいだ、彼の指がリズの乳首をつまんでいじった。リズはまたがっているジョシュアの太腿に思わず彼女自身をこすりつけずにはいられなかった。

彼の先端が口もとに来るたびに、リズは舐める時間を長くした。ジョシュアはうめき声をあげ、せっぱつまった様相をしだいにつのらせ、体を動かした。

リズはその欲求を満たしてあげたかった。

リズは彼にキスをした。男性のしるしの丸みを帯びた先端にやや開いた唇を重ね、名残りを惜しんでから乳房を離し、ジョシュアの手もそっと払いのけて体を起こした。ジョシュアはなかなかリズから指を離そうとしなかったが、最後にまた刺激的な愛撫をして、ようやく手を引っこめた。

リズは体を震わせ、ジョシュアの大きなものに両手をぐるりとあてがった。先端に口もとを寄せて、唇を大きく広げて口のなかにおさめた。飢えた口で彼を味わい、塩気の混じった甘みがさらに舌にふれると、思いがけない悦びに襲われ、動きをとめた。

「やめないでくれ。リズ！」

口いっぱいに広がる独特な風味と、男のなかの男といえるジョシュアの手綱をにぎっている感覚をリズは愉しんだ。この瞬間、捕食者のような彼はリズのなかにひそむ官能のなすがままにされている。

リズは彼のものをやさしくつかみ、幅の広い先端をぐるりと舐めた。

「しゃぶってくれ、リズ！」

リズはさらに二度舌をぐるりとまわしてジョシュアをじらし、思いきり深々と口に含み、吸いこんだ。ジョシュアはリズのほうへ体をそらした。咽喉の奥に彼の先端があたると息が詰まったが、リズはそれを気にもせず、ジョシュアに自制心を失わせたことこそ自分の腕前の証だと喜んだ。リズがほんの少し口を引くと、ジョシュアはしわがれた声で叫び声をあげた。

リズは試すように、もう一度口もとを深くおろし、また引きあげた。ジョシュアはそれを気に入ったようで、リズの体の下でさらに乱れていき、興奮のあまりリズを押しのけそうにまでなった。リズは縦に重ねた両手を、上下させる頭の動きに合わせて動かした。初心者なのでリズの動きはいささかぎこちなかったが、ジョシュアはそんなことは気にも留めていないようだった。

彼の指がリズの髪にもぐりこんだ。「いきそうだ」

ジョシュアはリズの頭を引き離そうとしたが、リズは最後までしたかった。さっきは〝ぼくのかわいい狼〟と呼ばれたが、いまこの瞬間まさに彼のお相手だった。あらゆる面で彼に釣り合う女になろうとリズは決意し、髪を引っぱるジョシュアの指にあらがって、口と手の動きをさらに強めていった。

「ほんとに」

ジョシュアの必死な声を聞いてリズは不思議に思った。これがしたいのだってわからないの？　これこそ必要だと思ってるってことを？

脈打ち、屹立したものを含んだ頬をへこませて、リズはさらに強くしゃぶった。

ジョシュアは大きな声をあげ、体内からほとばしるものでリズの口をあふれさせた。

ジョシュアが絶頂に達すると、リズは身も心も歓喜に包まれて胸がいっぱいになり、力を加減しながらも口で彼に悦びをあたえつづけた。色にたとえるとしたら、元夫に抱いていた淡いピンクのような愛からさらに濃い、深紅の熱い思いがリズの心で渦巻いた。

リズは自分の気づいたことの重大さに思わず身震いした。

、、、、、、

わたしは彼を愛している。

たまらなく。

情熱的に。

あと戻りできないほど。

その思いを口にしてもジョシュアには感謝されないだろうが。彼はなにもしていないし、なにも言っていない。ふたりの関係はいっときの火遊びではないと示すようなことはなにも。それどころか、そもそも恋愛ではないと彼はほのめかしているのだ。

恋愛ではなくすばらしいセックスだ、と。

それでも、二度と味わうことはないと思っていた、震えるような感情を実感し、リズはどうしてもそれを表現しなければならないと思った。

リズに開かれた道はひとつだけだった。

ジョシュアが求めるセックスを武器にした、体を張った道だけ。こうなったら体ごとぶつかって彼を愛せばいい。

まえの晩にジョシュアが示した手本にならって、リズは口で彼を刺激しつづけた。

ジョシュアはびくりと身じろぎし、リズの下で体を弓なりにそらし、うめき声を洩らしてはさけび声をあげ、それを交互にくり返した。最後にリズの口のなかへ波が押し寄せた。そのあと、彼はリズの顔を体から引き離した。リズはジョシュアを見あげ、気づいたばかりの愛で瞳が輝いていませんようにと願ったが、快楽の余韻にひたっているジョシュアをうっとりと見つめずにはいられなかった。

ジョシュアは自分の横にリズを引っぱりあげようとして、ふたりの体がぴったりとくっつくまで、手を休めようとしなかった。息をあえがせ、欲望を解き放ったあとでさえなおも体の力をゆるめることはなかった。そして自分のものだといわんばかりにリズを抱きしめた。

ゆっくりと息づかいが正常に戻ると、ジョシュアはリズの上へのしかかり、深みを帯びた目で食い入るように彼女を見つめた。「ありがとう」

情熱的な愛撫のあとにかけるにしてはやけに素直なことばだった。とくに、感謝というより欲望を目に浮かべながら言うにしては。

「どういたしまして」リズは口を大きく開けて顎の筋肉を伸ばした。

ジョシュアは両手の親指でリズの頬をさすった。「痛いのかい？」

「あなたのは死ぬほど大きかったから」とリズは遠慮なく言った。

「すまない」リズの顎をやさしくマッサージしているわりに、それほどすまなそうには聞こえなかった。「きみに痛い思いはさせたくなかった」

今度は誠意が感じられた。

リズはにっこりとした。「痛い思いなんてしなかったわ」これ以上は密着できないほど体を密着させて、ジョシュアに鼻をすりよせた。「途中でやめたくなったら、やめることだってできたんだもの」

「ほんとにそう思うかい？」

ジョシュアが口のなかではなんとかいかないようにしていたことを思いだし、リズはうなずいた。

たしかに彼は興奮しきっていたけれど、リズがやりたがらなければ無理強いはしなかったはずだ。テキサスのあの夜、なぜ誘いを拒まれたのか、リズはだんだんわかってきた。彼は進んで差しだされたものでなければほんとうに欲しくないのだ。

自分の肉体がいやいや受け入れられるのは我慢ならない、男気のある男性というわけだ。

ジョシュアの手がリズの両脚のあいだにすべりおり、腫れあがってぬるぬるしたリズの体の奥のくぼみに指がもぐりこんだ。

ジョシュアの指の感触に反応したはずみでリズはぞくりと震えた。

「きみの番だ」とジョシュアはうなるように言った。

二本の指が体のなかへすべりこんだと同時に、ぴんと張って疼く胸の先端をジョシュアの口がおおった。乳首を吸われてリズが歓喜の声をあげると、ジョシュアはセックスのリズムになぞらえながら手でリズをいかせようとしはじめた。

数秒もたたないうちにリズは身をくねらせ、体を弓なりにそらせると、最後までいかせてとジョシュアに懇願した。ジョシュアはそのとおりにした。耳で聞こえるほどの勢いでリズの体のなかで星が散った。リズはあらたに気づいた愛を声に出して告白してしまわぬように唇をしっかりと噛んでいなければならなかった。

リズは午前中いっぱい——というか、ジョシュアとシャワーを浴びてから午《ひる》までの午前中——布張りのやわらかいソファで執筆に取り組んだ。節々の痛むリズにロッキングチェアは硬すぎた。この二年、筋肉痛になるまで体を動かした覚えのない身としては。

ジョシュアが昼食に呼びにくると、今回は〈デイナ〉を脇に置いて、すぐ昼食に立った。

キッチンの硬い椅子に恐る恐る腰をおろし、リズは目をきょろきょろさせた。「ホットワイヤーは？　さっき声がしたようだったけど」

ジョシュアは湯気の立ちのぼるスープボウルと、チーズとクラッカーを盛った皿をテーブルの真ん中に置いた。「さっきまでいたけど、つい一、二分前に帰った」

ナプキンを膝に広げながらリズは尋ねた。「どうしてランチを食べていかなかったの？」

「用事ができたんだ」

「そう」リズは木の椅子の上で体をもぞもぞさせ、坐り心地のいい姿勢を探した。「なにか動きはあった?」

「ニトロが三十分前に飛行機でオースティンに到着して、レンタカーで牧場に直行した」

つまりもうじきジェイクから電話が来るということだ。ジェイクがおとなしく牧場を離れるわけがない。かりになにも言ってこないとしても、妹がシアトルにいるのはやっぱりよくないという思いを深めるはずだ。

リズはスープをひと口飲んで、すぐに缶詰ではないと気づいた。「手作りのスープね」

ジョシュアは肩をすくめた。「できあいのものは好みじゃない。行軍中、食事といえばインスタントスープばかりだった反動だよ」

リズはほほえんで、また坐る位置を少し変えた。「なるほどね」

「リズ、体が痛いのかい?」

リズはチーズとクラッカーに手を伸ばした。「どうしてそんなこと訊くの?」

「まるで不機嫌なヤマアラシの上に坐ってるみたいだから」

リズの頬がかっと熱くなった。「やだ」

さりげなくしていたつもりだったのに。きっとジョシュアがこれまでベッドをともにした相手で、たったひと晩愛を交わしただけで——その翌朝も含めたとしても——体ががたがたになった人はいなかったのだろう。

「まあね」突然、スープを飲んで具がなにかあてみることが恰好の気晴らしになった。「まあね」

リズはジョシュアのほうを見なかったが、彼が席を立って、キッチンを出ていくのが物音でわかった。どこへ行ったのかしら？

体の痛みは言うまでもない。結局のところ大部分はジョシュアのせいなのだから。〝大きい〟というのがまさにぴったりのことばだが、問題はサイズだけではなかった。新婚時代でさえ経験したことのない激しい運動を強いられた筋肉が悲鳴をあげていた。

ジョシュアはキッチンに戻ってくると、リズの不意を突いて椅子から彼女をかかえあげた。

「なにするの？」

ジョシュアはベッドに飾りで置いてあるやわらかいクッションを木の椅子に置き、リズをその上にそっと戻した。「これで坐り心地がよくなる」

「なくても平気だったのに」とリズは意地を張った。

ジョシュアはなにも言わなかった。ただ〝強がりたければ勝手にどうぞ〟とでも言いたげな顔をしていたが、リズはなんとか気を取りなおした。実際クッションを敷いたほうが坐り心地は格段によかった。

リズは自分を強いて礼を言った。「ありがとう」

ジョシュアは席に戻り、肩をすくめた。

その後の数分は、ふたりとも黙って食事をつづけ、リズは頭のなかでさまざまな思いをめぐらせていた。どうして体が痛くなったのかとか、またしたいという気持ちはどれくらいあるのかとか、ジョシュアを味わってどれだけ興奮したかとか。仰向けになり、リズの言うまに大の字に寝そべるジョシュアの姿が脳裏をよぎり、太腿の筋肉が思わず震えた。

考えごとがそっちへ向かうのはよくない。

「ホットワイヤーはなにか見つけた？」ジョシュアから聞いた話では、ホットワイヤーは容疑者候補の情報をコンピュータで収集することになっていた。

「ああ」

「よかった。で、どんなことなの？」

「ひとつはメールの出所をさかのぼれたこと」ジョシュアはその幸運にあまり興奮していないようだった。

「それっていいニュースじゃないの？」とリズは尋ね、クラッカーにチーズをそっと載せて口にほうりこんだ。そのあいだジョシュアの視線をなんとか避けながら。

ジョシュアを見なくても、想像力は働いてしまうかもしれないけれど。

「メールはどれも、シアトルから車で一時間以内の別々の図書館の、インターネットにアクセスできるコンピュータから送られている」

「インターネットできるコンピュータを利用するには図書館カードを使ってサインインしな

いといけないいんじゃなかった？」

「本来はそうだが、犯人は他人の名前と図書館カードを使っている」

「それはたしか？」

「ああ。ひとりは八十歳のご婦人で、ひとりは十歳の少年。われわれが確信しているネメシス像は成人男性だ」

ジョシュアの軽い皮肉にリズは口もとをゆがめた。「どうやって名前やカード番号を入手したのかしら？」

「それはなんとも言えない。データベースに侵入したのかもしれないし、図書館の利用者がカードを置きっぱなしにして本を探しに行ったり、コンピュータで調べものをしたりするのを待つ単純な手口だったのかもしれない」

リズはため息をついた。「向こうは頭がいいものね」

「でも、手に負えないほどいいわけでもない」ジョシュアの声は、自分たちがネメシスを見つけた暁にはただではおかないと約束する響きがあった。

リズはその声を信じた。たとえネメシスの頭がよかろうが、しょせんジョシュアと彼の仲間には太刀打ちできっこないと信じて疑わなかったからだ。

「その点は心配しなくていい。犯人はつかまえるから」

「心配なんかしてないわ」

「気休めで言ってるんじゃないんだよ、リズ。きみはもうひとりじゃない」

そのことばにリズは頭をあげ、ジョシュアの目を見た。予想どおり、彼のまなざしには威力があり、妙なことにいまの会話となんの関係もなく、体のあちこちがとろけていった。

「わかってる。解決してくれると信じてるわ」

とはいえ、たぶんジョシュアにはわからないだろう、とリズは思った。彼に頼ってしまい、なんであれ自力で生活をコントロールすることを放棄するのはどんなにつらいか。でも、とにかく後悔はしていなかった。

ジョシュアは苛立たしげな物音をたて、目を細めた。「だったらなにがいけないんだ?」

むっつりとした目つきを向け、まるで頭のなかを探るように、あるいは心の奥底さえ見通そうとするかのようにリズの顔をしげしげと見つめた。

「なにもいけなくなんかないわ」

「きみはとまどってる、そうだろ?」

「そういうわけじゃないけど」とリズは言ったが、まさにいまの自分のなかにそんな気持ちもあるとわかっていた。

昨夜と今朝発見した自分の一面にリズはびっくりしていたが、同時に照れくさい気もしていた。ジョシュアとの愛の行為は、生まれ故郷のテキサスの田舎町で習ったいい子でいるための教訓にことごとく反していたのだから。

「だったらずばりどんな状態なんだい？」

どきどきして、途方に暮れて、体のあちこちがひりひりして、恋にときめいている。

そして、まちがいなく臆病になっている。

「たぶん自分の手に負えない状態なんだと思う」とリズは顔を曇らせてそう認めながら、仕事で成功した二十八歳の女性が少女のころの古くさい教えにしばられているのはおかしいのではないかと思った。「セックスのあれこれには疎《うと》いのよ」

ジョシュアの唇の端が吊りあがったが、満面の笑みではなかった。彼はなかば傭兵モードに戻っていた。「セックスのあれこれ？」

「なんのことかわかるでしょう？」細かく説明しないですめばありがたいということを察してほしいとリズは願った。

「ああ、わかるよ。きみは〝セックスのあれこれ〟になかなか通じている。気おくれすることはなんにもない」

そう、たとえばリズが心配するとしたらそういうことだろう。もしもちゃんとできたのだとしたら。なにを言ってるの？　男性が絶頂に達したときに、大声をあげ、消防署のポール並みに硬く体をこわばらせたら、ちゃんとできた証拠だ。それくらいの知識ならリズにだってある。

「それは問題じゃないの」

「だったらなんなんだ？」

「別になんでもない」

「きみは心になにかが引っかかって、ぼくの目を見ようとしない。そういうのは好きじゃない。なにが問題か話してほしい」

「あなたのを口でするのが好きなの」とリズは白状した。いちばん驚いたことを口に出してみたが、それでさえリズの心を動揺させている行動のほんの一部にすぎなかった。「すごく」

ジョシュアは歯を食いしばり、体をびくりとさせた。「こらこら、今日仕事をするつもりでいるなら、そんなことを言ったらだめだよ」

「ごめんなさい」

ジョシュアは首を振って笑った。「謝らなくていい。ぼくに口でしてくれるのが好きだなんてうれしいよ。でも、なぜそれにとまどうのかわからない」

「たぶん好きでたまらないからじゃないかしら」シャワーを浴びながらジョシュアのまえにひざまずき、ふたたび口で絶頂に導いたことを思いだし、もやもやとした不安をさらに強めていた。

やっぱり好きなのだ。ことが終わったあと顎が痛くなったが、それでもジョシュアにせがまれたら、もう一度やっていただろう。

「ぼくには別に問題じゃない」

ジョシュアの口ぶりに、思わずリズは太腿に力が入った。

「こう聞けば気が楽になるかな？　ぼくもきみに口でするのが好きだ。きみの味がすごく気に入ってる。とくにいったあとの味が」

リズは目をぐるっとまわした。「男性はセックスが好きでもいいのよ」

ジョシュアは、頭がどうかしたのかといわんばかりにリズをまじまじと見つめた。「こういうことに男も女もない」

「わたしはまえはちがったの」

「セックスが好きじゃなかったのかい？　まるっきり？」

「そこまで毛嫌いしてなかったけど、なにがすごいのかほんとにわかってなかった。でも、あなたとすると、どういうことかわかるの。いままで知らなかったセックスへの衝動を感じるのよ」彼のものを口に含みたいとか、彼がいったときの味を味わいたいとか。

もしかしたらこの方面について感じていることより、ジョシュアへの思いの強さが関係しているのかもしれないが、いまのところはふたりでそっちの問題を探ってみるつもりはなかった。いつか探るとしても。

仕事から仕事を渡り歩き、リズを含む将来設計などないこの傭兵の男性に、もう充分無防備に自分をさらけだしていた。

略奪する満足感がリズの胸に戻ったが、ちょうどそのとき、スイッチをひねって照明を落としたかのように、ジョシュアの顔から表情がすべて消えた。「ぼくのような男を相手にそんな気持ちになったから悩んでいるのか？」

「どういう意味、あなたのような男って？」

「傭兵という意味だ」

10

男性はみんなこんなに鈍いの？　それともとことん原始的なタイプだけ？　こんな勘ちがいをする男性が何人いたってかまわないが、ジョシュアがそのひとりだという事実にリズはひどく気分を害された。

「そんなわけないじゃない。まったく信じられないわ、そんなに底の浅い女だと非難されるなんて。傭兵にその気になったから悩んでいるだなんて、どうしてそんな誤解をするの？」

ジョシュアは降参するように両手をあげた。彼の語彙《ごい》に降参ということばがあるとは思えないが。

「逆ギレしないでくれ。別におかしな質問じゃないだろう？」そうは言うものの、ジョシュアの冷ややかな表情はほんの少しやわらいだ。

「わたしの基準ではちがうわ」

「きみの基準といえば、だいたいどうしてこんな話になったんだ？」

つまり、思いもかけず飛びだした、あらたな性欲についての話はこれでおしまいということとね。リズはそう願った。

「今日はなかなか集中できないの」

それもまたリズが順応に苦しんでいることだった。仕事をするときはいつも雑念を頭から締めだすことができていたのだが、ジョシュアを完全に締めだすことは不可能に近かった——あるいはふたりが分かち合った情熱の記憶を締めだすことは。

「気の毒に。ネメシスにすっかり生活を引っかきまわされて」

「あなたがここにいるおかげで、ネメシスにあまり煩わされなくなったわ」リズはまたクラッカーにチーズを載せた。「安心できるから」

「それはよかった。でも、まだネメシスからの衝撃にさらされているのはまちがいない」

「わたしを怯えさせて鬱憤を晴らしているどこかの負け犬のことを考えるよりも、自分はもともとふしだらな女だったんじゃないかという悩みのほうがずっと衝撃的だわ」

「きみはふしだらなんかじゃない。そもそも、いまどき貞操観念を死守しようとする女性なんていないだろう」

死守なんていうことばを使うとはいかにもジョシュアらしい。リズはもう少しでくすりと笑いそうになった。「いままでベッドをともにした男性は元夫だけなの」

「それを気にしてるのかい？」

「ううん、そうじゃないけど、でもそうね、やっぱりよくわからない」最後にはリズもそう認めた。

「きみが気にするのは、愛してない男とセックスすることかい、それとも夫ではない男とすることなのかい？」

ジョシュアを愛しているけれど、いまはそういう問題ではない。「体の関係を持つとは夢にも思わなかったの」

そんなことは一度も願わなかったが、そういう関係になったことを自分でどう思うか、正直なところリズにはわからなかった。あらゆることが頭のなかでごちゃ混ぜになっていたが、そんな混沌《こんとん》とした心境のなかで、ひとつだけはっきりしていることがあった。

「あなたとのセックスはやめたくないの。ほんと言うと、やめようと思っても無理だと思う」

「それを聞いてうれしいよ。そんな努力はしたくないからね」

今度はリズもにっこりとした。我慢できない欲望をかかえているのは自分ひとりではないことにほっとして、気が楽になった。「ベラもああいうことをジェイクにするのが好きだと思う？」とリズは好奇心をむきだしにして尋ねた。「ほら、口でいかせてあげることを？」

こういうことを訊ける親しい女友達がいればよかったが、リズは生活のほとんどを本のなかで過ごし、本を離れると、人づきあいはほとんどなかった。ジョシュアとしているような話ができるほど親しい友達はひとりもいない。

ジョシュアは顔を青くした。「妹がそんなことをしてるなんて想像したくもない」

「ほらね？」リズはジョシュアをじっと見つめ、またしても心もとない気分になった。「あなたでさえふしだらな行為だと思ってるじゃない」

「ぼくでさえ？」

「わかるでしょ、どういう意味か。でも、抵抗を感じたとしても、誰もあなたを責められないわ」

「ゆうべのきみのことを責めようなんて思わないよ」

そう言われてもリズの気はおさまらず、彼女はそう言った。

ジョシュアは苛立たしげにため息をついた。「きみが口でするのが好きだということはふしだらでもなんでもない。でも、男というのは自分の妹が舌を使ってキスをするとは思いたくないものなんだ。ましてや亭主とセックスするなんてことは考えたくない。どんなセックスであれ」

「なるほどね」それはそうだ。リズとしても具体的な話をしていたのではなく、ただ理屈をこねていただけだった。さもなければ、そもそもこんなことは尋ねもしない。

彼女だってジェイクのそういうことを知りたいとは思わないのだから。

「でも、きみの気が楽になるなら言うけど、ジェイクとベラはまちがいなくバラエティに富んだ性生活を愉しんでる」

「そう思う?」

「ああ」ジョシュアは首を振って言った。「こんな会話をしてるとは信じられないな。もう二十一世紀だって気づいてるかい?」

「ええ。でも、テキサス州キャニオン・ロックの高校で性教育を指導していた先生はペニスを〝男性の象徴〟、ヴァギナを〝女性の象徴〟と呼んでたのよ。その女教師の授業では、クリトリスはなかったことにされてた」

「高校を卒業して十年だろ、リズ?」

「まあね。でも、自分のセックス観を疑問に思ったのはそれ以来はじめてだったの」マイクとのセックスは冒険の気配すらなかった。

ジョシュアは手を伸ばし、シャワーのあとにリズが着ていた薄手のコットンセーターのVネックの襟もとに指先を走らせた。「ぼくに言わせれば、きみは生まれつきセックスが上手だ」

ジョシュアにふれられて肌に疼きが走った。耳のなかで鼓動が聞こえる。

セックスに対する考え方について話していたわけで、生まれ持っての才能があるとかないとかいう話ではなかったが、それでもジョシュアに褒められてリズはくすぐったい気持ちになった。不安もあるが、自分の性行動が受け入れられていると知るのは悪くない。離婚したあと、自分はセックスに淡白で、アメーバのように性欲はないのではないかと思っていたのだから。

いまはそんなふうに思わなかったが。

気恥ずかしいにしろそうでないにしろ、この状況が心地よいにしろそうでないにしろ、生きている実感がして、ものごとがうまくまわっている気がした。それはそれで悪くないとリズは思った。

ジョシュアの指先がセーターのなかの胸の谷間にもぐりこんだ。「きみはぼくにとって完璧なセックスパートナーだ。ほんとに大事なことというのはそれに尽きるよ、ちがうかい？」

リズは吹きだし、そのあとにっこりとほほえんで、悩ましい愛撫から体を引いて言った。「恐ろしく傲慢なところがあるって言われたことない？」

「ないよ」

一瞬わからなかったが、リズは彼がまじめに答えたのだと気づいた。

たっぷり五秒はまじまじとジョシュアを見つめた。「ちょっと待ってよ、ジョシュア、あなたのまわりには目が見えない人しかいなかったの？」

「いいや。みんな、ぼくがなにをできるか、ちゃんと目で見てわかってる。きみと同じく」

ジョシュアの目の色は、彼がはっきりとセックスのことを言っているのだと物語っていた。

ジョシュアの厚かましいほど自信たっぷりな様子にリズは首を振った。

「鶏小屋の雄鶏みたいに威張《いば》り屋さんだと言われたこともなかったようね、でしょ？」とリズは尋ねながら、いつのまにか自然と彼に日常生活を牛耳られている、とふと気づいた。

「雄鶏《ルースター》とくらべられたことはないが――雄鶏《コック》（コックにはペニスの意もある）となると話はちがってくる」とジョシュアは言ってリズにウインクした。

リズはクラッカーを一枚つかんでジョシュアに投げつけた。

ジョシュアは空中でそれをキャッチし、自分の口にほうりこんだ。テーブルを飛び越えてむしゃぶりつきたくなるような表情を浮かべて。

リズはその衝動を抑えて、スープをひと口飲んだ。クッションをお尻に敷いていても体の節々が痛んでいたので、そんな動きは無謀だ。

「ところで、ホットワイヤーのほうは容疑者を割りだすめどはたった？」

「ああ、でも、また別のリストをきみに作ってもらいたい」

「誰のを？　三年生のときの日曜学校のクラス？」それ以外の全員といってもいいほどあらゆる人間関係について昨日ジョシュアに尋ねられていた。

「きみが本のために取材をした人たちだ」

それなら話はわかるが、そのなかの誰かにストーキングされているとは思えなかった。もちろん、一年前なら、自分がストーカーの被害にあうこと自体想像もつかなかったが。「オーケイ。昼食がすんだらリストアップするわ」

「食後はマッサージしてあげるよ。そのあとは昼寝。リスト作りは休憩のあとでいい」

「威張り屋の雄鶏さんに戻ったわね」とリズは非難の声をあげながらも、ジョシュアが言っているのはどんな種類のマッサージだろうと思った。

ジョシュアはただ笑ってウィンクしただけだった。「きみがそうさせるんだよ」

リズは目をぐるりとまわした。「まさか」

ジョシュアは肩をすくめた。

「それで、ホットワイヤーはなにを見つけたの？」

「仮出所中に逃げた男のうち、ひとりはコンピュータの経験はなし。もうひとりは逮捕された。ルイジアナで。ニューオーリンズのストーリーヴィルでコカインを売って」

「そっちの男は服役中にコンピュータの勉強をしてたのかもしれないわ」

「それはない――記録上では」

リズは、どうして断言できるのかとジョシュアに尋ねはしなかった。どうやらホットワイヤーはたいていの人は見ることのできないファイルにアクセスする方法を知っているようだった。「自由時間にコンピュータをいじってたのかもしれないわ。最近の刑務所では囚人も好きなことをいろいろ選べるもの」

ジョシュアは納得しかねるという顔をした。「ネメシスがしたことをやろうとすれば、ちょっとかじった程度の知識では到底無理だ」

「ハッキングのこと？」

「スパイグッズの改造もだ。電子機器にかなり強い者でないとできない芸当だよ」

リズはため息をついた。「ということはその男はストーカーではないのね？」

「ぼくの勘ではそうだ」

「ほかの容疑者候補はどうなの？」

「全部アウトだ。全員テキサスからもシアトルからも遠いところに住んでるから、わざわざ休暇を取らなければ、ネメシスがやったことはできない」

「で、誰もそれに該当する休暇は取っていない」

「そういうこと」

リズは立ちあがり、とりあえずテーブルの上を片づけはじめた。「これからどうするの？」

「調べをつづける」

「わたしにできることは？」

「取材先のリストを作ってくれ。それから、読者からの手紙を残りも全部読ませてほしい」

リズはシンクに行きかけて足をとめた。「いいけど、でも、どうして？　あとの手紙はわたしの本を気に入った人たちから来たのよ」

「リズ、きみはあまり社交的じゃない。キャニオン・ロックにいたときでさえ、たいていはジェイクとベラと過ごすか、アパートメントにひとりでいるかのどちらかだっただろ？」

友達なら何人かいないことはなかったが、まあ、ほぼジョシュアの言うとおりだった。

「だから?」とリズは言った。

「ネメシスはきみがほかの女性たちに道を誤らせていると非難した」

「頭がいかれているのよ」

「まったくだ。でも問題は、ネメシスにも理由があるはずだってことだ。どれだけ理解に苦しむ理由であれ。本人は思いこんでるわけだから。その出所として可能性があるのはなにかといえば、ホットワイヤーもニトロもぼくも、唯一思いついたのはきみの本だった」

それは理にかなっている。リズも同じ結論に達していた。「でも、やっぱりわからないわ、ファンレターを読めば、ストーカーになるほどわたしを憎む人物を割りだす手がかりが見つかるかもしれないなんて」

ジョシュアは肩をすくめた。「やるだけやる価値はある」

「わかった。手紙を持ってきましょうか?」

「ほかのフォルダーがあったのと同じ引き出しのなか?」

「ええ」

「それなら自分で探すよ」

リズがわかったと言いかけたとたん、電話が鳴った。ぎくりとしたが、受話器をあげると、出たのは兄だった。電話はかかってくるだろうと思っていたが、兄が自分もシアトルに出てきてストーカー探しを手伝いたいと言い張ったのは予想外だった。ジョシュアがそばにいて、ジェイクの説得に力を貸してくれてよかったとリズは思った。ストーカーをつかまえるには、しばらくシアトルにいるのが得策で、リズよりぼくの妹のほうがあなたの保護を必要としていると説き伏せて。

ジョシュアのマッサージは結局官能的な悦びを招いたが、同時に責め苦でもあった。身をまかせたことを筋肉痛で思いだしてしまうのもつらかったが、痛みが消えたとたん、ジョシュアの指は快感の中心にぎりぎりまで近づき、リズは欲望に体を濡らした。

ジョシュアは気づいていた。念入りなマッサージが終わるころにはリズもジョシュアもたがいの気持ちはわかっていたが、その感情に流されないよう必死にこらえていた。

昼寝のまえに体をリラックスさせるためにお風呂に入ったほうがいいとジョシュアはリズに勧めたが、一緒に入るのは辞退した。ふたりで体を動かしたことによる疲労から筋肉と体の内側を回復させる必要があるから、と大まじめに訴えて。リズはうとうとしかけながら――絶頂を迎えたあとのように体からは力が抜けていた――ほんのりと香りをつけた熱い湯につかるのはいいアイディアだったと認めないわけにいかなかった。

リズが湯船でうたた寝しているのを見つけたジョシュアはどうしてもと言い張ってリズの体をタオルで拭いてベッドに運び、上掛けをしっかりとかけてくれた。

目覚めると、夕闇がおりていた。ジョシュアはキッチンでニトロと声を落として話をしていた。リズは彼らのところに行った。ジョシュアが椅子に置いたクッションに坐るのをためらうほどリズは見栄っぱりではない。体調はかなり回復していたが、万が一筋肉痛のせいでジョシュアと今夜ベッドで愉しめなくなるのはいやだった。

彼がコンドームを用意していればいいのだけど、とリズは思った。あとどれだけ一緒にいられるのかわからなかったが、傭兵のボディガードとできるだけ長く親密な時間を過ごそうと心に決めていた。

ジョシュアは寄りかかっていたカウンターのところからやってきて、リズの口にそっと短いキスをした。

自分の女だといわんばかりのジョシュアのしぐさをどう思っただろうとリズはニトロをちらりと見た。ニトロは相変わらず無表情だったが、目はほほえんでいて、リズを驚かせた。

もしかしたらニトロはだんだん打ち解けてきたのかもしれない。

リズはジョシュアに向きなおった。「リストを作るんだったわね」

「まずはなにか食べないとだめだ」

「あなたってほんとに食べろ食べろってうるさいわよね」

「料理が好きなのさ」

「手作りシャーベットがある。おいしかったよ」そう言ったニトロのことばにリズはぎょっとした。

ぎょっとしたのはニトロが口をきいたからだったが、傭兵がキッチンでうろうろしている姿は想像しがたいからということもあった。リズはさっぱりしたレモンシャーベットを味わいながら、〝うろうろしている〟というのはまちがいだったと思った。

リストを作りながらシャーベットを食べ、食べ終わると立ちあがって食器をシンクへ持っていった。

「出かけてもいい?」とリズは尋ねた。

ジョシュアはリズの作ったリストを手に取っていた。「出かけるってどこへ?」

「どこでもいいから。家に閉じこめられてるのがいやなの——シーホークスの試合の日以来、まるで刑務所の独房で暮らしてる気分よ。アパートメントを出たのはあなたがテキサスへ連れてってくれたときだけだった」リズは使った食器を水でゆすぎ、備えつけの小さな食器洗い機のなかに入れた。「家にばかりいるのがもういやになったの」

「きみは作家だ」とジョシュアは信じられないというように言った。

「そうよ、だから最初の前払い金の小切手でノート型パソコンを買って、そのあと〈デイナ〉も買ったわ。自由に移動できるのが好きなの。地元にいたときは、牧場の誰も来ない場所で何時間も原稿を書いてたわ。だからネメシスに生活を奪われた気がするのよ」

「そのうち事態もよくなる」

「ネメシスはわたしの家族を脅かしてるのよ」それが無力感を倍増させ、リズを怒らせもしていた。

ジョシュアがそばに来て、リズの両肩をさすりはじめ、親密なマッサージだけが彼の得意技ではないことを証明してみせた。「ネメシスが彼らに近づくことはない。われわれはきみの生活をもとに戻し、いずれきみもこのアパートメントから出ていけるが、いまのところはきみが怯えて逃げ隠れしているとネメシスに思わせておきたい。あいつを自信過剰にさせたいんだ」

「それに、いらつかせてもおきたい」とニトロがつけ足した。

「どういうこと？」

ジョシュアはマッサージをつづけながら言った。「きみの声が聞けなくなって、ネメシスは相当いらいらしているはずだ。コントロールしたいのに、それがかなわないわけだから。そしていよいよきみが外出するのを見たときに、勢い行動に走らせたいというのがこっちの考えだ」

「つまりここでじっとしていろってことね」リズは文句を言いたい気持ちを抑えた。結局ジョシュアの言うとおりだ。それに、息苦しい気がするのはなにもジョシュアのせいではない。

「しばらくは」

リズはニトロを見て、意外にも目に共感の色を読みとった。

「わたしをこっそり抜けださせることはできない？」リズはそう訊かずにいられなかった。首を傾げてさらにしっかりとジョシュアの目を見た。「あなたは毎日ランニングに出かけても、ネメシスに見られる心配はないじゃない」

「変装して、ネメシスが見張っていそうにない順路で建物から出ている」

「だったらわたしも同じようにさせて」アパートメントに戻ってまだ二日だったが、リズはすでに頭が変になりそうだった。「変装だってする。ネメシスはそれほどなんでもお見通しじゃないもの」

ジョシュアの唇がかすかに吊りあがった。「それはそうだ。それに、自分で思ってるほど切れ者でもない。だけど、この建物の外でやつがなにを監視しているのかわからない。アパートメントハウスの防犯カメラを傍受しているのはわかっているが」

「それならあなたやニトロやホットワイヤーが部屋に出入りするのをネメシスに見られてるの？」部屋のまえの廊下の端にはカメラが一台あった。

「誰にも見られてない。出入りのときには、あらかじめ映しておいた無人の廊下の画面を流してる」とニトロが言って、またもやリズを驚かせた。今度は傭兵の用意周到な秘密工作に。

彼らはリズを守るために骨を折り、そばにいて力になってくれている。そんな彼らの恩に報いるどころか泣き言を言うのはまちがっている。「わたしの言ったことは全部忘れて。大丈夫だから」

リズは無理やり笑顔を作り、見た目ほどはストレスでぼろぼろになっているわけではないと証明してみせようとした。

また電話が鳴ったとき、リズは執筆中だった。キーボードで打ちかけの文を終わらせてから、体を屈めてソファの横のテーブルにあるコードレスの受話器を手に取った。「もしもし？」

「原稿の打ち直しを愉しんでるかい？」

デジタル処理され人間味の消されたネメシスの声が聞こえたとたん、リズの胸に思いもかけぬ怒りが湧いた。「なんのことかさっぱりわからない」

「原稿が消えたことに気づかなかったと言うのかい？　そりゃないだろう、リズ・バートン」

「で、気にしてると思うわけ？」ネメシスが家族を脅かしている怒りから――ネメシスのせいとしか思えない出来事に対するあらゆる不満のみならず――リズの口調は皮肉っぽくなった。

「おまえはもちろん気にしてる。わたしがなにを考えているか、当然それは気にしてる。おまえの運命はわたしの手ににぎられてるんだからな」

「あなたがにぎってるのはわたしの運命じゃなくて受話器でしょう」

返事は気味の悪い笑い声だけだった。

「原稿が消えたことをどうして知ってるの？」はらわたが煮えくり返るような怒りはなんとか抑え、リズはとぼけて尋ねた。

「どうして知ってるか？　わたしが消去したからだ」

ネメシスが勝ち誇ったようにそう言うのを聞き、リズは彼がしたことを発見したときより怒りをつのらせた。

ネメシスはつけ加えた。「二度と街を離れるんじゃないぞ、リズ・バートン。このまえはよくも腹の立つことをしてくれたものだ」

「さぞお腹立ちでしょうね、だからわたしのパソコンのシステムに侵入して、原稿を消去したんですものね」とリズはあざけるように言った。女を恐怖に陥れて、名乗りもしない臆病者への気持ちがにじみ出た、ばかにしきった口調で。「というより、ハードディスクの一部が故障してたみたいだけど」

「わたしがやったのでないなら、どうしてデータが消えたとわたしにわかる？」怒りが声に現われていた。

上等だ。こっちはつけまわされるのが好きではない。

ネメシスは疑われるのが好きではない。

「さあね、あてずっぽうで言ってみましょうか。お友達に頼んでシステムをハッキングさせたんじゃない？　自分でできるほど頭がよかったら、あなたはコンピュータにかなりくわしいはずよ。わたしがファイルのバックアップを取ってることに気づいてたってよさそうなものだわ」

「このあばずれが！　おまえなんかにコンピュータで負けるか」

「遊び場を取り合ってけんかしてる三歳の子供みたいな言い草ね。ほんとに自分でハッキングしたとしても、たまたまラッキーだっただけに決まってるわ」リズはネメシスを煽りたかった。煽らずにはいられなかった。

さっきの電話での兄の声が耳についていた。自分と一緒に身を隠したほうがいいと訴え、そっちに行ってストーカーを見つける手助けをさせてくれと言いつのる声が。この卑劣なストーカー男は、リズ本人はもちろん、身内の生活まで混乱させている。

「四年の教育課程と二十五年の業界経験があれば、運まかせなわけはない」音声変換装置でさえ、ヒステリー状態に近いネメシスの声の音量を隠すことはできなかった。

「あら、わたしは自分の推理に自信があるわ」とリズはあざけるように言った。

「ばかにするな」

「ばかにするのをやめさせるためにどうするつもり？　また電話してくる？」とリズは笑って、電話を切り、軽蔑の表情をありありと浮かべた顔をスピーカーの隠しカメラのほうへわざと向けて、受話器を架台に戻した。

そして〈デイナ〉を手に取り、またキーボードを打ちはじめた。でたらめに叩いていただけだったが、わかりっこない。あの卑劣漢には。もしこっちを見ているなら――絶対見ている――自分からの電話をさして重要視していない態度に怒り狂っているにちがいない。

「いったいなんのまねだ?」とジョシュアが一、二メートル向こうで尋ねた。声は怒りに震え、ネメシスの怒りよりもはるかに大きな衝撃をリズにあたえた。「逆探知のために電話を長引かせる努力もしないで」

リズは部屋に誰かいることを変質者のストーカーに気づかれたくはなく、顔はあげなかった。

液晶画面専用のスタイラスペンをつかんで、段落を音読するまえによくやるようにペンで唇を叩いてリズは言った。「どんなちがいがある? 前回は街の反対側の公衆電話からかかってきて、その情報からはなにも網にかからなかったわ」

「だからネメシスをおちょくることにしたのか?」

「あの男はわたしの家族を脅かしているのよ、ジョシュア。あいつはとんだまぬけ野郎よ、だから今度から本人にそう言ってやることにしたの」

「そんなことはやめておけ」

「無理よ」次に電話がかかってきたら、うすのろでも理解できるはっきりしたことばで、どれだけお粗末な男だと思っているかネメシスに言ってやろうとリズは思った。

「そんなことをしたら向こうがどんな反応をするかわかったものじゃない。いいか、事態が急にエスカレートする可能性だってあるんだぞ」

リズは、脚と、忙しくキーボードの上を動く手だけがカメラの視界に残るように位置をずらした。隠しカメラにリビングルームのどこが映るのか、その境界線をホットワイヤーに図解してもらっていたのだった。

べらべらしゃべっている姿はネメシスに見られたくなかった。動揺してひとり言を言っていると思われるかもしれず、そんなところを見せて、してやったりと思わせたくなかった。

「エスカレートするならするでけっこうよ。あいつをつかまえる唯一のチャンスは結局行動させることなんだから」

「危険なほど怒り狂わせて行動に走らせるのはだめだ」そういうジョシュアも声に怒気が現われるほど本気で怒っていた。

リズが顔をあげると、怒りよりも心配の色に満ちたダークブラウンの目と目が合った。

「ごめんなさい」またやってしまった。理性と自制心を働かせて行動するより、感情が先に立ってしまった。「ほんとに。今日はいろいろ言ったけど、計画をつぶすつもりはないの。でも、ネメシスにはどうしてもふつうに話すことができなかった。とにかくそれは無理だったの」

リズはジョシュアがわかってくれることを願ったが、たぶん彼にはわからないだろう。リズの知るかぎりジョシュアが自制心を失ったのはセックスのときだけだ。彼女にしてもいつもならもっと冷静なのだが、いまはもう感情がむきだしになりかけていた。ベッドをともにしたせいだと説明すれば、ジョシュアは〝任務中はセックス禁止〟の原則に戻ってしまうかもしれない。

そうなれば、ネメシスにいらいらしなくても、欲求不満でいらいらしてしまう。

「ネメシスに愛想よくしろと言った覚えはない」とジョシュアは言った。「だが、わざわざ反感を買うのは危険だ。仕返ししないといけないという思いこみを正当化させたら、ネメシスを狂気に走らせる恐れがある」

「たしかにそうね。次はもっとちゃんとする」リズはどうしても感情が抑えきれず、声が咽喉につかえた。「わたしのこと、怒ってる？」

リズは自分の生活の変わりようが気に入らなかったが、それでもジョシュアのことは愛している。彼への愛が芽生えたばかりなのに、癇癪を抑えられないせいで愛想を尽かされはしないかと思い、胸が引き裂かれそうになった。

ジョシュアは近くに来たいようなそぶりを見せた。「怒ってなんかないよ。ただ次はあまり敵意をむきだしにしないでくれ」

ジョシュアがリビングルームに入ってきて抱きしめてくれたらいいのに。リズはなによりもそう願ったが、ほんとうに彼がそうしたら、隠しカメラの視界を横切ることになる。

「また電話がかかってきたら出ないといけない?」自分自身にもジョシュアにも認めづらかったが、リズは感情をコントロールする自信がなかった。人間とは思えないネメシスの電話の声をまた耳にするまえに、気を鎮める時間が必要だった。

「いや、出なくていい。無視しても、きみならやりそうなことだと向こうは解釈するだろう」

「ありがとう」とリズは穏やかな声で言った。

ジョシュアは顔をしかめたが、もうなにも言わず、うしろを向いて部屋を出た。

数分後電話が鳴ったが、リズは無視した。留守番電話が作動したが、かけてきた相手は電話を切った。そのあと、リズは電話に手を伸ばし、呼び出し音を切り、執筆に戻った。

「彼女がある本を家庭内暴力の犠牲者に捧げてる?」とホットワイヤーが尋ねたとき、ジョシュアは問題の本に彼を導いた何通かの手紙をテーブルに置いた。

「そうだ」

「その本はまだ読んでないよな?」

「ああ、読んでない。じつはリズの処女作で、まえに買おうとしたんだが、発行部数が少なくてなかなか見つからなかった。ちょうど古書業者に頼んで探してもらってるところだ。もしかしたらもう見つかったかもしれないが、なにしろひと月以上家を空けてるんでね」

ニトロが手紙の一通を手に取って読んだ。「虐待を受けている被害者のための全国各地の相談窓口の電話番号とウェブサイトを献辞に載せてるのかい？」

「それだけじゃない。リズは女性たちを励まして、身の危険を感じたら、助けを求めましょうと呼びかけてる」

ホットワイヤーは口笛を吹いた。「ストーカーはそれをおもしろく思っていない亭主じゃないかってわけだ？」

「そう考えると辻褄が合う」

「たしかに」とニトロは同意して言った。

ホットワイヤーが言った。「この変態男は自分の餌食を取りあげられた。誰のせいかと考えて、責任転嫁できる相手に注意を向けたと考えれば筋は通る。つまりウルフの女に」

「ああ」ジョシュアはリズが自分のものだということを否定しなかった。

たしかに永遠には自分のものではないかもしれないが、いまは自分の女だ。だからこそ、まえのように取り乱したリズを見ていられず、思わずかっとなってしまった。リズは冷静さを失ったことを平謝りしたが、ジョシュアはうしろめたかった。そもそも彼女はなにも悪いことをしていないのだから。

それにリズは軍人でもない。表面的にはいかに沈着に見えても、あくまでも女性の感情を持つふつうの女性だ。リズを追いつめているのはネメシスだけではなく、ジョシュアもそのひとりだった。訓練を積んだ兵士のように彼女を扱っていた。臨戦態勢に入ろうと思えば入れ、自分と同じく簡単に感情を遮断できる兵士のように。そうではないのに。

「それで、その手紙のなかにこれぞと思うやつがいるのかい？」とホットワイヤーが訊いた。

「六通とも女性読者からで、本を読んだおかげで助けられたと言ってる」

「まずは目を通してみるか」とホットワイヤーは言って、手紙をかき集めた。

「ネメシスの女房がリズに礼状を書いたと決めつける根拠はない」とニトロは言った。

ジョシュアもそれは承知の上だった。「ひとつの取っかかりだ」

11

「ストーカーは逆恨《さかうら》みした夫だと思うの?」とリズは信じられないという顔で尋ねた。

「そうだ」

リズはベッドの端にすとんと腰をおろし、床でストレッチをしているジョシュアを見ていた。彼女が執筆しているあいだ、ジョシュアはまたベッドルームで体を動かしていた。リズは無関心を装うわけでもなく、ジョシュアはジョシュアで彼女にうっとりと見つめられていることを愉しんでいた。

「理屈ではそれもありえると思うけど、あの本が出てから何年もたつのよ。一作めだったから。どうしていまになってストーカーされるの?」

「たった五年だ」ジョシュアは立ちあがって脇腹を二度伸ばし、リズの口が開いて小さな声が洩れると、ひとりでにんまりとした。「それに、ネメシスの女房が本を読んで、献辞のメッセージのとおり行動を起こしたのが去年あたりだったということも考えられる」

「発行部数はすごく少なかったわ」とリズは言った。ジョシュアがわざと胸の筋肉を収縮させると、リズの視線は彼の胸板にからみついた。

リズは深く息を吸った。気持ちを落ちつかせようとしているようだったが、目はジョシュアの体に釘づけになったままだった。「最近書店で買って読んだとは考えにくいけど、もしかしたら古本屋でなら見つかるかもしれないわ」

「ぼくもその線をねらってる」

「ええ？」リズの目はぼんやりと焦点を失っていた。ジョシュアもいま話している話題から気をそらさずにいるのに苦労していた。悩みの種はリズの香りだった。リズがどれだけたまらなく女っぽかったか思い起こさせる、甘く女性らしいフレグランス。

「ああ、そういうことね……それはそうと、ファイルの手紙を読んでそれがわかったの？」リズはまたしっかりとした目つきになって言った。「ということは、ストーカーの手がかりをつかんだということ？」

ジョシュアは小さなタオルを手に取って、汗を拭きはじめた。「きみが妻たちから感謝の手紙をもらった時期とはタイミングは合わない。どの手紙も本が出版されて一年以内に書かれている。だから、犯人の身元の特定に近づいたかどうかはなんとも言えない」

なんともじれったい。一歩進んだかと思えば、またあともどりだ。ジョシュアもふだんならこういうたぐいのことに辛抱がきくが、リズの安全が危険にさらされているとなると、いつものように私情をはさまずプロに徹してはいられなかった。

リズが首を傾げた。「そんなことはないんじゃない？」

「どうして？」

「ネメシスがコンピュータの天才で、大学で四年間学び、業界で二十五年間働いた経験があることはわかったわ。そこからおおよその年齢がわかるし、あなたの説が正しいなら、奥さんに暴力を振るっていたこともわかった。彼の話から考えれば、奥さんには出ていかれたんだと思う。それに仕事も失ったと考えるべきよね。さもなければ、どうやって国の反対側までわたしを追ってこられる？」

「それでもまだわからないことだらけだ」

「じきになにか大きなことをやらかすはずだわ」リズの目はらんらんと輝いた。「今日わたしはネメシスを怒らせた。ネメシスの考えそうなことがだんだんわかってきたから自信を持って言えるけど、今日の電話で彼はなんらかの行動を起こすにちがいない」

「ネメシスの考えそうなことがわかってきた？」

「ええ」

「なぜだ？」

「彼が自分のおこないは棚にあげる暴力亭主だから。そうでないならわたしに責任をなすりつけるわけないわ。そういうタイプの性格は報告例がよくあるのよ」

「なかなかくわしいようだね」

「調べる理由があったから」

「親父さんに殴られてたのか？」リズはつらい子供時代を送ったのだろうと察しはついていたが、ジョシュアはあえて尋ねた。

「いいえ、でも使用人のひとりがその妻に平手打ちを浴びせていても、父は見て見ぬふりをしたわ。あのころわたしはまだほんの子供だった。六つか、七つか、たぶんそのぐらいの。最初に目撃したとき、わたしは父のところへ駆けこんだの。父には余計な口出しはするなと言われたわ。〝夫婦のあいだに立ち入ってはいけない〟と」

リズの雰囲気から話はそれだけではないとジョシュアは感じた。「なにが起きたんだ？」

「その状態が二年つづいて、ある日夫婦げんかのあと、妻のほうは夫から逃げようとして交通事故で死んだの。お葬式のことを覚えてるわ。夫は妻のお墓の横で泣いてた。自分のせいでしょう、とわたしは叫んでやりたかった」

「どうしてそうしなかったんだ？」とジョシュアは言った。リズはなかなか威勢のいい女性だ。子供のころであっても、けんかに尻込みするとは思えない。

はにかみ屋という第一印象とはちがって。

「父にはすでに釘をさされてたから。迷惑をかけたら全寮制の学校に送りこんでやるって」

ジョシュアは自分の耳を疑った。「親父さんはなんだって？」

「わたしが教師に口答えをしたとき、学校から父のところに電話があったの。それで父に言われたのよ、今度やったら、おまえは青春時代を全寮制の女子校で過ごすことになるぞって」

ジョシュアは歯ぎしりした。

「だけど、例の使用人のことは懲らしめてやったわ……子供にできる精いっぱいの方法で」

ジョシュアは興味をそそられた。「どんな方法で?」

「スカンクをつかまえたの。ついでに言っておくと、わたしは動物愛護家よ。だから牧場にいるときにはわたしを怒らせないでね」リズがにっこりしてウィンクすると、ジョシュアの股間が反応した。「そのスカンクを使用人の男の家のなかに放してやったのよ。男は二週間、小屋で寝泊りするはめになったわ」

「きみもなかなかやるもんだな」

「馬を虐待しているのを見つけて、ようやく父はその使用人をクビにしたわ」リズは父親の優先順位に呆れ果てている声で言った。

ジョシュアは自分も同じ立場ならリズと同じように感じるだろうと思った。「だからきみは大人になって、処女作を家庭内暴力の犠牲者に捧げた」

「それに印税の半分を家庭内暴力防止活動の団体に寄付したわ。お金はいらなかったの、牧場に住んでたから」

ジョシュアは手を伸ばしてリズにふれた。どうしてもそうせずにはいられなかった。彼女はほんとうにすばらしい。

リズはジョシュアの股間を直撃する、とろけるような色香で愛撫を受け入れた。夕食はベッドに入るような時刻になってからになった。どちらもそれでかまわなかった。

リズはパソコンの横で足をとめ、ホットワイヤーの肩を軽く叩いた。「うまくいってる?」

ブロンドの男性は首を振りながらもにっこりとした。「あれからは一度もネメシスはきみのシステムにハッキングを試みてないし、きみがテキサスから戻ってからはメールも来てない」

「ひょっとしたらネメシスは不安でモニターのまえから離れられないのかもしれないわ、わたしがまたどこかに姿をくらますといけないから。このまえわたしの行方を見失ってかなり苛立ってたから」それを知って胸がすっとしたことをリズは隠しもしなかった。

「下手な抵抗はやめて自分のパソコンからメールを送ってくることを願うばかりさ、出所はばれないと判断して」

「そうなったらいいけど、でも、彼のパソコンだとわかったとして、居所までつかめるの?」

「ダイヤルアップ接続を使ってたらだめだけど、専用回線があるなら突きとめやすい」

「じつは、こういうのって小説のいいネタ集めになるのよ」

「なるほどな。言われてみれば、いかにもきみの本に出てきそうな状況だよね」

「ただしわたしのヒロインはもっとできる女性たちだけど」

「ぼくに言わせれば、きみだってなかなかどうしてよくやってるよ、ミズ・リズ。きみはタフだ。訓練は受けてないけど、ガッツはある」

昨日はタフだという気はしなかったが、今日のリズは冷静になろうと心がけていた。「ありがとう。でもジョシュアには、どうせまた取り乱すと思われてるんじゃないかしら」

「きみは自分にきびしすぎる。ウルフはきみに舌を巻いてるよ。ウルフだけじゃなくてぼくたちみんなも」

ホットワイヤーの言いぶんのほうが正しいのだろう、とリズは思った。いまはいろいろなことがおかしくなっていた。自分の判断力まで狂っていても不思議ではない。

温かな手が首におろされ、リズは無意識のうちにジョシュアに寄りかかっていた。

「休憩するかい?」

「休憩ならもうしたわ。ホットワイヤーとおしゃべりしてたの」

「もっと長い休憩を考えてたんだけどな、きみを外に連れだすような」

期待に胸がふくらみ、リズは輝く笑みをジョシュアに向けた。「ほんとに?」

「ああ」

ジョシュアはリズを〈ティリカム・ヴィレッジ〉のあるブレイク島に連れていった。この小さな島はシアトルの繁華街にある五十五番桟橋から遊覧船に乗って一時間の場所だったが、それでもそこへ足を伸ばすのは時をさかのぼる異文化への旅だといってもいいだろう。ふたりで食べた小さなカップに入ったアサリの蒸し煮から――食べたあとは、彼らより先に島を訪れた多くの観光客がしたように貝殻を踏みつぶした――日が暮れるころに見学したアメリカ先住民の踊りまで、この小旅行はリズの心を、閉じこめられていた小さなアパートメントからまったくの別世界へ運んでいった。

踊りのショーのあと、ジョシュアはリズを人けのない海岸へ散歩に連れだした。リズの肩に軽く手をまわしていただけだったが、彼のぬくもりはリズの体の側面に広がり、ふたりのあいだにある何枚もの服を通してしみこんでくるようだった。

「すてきな場所ね」

「ホットワイヤーがインターネットで見つけてくれた。せっかく外出するなら人出の多いレストランや美術館には行きたくないだろうって」

リズはさわやかな潮風を深く胸に吸った。「正解よ。テキサスの、人がまばらな場所が懐かしいわ。アパートメントにひとりでいても、まわりに何百万もの人間がいるとわかっていれば同じじゃないもの。でも、ここに来て気持ちが晴れたわ」

遊覧船は夏場なら混雑しているはずだが、今日はそれほどでもなかった。それもリズにはありがたかった。「こういうことが必要だったの」

ジョシュアは立ちどまった。波打ち際からほんの数センチのところで。リズの体をくるりとまわし、ふたりは向き合った。まわりの明かりはシアトルの夜空では見ることのできない満天の星明かりだけで、リズはジョシュアの表情がわからなかった。それでも、思いやりと共感は波のように伝わってきた。

「気に入ってくれてよかったよ、ハニー」

〝愛してる〟ということばが思わず口から出かかったが、リズはなんとかそれをのみこんだ。その気持ちを表現したいと願う思いと情熱をこめたキスは抑えることができなかったけれど。ジョシュアの顔はひんやりとしていたが、唇は温かく、腕がしっかりとリズにまわされた。しばらくして、ふたりしてきらきらと光る真っ暗な海に向き合うように、彼はリズの体の向きを変え、両腕をお腹にぴったりと巻きつけた。

帰る時間になるまでふたりはそのまま立ちつくしていた。

「食料品を買いに行ってくれないかって?」とリズは尋ねた。

ジョシュアの頼みがなにを意味するのかすぐにぴんときた。いよいよストーカー捕獲作戦の次なる段階に進むというわけだ。リズはスリルを覚えたが、一方意外な気もした。

ジョシュアに島に連れていってもらってからまだ三日しかたっていなかった。リズとしてはとくに根拠はないものの、アパートメントからひとりで出ていいとゴーサインが出るのはもう少し先になると思っていたのだ。

もしかしたらネメシスがひんぱんに連絡を取ろうとしていることがジョシュアの計画に影響をあたえたのかもしれない。

ナンバーディスプレイに〝非通知〟と表示された電話が何本もかかってきたが、リズはどの電話にも出なかった。リズと接触する自由を奪うことこそストーカーを行動に走らせる最善策だ、とジョシュアは決断を下していた。さらにリズはリビングルームで過ごす時間を減らし、デスクトップのコンピュータに向かって執筆する時間を増やした。そのぶん、ネメシスがリズの姿を見る機会も減っていた。

ホットワイヤーがコンピュータにファイアウォールを設置していたので、その防御を突破しようとする動きがあれば画面上にポップアップ・メッセージが表示され、リズはすぐに彼に連絡して調査を頼むことができる。いまのところネメシスはそういう動きに出ていなかった。

しかし、小包がまた送りつけられてきた。今朝のことだった。今回箱に入っていたのは家庭内暴力の被害者に捧げた本のページを切り刻んだ紙切れの山で、この本こそネメシスが妄想に取りつかれるきっかけになったのではないかとするジョシュアの仮説が裏づけられた。

とはいえ裏が取れたからといって調査が前進したわけではなかった。これまでのところ、そっちの方向からの手がかりはどれもこれも袋小路に突きあたっていた。

「望ましい展開としては、ネメシスを追いつめて、アパートメントに押し入らせる危険を冒させることだ。きみの留守をねらって、まえに取りつけた送信機を修理するために。きみは電話に出ようとしないし、またメールを送るのは危険すぎると思っているようだから、彼は苛立ちをつのらせているにちがいない」

「アパートメントに押し入らずに、わたしのあとをつけることにしたら？」とリズは尋ねた。

「それならなおけっこうだ。ホットワイヤーが車に受信機を取りつけてくれたから、ぼくもネメシスに負けじときみの車を楽々追跡できる。きみからは見えないが、ぼくはちゃんときみのうしろをついていける」

リズはうなずいた。「ありがとう」

「これはきみに知っておいてもらわないといけないんだが、この作戦には危険がともなう」ジョシュアはリズの顔を両手で包み、よく聞くようにと目で訴えた。「ぼくがきみのうしろについていても、銃弾がきみの車の窓を貫通するのをとめることはできないし、ほかの車にきみの車が激突されるのを防ぐこともできない。きみを全力で守るつもりだが、ネメシスの行動がどこまでエスカレートするのかわからない。だからきみにはこうした状況を充分に踏まえたうえで、やるかやらないか決断してもらいたい。おそらくネメシスはきみのあとを追うだろう。きみがこのまえ街を離れたことに気づいていないなら」

話し終えると、ジョシュアは両手をおろし、うしろにさがった。まるで決めるのはリズだと体で示すように。

「ネメシスに銃を撃つ気があるなら、ロッキングチェアに坐って原稿を書いているときに撃たれてたんじゃない？　真ん前が窓なんだから」リズはその危険について考えたことはなかった。それどころか、平日の夜にテレビを見るより狂った男に射殺される可能性のほうが高いと思ったこともない。

「窓は防弾ガラスで強化してある」

聞きまちがいにちがいない。「なんですって？」

「きみとテキサスへ行っているあいだに、ニトロとホットワイヤーに取りつけておいてもらった。ネメシスをつかまえたら、防弾ガラスと専用の窓枠は撤去する」

リズは肩越しに振り返ってリビングルームをのぞきこみ、レースのカーテンで目隠しされた窓に目をやった。どこも変わったようには見えなかったが、ジョシュアのことばは疑わなかった。

そこまで手厚く保護されていることに驚いて息がとまり、リズは知らぬまにグッピーよろしく口をぱくぱくさせていた。「わたしも知らなかったけど、ネメシスも防弾ガラスのことは知らないわ」ややあって彼女は言った。「それでも、まだわたしを撃ってない」

押し黙ったジョシュアの表情はきびしいままだった。「だからといってきみがひとりで車に乗ってるときにネメシスが凶行に走らないと決めつけることはできない」

たしかにそうだとリズは思ったが、計画はやめにするべきだとは思わなかった。とにかくもとの生活に戻りたい。そのために多少のリスクを冒さなければならないなら、冒すまでだ。リズがそう伝えると、ジョシュアは賛成と心配の色を浮かべてほほえんだ。今度ばかりはダークブラウンの瞳の表情もリズは楽に読みとれた。

その目の表情のことを、しばらくして食料品店に車を走らせながらもリズはまだ考えていた。バックミラーを見てもジョシュアの姿は微塵《みじん》も見えなかったが、さっきの話から彼が近くにいて、自分を見守っていることはわかっていた。

道路標識を横目で見ながら通りすぎ、道順をまちがえたことにリズは気づいた。ウェスト・シアトルのピュージェット湾を見渡す曲がりくねった道を走っているところだった。この先にちょうどいい脇道がなかったか思いだそうとしながら、リズは脇道に入るか、それともこのまま景色のいいルートを通って岬をぐるりとまわり、もと来た道に引き返すか迷った。どちらにするか秤にかけながらも、ふと頭がぼんやりして、なぜどちらか選ばなければならないのか忘れてしまいそうになった。ふいにあくびが出て、とっさに手を口もとにあげると、車が道をそれて中央に寄り、リズはすばやく車をもとの位置に戻した。

寝るまを惜しんで愛を交わすのは愉しいことだが、そのかわり気力と思考力を奪われる。前方がかすかにぼやけはじめ、リズはワイパーをつけた。ワイパーがきしんだ音をたてて乾いたフロントガラスをこすった。リズはあわててスイッチに手を伸ばし、ワイパーを消した。もしかしたら霜を取ったほうがいいのかもしれない。霜取り装置のスイッチを〝強〟にしたとたん目がかすみ、リズは視界をはっきりさせようとまばたきをした。

車が道路の端にそれた。

パワーステアリングの調子が悪いのかしら？　今度オイル交換するときにチェックしてみないといけない。それとも整備士に見てもらったほうがいいだろうか？

おや、なんだか息が苦しい、空気が冷たすぎるか、どうかしたかのように。リズはヒーターを〝強〟にした。顔に温かい空気が吹きつけたが、呼吸は楽にならない。

車のことを考えていると、ビービーとやかましい音が聞こえてきた。リズはラジオのボタンを叩いたが、さらに音が鳴り響いただけだった。またまごつきながらラジオを消すと、鳴っているのは携帯電話の音だとようやく気づいた。運転中は電話で話をしないことにしていた。誰がかけてきたか知らないが、メッセージを残してくれるだろう。

しかし、呼び出し音はいっこうにやまなかった。留守電にしてなかったのだろうか、それとも何度もかけなおしてるの？

リズが携帯電話をつかんで開くと、車はまた横にぶれた。

「もしもし？」ろれつのまわらない自分の声が聞こえた。変だ。

「リズ、車を横に寄せてとめろ、いますぐ」

「どうしたの？」「ジョシュア？」怒ったような彼の声がした。

「いいから車を道の端にとめてくれ。いますぐにだ、リズ」

「怒鳴らなくてもいいでしょう？」

「やれと言ったらやるんだ」

「どうして？」ほかの車にクラクションを鳴らされ、あと数センチで接触するところまで近づいていた。

リズはその車の運転手をにらみつけた。「まっすぐ走りなさいよ！」

「さっさと車をとめろ！」ジョシュアの声は怒っているだけではなく、いまや半狂乱になっていた。

なぜなのか思いあたらなかったが、たぶん用事でもできたのだろうとリズは思った。もしかしたらネメシスがつかまったのかもしれない。リズはウィンカーをつけたが、どういうわけかまたしてもワイパーが動いた。

なにをしてるんだっけ？

「リズ！」

ああ、そうだった、車を道端にとめるのね。

ジョシュアのわめき声がうるさかったので、リズは電話を下に落とした。車を道路の脇に寄せたが、距離の目測を誤り、バンパーがガードレールをこすって車は停止した。

しまった。ボディを修理しないといけないかも、とリズは思った。まちがいなく。ギアをパーキングに入れて、エンジンを切った。ジョシュアと話をするあいだ、ガソリンを無駄にしたらもったいない。だけど、どうしてジョシュアは電話ですまさなかったのだろう？

さっきはなんて言ってたかしら？　リズは思いだそうとした。

頭がうしろに倒れ、シートについたかと思うと、極度の疲れに襲われ、意識を失った。

ジョシュアは胸から心臓が飛びだしそうになるほど鼓動を激しくさせながら、急ブレーキをかけ、リズのエクスプローラーのうしろにタイヤをきしらせて車をとめた。

リズはあやうくガードレールを突き抜けそうになっていた。自分で気づいているのか？　まるで酒に酔っているか、なにかでハイになっているような運転だった。

いったいどうしたんだ？

リズはエクスプローラーからおりてこなかった。頭はがくりと曲がってシートにもたれかかっている。アドレナリンが湧きあがり、全身を駆けめぐった。ジョシュアは車をおりて乱暴にドアを閉め、リズの車に駆け寄った。ドアを開けようと力まかせに引っぱったが、ロックがかかっていた。

ジョシュアは窓を強く叩き、ロックをはずせとリズに叫んだが、返事はない。

自分の車に取って返し、トランクを開けて、常備している道具箱をつかんだ。細長い道具はものの数秒で用を成したが、その数秒が何時間にも感じられ、ちくちくと刺すような冷や汗が背中とわきの下を流れ、本物の恐怖に胃が締めつけられた。

最後に怖いと思ったのがいつだったかジョシュアは思いだせなかった。

いやな予感がする。

蝶番《ちょうつがい》からドアを引き離さんばかりの勢いでドアをこじ開けた。排気ガスのにおいがかすかにした。

くそ。

シートベルトをはずし、リズを抱きかかえて車からおろした。

呼吸はあった。神よ、感謝します！

ジョシュアはリズを自分の車に連れていき、ボンネットに寝かせた。口移し式の人工呼吸の手当てはできなかった。酸素の乏しい肺に二酸化炭素を混入させてしまうのはもってのほかであり、とりあえずリズは呼吸をしている。そう、だから人工呼吸をするわけにはいかないが、ジョシュアは胸を襲う無力感が気に入らなかった。

点滴の処置ならできた。傷口を焼灼《しょうしゃく》する手当ても、傷をほとんど広げずに刃のとがったナイフで弾丸を掘りだすことさえできたが、酸素吸入器は道具箱に入っていなかった。くそ、なんたる失態だ。

ジョシュアはリズの両手をこすり、温めようとした。「頼むよ、目を覚ますんだ。目を開けて、きれいなハシバミ色の瞳を見せてくれ」

しかし、リズはボンネットに横たわったまま、まるで眠っているかのようだった。その眠りから二度と目を覚まさないのではないかとジョシュアは恐ろしくなった。ややあって体が弓なりにそらされたかと思うと、リズは苦しげにだが息を吸い、一酸化炭素を肺から出そうとする反応を見せた。

「そう、それでいい。息を吸うんだ」

リズはまた息を吸い、咳きこみだしたが、目は覚まさなかった。ジョシュアはリズをかかえあげ、助手席に坐らせながら祈りはじめ、病院にたどり着くまで祈りつづけた。天にこれほど語りかけたことは久しくなかった。


緊急治療室に運びこむ途中、リズの意識が戻った。まるで夜どおし飲んで騒いでいたかのように目は充血し、焦点は定まっていなかった。

「どういうこと?」声はかすれ、まだ少しろれつがまわらなかった。

「一酸化炭素中毒」

リズは目をぱちくりさせ、ぽかんとした顔でジョシュアを見た。「ええ?」

「どういうわけか排気ガスが車内に流れこんで、きみは一酸化炭素を大量に吸った」

「だるくなったの。寝ないでセックスしたせいだと思ったわ」リズはろれつのまわらない口調で言うと、ジョシュアの胸にだらりと頭をもたれた。

「ちがう、一酸化炭素中毒だ」

「よかった」

「一酸化炭素中毒がうれしいのかい？」ジョシュアは信じられないというように尋ねた。

「セックス禁止になったらいやだから」

ジョシュアがぎゅっと抱きしめると、リズは咳をした。「胸が苦しい」

「すまない」

ジョシュアは受付を素通りしてナースステーションのまえで足をとめた。「至急、酸素吸入を頼む」

当直の看護師が顔をあげ、迷惑そうな顔で言った。「呼吸はありますか？」

「ああ」

「だったら受付を通してください」

「冗談じゃない。彼女は一酸化炭素中毒だ。ただちに体内から一酸化炭素を取り除かないといけない」

ジョシュアは命令に従わせることに慣れていた。任務中にも使う口調のせいなのか、断わったら承知しないとでも言いかねない目つきのせいなのか、とにかくそれ以上押し問答はなかった。看護師はストレッチャーと酸素吸入器をすぐに用意するよう、大声で指示を出した。

「ジョシュア……」

「どうした？」

「気分が悪い」

ジョシュアは看護師を見た。看護師は廊下の向こうの出口を指差し、ジョシュアは全力で駆けだした。ぎりぎりセーフだった。


「彼女の具合は？」

ニトロの声がしたほうへジョシュアは頭を向けた。「よくなってる」

リズの酸素吸入が開始されて二時間、ジョシュアもようやくひと息つきはじめたところだった。一酸化炭素にさらされることで脳に障害をこうむる恐れがあることはあまり知られていないが、ジョシュアにはその知識があったため、リズのことが心配でたまらなかったのだ。リズが酸素マスクをはずそうとしたが、ジョシュアは彼女の手をつかんで言った。「だめだ」

リズはそれでも話をしようとしたが、安静にしているようにとジョシュアは言った。さもないと、きみが話しかけないように、自分は病室を出て外の廊下で待つことにする。一酸化炭素を体内から排出するために、きみは呼吸をすることだけに集中しないといけない、と。

リズはその脅しに腹を立ててジョシュアをにらんだ。

彼は人を手なずける名人というわけではなかったが、リズの苛立ちはおさまりそうだった。

「もう元気なのに」とリズは酸素マスク越しにこもった声で言った。

へえ。踏ん張っていなければ顔から倒れこみそうな顔色だぞ。

「酸素マスクをはずしたらいけない」とジョシュアは言うと、リズの頬に手をあてがい、ゴムバンドを指でそっと押してマスクが正しい位置についているか確認した。

「あなたって雌鶏以上に口うるさいわね」とリズはぼやいた。

「きみはきみで自分の健康を過信している。さあ、おしゃべりは終わりだ。さもないとニトロとの話は聞かせないぞ」

さっきと同じく、その脅しは効いた。

リズは口をぴたりと閉じて、唇をきっと結んだが、目をきらりと輝かせて、そんなふうに高圧的な態度を取るならあとでお仕置きをしてあげるから、とジョシュアに目で知らせた。

どんなお仕置きだろうと思い、ジョシュアはうっかり口もとをほころばせそうになったが、なんとか踏みとどまった。彼はでれでれした男ではなく、頑固な男なのだから。

ベッドの足もとのほうに立っているニトロに向きなおると、ニトロは訳知り顔でふたりを見ていた。

ジョシュアはその視線は無視することにした。「車はレッカー移動させたか？」

「ああ」

「ネメシスは送信機を修理に来なかった？」

「ああ」

ホットワイヤーはアパートメントのなかから監視をつづけていた。いまもそこにいるはずだが、ジョシュアはネメシスがうまい具合に罠に落ちる期待はあまりしていなかった。

「排気ガスが洩れた原因を突きとめてくれ」

ニトロはうなずいた。「彼女のそばにいてやれよ」と言って、リズのほうにうなずき、ニトロは病室を出ていった。

「ネメシスの仕業だと思う？」とリズが訊いた。

ジョシュアは親指でリズの顎の線をこすり、繊細な美しさにあらためて胸を打たれた。

「ああ」

決めつけるには早すぎるかもしれないが、ジョシュアは直感でそう思った。リズがアパートメントに戻ることは二度とないだろうということも。

リズの目の下にはくまができていた。自分では認めないだろうが、かなり弱々しく見える。ジョシュアがいまでも信じられないことに、リズは一泊入院することをしぶった。彼がどうしてもと言い張ったので、最後に折れたのだった。ひと晩酸素吸入が必要だとリズは思わなかったが、そのほうがいいとジョシュアは知っていた。

リズの検査をした緊急治療室の医師も同じ意見だった。

リズの瞼が垂れてきた。

「少し寝たらどうだい？」休息と酸素がいまの彼女にはなによりも必要だった。

「ここにいてくれる？」とリズが尋ねた。

「もちろん」頼まないといけないとリズが思ったとはジョシュアは信じられなかった。一酸化炭素中毒でまだ頭が混乱しているのかもしれない。

12

頭が痛い。リズは目を閉じたままこめかみに手をあげた。疲れがひどく、まだ起きるつもりはなかったが、生理的欲求を催していた。もう元気だとさっき言ったことばは真っ赤な嘘だった。自力でバスルームへ行くことを思うと、気が遠くなる。まるでまるまる一週間風邪で寝こんでいるような気分だった。

ゆっくり目を開けると、夜間の薄暗い照明にさえ目がちかちかして顔をしかめた。体の自由がきかないのはつらいが、生きているだけでありがたい。ジョシュアは命の恩人だった。約束どおりベッドの横の椅子に坐っている。うたた寝しながらもたくましい両手をしっかりと組み合わせて。

よかった、とリズは思った。

もしジョシュアから電話で、車を一時停止させろと言われなかったら、対向車か電柱に正面衝突するか、ガードレールを飛び越えて、切り立った崖から落ちていたかもしれない。

そう思うと体が震え、リズはこめかみから手をおろした。どうしても手をふれて安心したくなり、気づくとジョシュアの手をぎゅっとにぎりしめていた。

ぱっと目が開いたかと思うとジョシュアはすぐに警戒を張りめぐらせた。深くは眠っていなかったのかもしれない。

「気分はどうだい?」

リズがわずかに体の向きを変えると、激しい尿意を感じた。「トイレに行かないといけないみたい」

「わかった」ジョシュアは立ちあがって伸びをして、ベッドの枠をさげた。

手を貸して、酸素マスクもはずしてくれた。時間が充分に経過し、数分ならはずしてもかまわないとジョシュアは判断したのだろう。酸素吸入の装置をトイレまで引きずっていかずにすんでよかった。

ジョシュアが上掛けをはがしたとたん、病院のガウンがめくれあがっていることにリズは気づいた。はしたなく見える寸前まで。

ジョシュアはそっとガウンの裾をおろし、チョコレート色の目で温かくリズを見た。「きれいだよ」

頭痛がして激しい尿意を感じたものの、リズはかすれた声で笑った。恋は盲目というけれど、どうやら欲望も変わらないようだ。彼のことばで気持ちがなごんだのはよかったが、たったいま優先順位をつけるとしたら、心をくすぐられることは上位になかった。

リストの上位にあるのはお漏らしをするまえに便器にたどり着くこと。

ジョシュアはリズがベッドからおりるのに手を貸した。しっかりと足が床についたのを確認してから彼女をバスルームへ向かわせ、うしろから点滴スタンドを押してついてきた。

リズはなかに入り、ドアを閉めようとしたが、ジョシュアの体が邪魔していた。

「なにか用なの？」こんなときに待てない用事？　リズは必死に尿意をこらえた。

「きみはまた気を失うかもしれない」

「まさか。気分はトラックに轢《ひ》かれたみたいだけど、めまいはしないもの」

「無理は禁物だ」

ときどきやけに威張った口調になるのね、とリズは思った。「あいにくだけど、あなたとトイレに入るつもりはないわ」

「別にいいだろ？　アパートメントのバスルームではもっと親密なことをした仲だ」

「それとこれとはちがうわ」

ジョシュアは黙ってリズを見た。その表情は、駄々をこねたければ顔が真っ青になるまでこねればいいが、ぼくはここを動くつもりはないと物語っていた。リズとしては顔が青くなってもかまわなかったが、それは膀胱を制御しきれなくなる寸前でなければの話だ。

もう我慢できない。

リズは顔をしかめ、せめてジョシュアをドアの外で待たせることができればと思ったが、それも無理だとわかっていた。「なかに入るならドアくらい閉めてくれない？」

「お次はうしろを向いてちょうだい」

彼はそうした。

彼はそれもそのとおりにしてくれ、リズは形ばかりのプライバシーを保った。

「ニトロが排気管に細工を見つけた」

「わたしの車の？」とリズは尋ねながら、便器に坐ってこんな会話をするのは妙なものだと思った。

「ああ。地面とは逆に押しあげられて、小さな穴から排気ガスが真空システムに吸いこまれるようになっていた。きみがヒーターを〝強〟にして、それにより車内の排気ガスの割合が増えたというわけだ」

「ヒーターで排気ガスが充満したっていうこと？」

「そうだ」

リズはトイレをすませ、手を洗って乾かした。本来なら誰にも見せないことをしながら会話をすることに慣れるかどうかわからなかった。もしかしたらこういうことを日ごろしているカップルもいるかもしれないけれど。

「そういえば、息苦しくなったからヒーターを強くしたんだったわ」

ジョシュアはまたリズに向きなおった。「そういうときは窓を開けないとだめだ」と彼は叱った。

「頭が混乱してたのよ」リズはそれも思いだして言った。「車が思うように動かなくなった気がして」

「有毒ガスのせいで判断力が鈍った」

そう、たしかにそうだった。それもひどく。これもまたネメシスの仕業だ。あの頭のいかれた男の。

リズはジョシュアのうしろへまわりこんでドアを開けた。「警察が事故の真相を見破るとは思えないわね」

ジョシュアはリズをベッドに連れ戻し、寝具を整えたが、酸素マスクを顔にかけなおそうとすると、彼女はその手をとめた。

「話が終わったらつけるわ」

「わかった」ジョシュアはベッドの端に腰をおろした。リズの太腿のすぐ横に。「きみの読みは正しい。排気ガスの漏れは発見がむずかしい。発見したとしても、通常の使用で消耗した状態とよく似ていて混同しやすい」

リズは体を震わせた。「警察に持っていける証拠はないのね。思いちがいでも、売名行為でもないと説得できる証拠は」またしても。

ジョシュアは毛布を引っぱりあげ、リズの体にしっかりと巻きつけた。「そうだ」

ネメシスは足跡を残さぬよう用心に用心を重ねていた。アパートメントの盗聴器は別として。

「だからFBIに通報してないの?」ジョシュアが自力で問題を解決したいと思っていることはわかっていたが、それがなぜなのかリズはきちんと理解している自信がなかった。「盗聴器と隠しカメラのことはFBIに説明できない? ああいう証拠なら信じてくれるはずよ」

「警察もFBIも、法を遵守《じゅんしゅ》することや手つづきどおりに捜査することにしばられている。ホットワイヤーやニトロやぼくとちがって」

それはまえにも聞いたが、調査中に捜査当局に介入されることをどうしてジョシュアが毛嫌いするのか腑《ふ》に落ちず、FBIに相談したら待ったをかけられるような、いったいどんなことを計画しているのだろうとリズは不安になった。

「どういうことか——」

ジョシュアはリズの唇に指をあて、やさしく話をさえぎった。「心配しなくていい。いずれFBIに協力は仰ぐから」

「ネメシスの身元がわかったら?」

「いや、しかるべき時が来たらだ」

「どういうこと、しかるべき時が来たらって?」

本の取材で傭兵に話を聞いてリズがもっとも心を惹かれたのは、彼らが傭兵になったさまざまな理由だった。任務の成功よりお役所主義が優先されることのない環境でいままでの仕事をつづけたいというものから、命をかけるからにはもっと報酬が欲しいという身もふたもないものまで、理由は千差万別だった。

ジョシュアは高潔な男性だ。民間へ行ったのにはまっとうな理由があったにちがいない。しかし、返事は即答で返ってこなかった。彼の理由も体裁の悪い理由だったのではないかとリズは思いはじめた。「答えたくないなら答えなくていいのよ」

ジョシュアは横を向いてリズを見た。高度はすでに高く、自動操縦に切りかえられていた。

「レンジャー部隊に所属して二年めに結婚した」

「結婚してたの？」そのニュースにショックを受けるのはおかしい。自分だって結婚したことはあるのだから。でも、ショックはショックだった。

リズの驚きにジョシュアの目に可笑しがるような気配がただよった。「三十歳以上の男にはたいてい結婚の経験があるものだよ、少なくとも一度は」

「それはそうかもしれないけど、あなたを家庭的なタイプだと思ったことは一度もないもの」戦士ならわかる。でも、和気あいあいと一家団欒《だんらん》する家庭的な男性となるとまるでイメージが湧かない。

「家庭的なことに憧れて結婚したくなったわけじゃない。ぼくは十九の若造で、戦地から引きあげたときには少しソフトなものが欲しかった。メロディはソフトだった――少なくとも体は」

「その女性を愛してたの？」

「自分ではそのつもりだった。でも、ああいうたぐいの愛は現実的ではなく、むしろ錯覚のようなものだと学んだ」

ジョシュアの本音はことばの響きとはちがうはずだとリズは思ったが、確かめずにはいられなかった。「男女の愛を信じていないと言ってるの？　まったく？」

ジョシュアは顔をこわばらせ、表情を硬くして言った。「そうだ」

リズは彼のことばで胸が傷ついたが、そこへ容赦なく息を吸いこんだ。ジョシュアが愛を信じていないなら、まちがいなく自分も彼に愛されていないわけであり、それは砂漠でヘビに咬まれてできる傷に負けないほど歓迎すべきニュースだった。

「ジェイクとあなたの妹はどうなの？　あなたのご両親は？」ベラから聞いた話によれば、彼らの両親は幸せな結婚生活をもう何十年も送っていた。

「リーは実の親じゃない」

「あなたとは義理の親子だけど、リーがマイラに感じる愛を否定することにはならないわ。彼はあなたのお母さんを崇拝しているもの」ベラからそう聞いたわけではなかったが、結婚式のときもジュヌヴィエーヴの洗礼式のときも、それは傍《はた》から見てもはっきりわかった。

「それはそうだ」ジョシュアは計器盤のなにかを調節した。「愛を信じていないというのは、ぼくにとってはと言うべきだった。ジェイクとベラの絆もすばらしい」

「そういう感情を経験で理解できるようになるとは思わない？」

「いや」

「結婚が原因だったの？」

「ぼくが愛だと思ったものは結局、性欲にすぎなかった」とジョシュアは言うと、自分の言っていることはすべて本心だとわからせるようにダークブラウンの目でリズの目をじっと見つめた。「離婚したあと、メロディがいなくて寂しいと思ったのはセックスのことだけ、つまり夜、腕に抱く相手がいないということだけだった」

リズがテキサスへ戻り、彼は彼で次の任務に旅立つときが来たら、そのときも彼が寂しく思うのもそれだけなのだろうか？　リズもふたりの性的な関係を懐かしく思うだろう。ジョシュアとのあいだの情熱はどんな想像も超えていたが、彼女にとってはもっと意味があることだった。胸の痛みが大きくなっていき、胸がつぶれてほんとうに心臓が壊れてしまうのではないか、とリズは思った。

リズは無理にでもなにか言おうとしたが、ことばはなにも――意味のないことばさえ――出てこなかった。それでもジョシュアは返答を待っているようではなかった。その証拠に彼は先をつづけた。

「メロディとの結婚はままごとのようなものだった。あのころを振り返れば、結局ふたりの関係は激しい性欲をぶつけ合っていただけだったとわかる。ぼくたちは会話らしい会話もしなかった。家を買いたいとも思わなかったし、家庭を築こうとする夫婦がすることはなにもしたいと思わなかった」

「子作りということ？」

「それもある。メロディは子供を欲しがらなかった。ぼくは生活がレンジャー部隊の任務を中心にまわっている時期に父親になろうとは思わなかった。結婚が破綻《はたん》して、子供たちが犠牲になるのをさんざん見ていたから」

「離婚するかもしれないと思いながら結婚したの？」

「レンジャー部隊員の離婚率は八〇パーセントだ。いやでも可能性は考える」

「たとえそうでも、かなり冷めた考え方じゃない？」

「結局ぼくの考えは正しかった」

それについてはリズも反論できなかった。「なにがあったの？」

「仕事から帰ってきたら、女房がぼくの相棒とコーヒーテーブルの上でセックスしていた」

「コーヒーテーブルの上で？」信じられないような光景が頭に浮かんだ。

「ああ。ふたりは夢中になっていて、ぼくが部屋に入ってきたことに気づきもしなかった。バケツで氷水をぶっかけてやるまでは。メロディとセックスして、まわりがわからなくなるほど我を忘れたことは一度もなかった。正直腹が立ったのは、自分には見つけられなかったことを相棒が女房から引きだしたからだった。無我の境地ってやつを」

リズはジョシュアがその状況にいかに対処したかという点に注目し、残りの部分はあとで思い返そうと胸の奥にしまいこんだ。「氷水をふたりにかけたの？」

「バケツが空になるまでに勝負はついて、レンジャーの兄弟《ブラザー》をやっつけた」

「兄弟？」

「仲間《ブラザー》だ。特殊部隊員は日々緊張を強いられてる。相棒を一〇〇パーセント信用できなければ、仕事にはならない」ジョシュアは疑いようのない真実を並べる口ぶりで言った。「どれだけ過酷な状況でも、相棒が背後で援護していると部隊員は信じる。相棒を守るためなら命もかける。家族より相棒を信頼するようになるものなんだ」

「だけど、兄弟はあなたを裏切った？」

「そうだ」ジョシュアの表情は険しくなり、リズはもう少しでその相棒の男性を気の毒に思うところだった。「メロディの裏切りには傷ついた。傷つかなかったと言うつもりはない。あのころのぼくはまだ子供で、愛に幻想を抱いてたから」

そしてその幻想は粉々に打ち砕かれた。奥さんの裏切りとそれに対する彼自身の冷めきった反応で。

「でも、相棒の裏切りでぼくは優先順位を見直す気になった。誰を信用するのか、今後の人生をどう生きるのか」

「そして軍に在籍する兵士でいるより傭兵になろうと決意した」

「もう相棒は信用できなかった。しかるべき条件がそろったら、いったい何人のレンジャー部隊員がぼくを裏切るだろうと考えた。そういう精神状態はよくない。危険だ。再入隊の時期になり、ぼくは自力でやっていく道を選んだ」

「でも、やっぱり兵士ではいたかったんでしょう？」胸の内が重苦しいいまこうして会話をつづけられるとは驚きだ、とリズは思った。

「ああ。だけど、自分で見切りをつけたんだ。仲間を信用できないとすれば、仲間の誠実さを疑う自分の感覚がおかしいのではなく、実際信用ならない仲間がまわりにいたんだと」

「ホットワイヤーとニトロのことは信用してるんでしょう？」もし否定されたら、嘘つきだと言ってやろう、とリズは思った。

彼ら三人のあいだには並はずれた結束があるのだから。

「ふたりともレンジャー部隊の仲間だった。彼らは次の任務期間も部隊に残ったが、その後それぞれ理由があってふたりとも除隊した。そこで、ぼくは自分のところに来ないかとふたりに声をかけた。彼らは信用できる。あいつらはそれを身をもって証明してきた。いちいち挙げられないほどありとあらゆる方法で」

「だけど、それはどっちにも言えるんじゃない？　彼らもあなたを信用しているもの」

「レンジャー部隊時代より信頼は深まってる」

「それで、あなたは結婚して、ロマンティックな愛は自分には縁がないとわかったってこと?」とリズは言って、どうしても気にかかる話題に話を戻した。

胸が引き裂かれる話題に。

「結婚して、エロティックな愛はそうそう長続きするものではないとわかった」

不思議なことに、ジョシュアへの愛はきっと一生つづくとリズは思っていた。官能的な部分も大きく占めるが、ジョシュアはもっと深いレベルでリズの心をつかんでいる。その話をしても、彼にはおそらく否定される。しかし、リズはわかっていた。たとえ二度と会えなくなっても、彼を忘れることはできないし、彼を愛する気持ちをとめることもできないと。

明らかに、ジョシュアは同じ思いを共有していない。リズにしてみればなじってやりたいところだったが、そんなわけにはいかない。性欲以上のものを感じると、ジョシュアはほのめかしたこともないのだから。ただのセックスではないと言われたことはあるが、リズはいまになってふと気づいた。もしかしたら彼が言っていたのは、ふたりのあいだには友情が芽生えていて、妹のために助けになりたいと思っている、という意味だったのかもしれない。

ふたりには身内同士のつながりがあるけれど、心と心のつながりではない、ということだ。

そのせいでリズの心からは血がどくどくと流れているというのに。

「信じられないわ。一度いやな経験をしたからって、こんなに大事な問題を決めつけるなんて」

ジョシュアは苛立たしげに息を吐いた。「決めつけてるわけじゃない。完全には。離婚したのはもう十年以上前だ。そこそこ満足できる性的関係を結んだことは何度かあったが、ジェイクとベラのような関係になったことはまだ一度もない」

つまり、ジョシュアがリズをどう思っているのか、誤解しようのないことばではっきりと伝えられたということだ。

ジョシュアはリズが彼に抱いているのと同じ強い愛情も、リズが必要だと思う気持ちも持つことはできないが、真実の愛を感じる能力がないわけではないと言っているのだ。

リズは顔をそむけ、涙をこぼさないように目を閉じた。「ひと眠りするわ」

ジョシュアは手を伸ばし、リズのこめかみをそっと撫でた。

リズはびくりと体を動かした。ジョシュアの手の感触は、肉体的なことにはかかわりなく胸にこたえた。

「まだ痛むのかい、リズ？」ジョシュアの心配そうな声がして、リズはそれにすがりつきたくなる衝動と闘った。

「ええ」嘘ではなかった。たとえ頭痛のことを言っているのではないとしても。

ジョシュアはそれ以上なにも言わなかった。リズはだんだんと体の力が抜けていき、眠りに落ちた。

目を覚ますと、山の側面が迫っていた。

リズは息をのんだ。機体が横に傾き、溪谷《けいこく》の深い裂け目に切りこんでいくと、リズは口を開けて声にならない悲鳴をあげた。その後の数分間は手に汗にぎる瞬間の連続で、ジョシュアが巧みな操縦で機体の向きを変え、翼が下へ向くたびに、リズの胃はひっくり返った。

やがて前方に滑走路が現われ、ジョシュアはなめらかに飛行機をとめた。

「家に帰るたびにこうやって着陸してるの?」リズはまだ胃が落ちつかないまま尋ねた。

「ああ。でも、香港で着陸するときにくらべればどうってことない。向こうでは摩天楼のあいだを縫うように飛ぶんだ」

リズは想像もしたくないと思い、香港へは絶対に飛行機で行かないようにしようと頭にメモをした。「滑走路を溪谷に造ったのはどなたの名案?」

「ぼくのだ」とジョシュアは言って、リズを見てにやりとした。その笑みにリズの胸で呼吸がとまった。「寝起きが悪いんだね」

今日はたしかにそう。朝もいまも。「いつもってわけじゃないわ」とリズは弁解した。

「ああ、いつもってわけじゃない」リズに向けた目つきが、ジョシュアがなにを思いだしているのかはっきりと物語っていた。

自分の腕のなかで目覚めたリズはどんなだったか。

あのときの態度はたしかに寝起きが悪いとは言えないが、リズとしてはいま考えたいことではなかった。

「そういう話はやめて」と彼女はうなるように言った。

黒い眉が弓なりに引きあげられた。「かしこまりました」とジョシュアは冗談めかして言った。

「どうしてこんなに危険な場所を滑走路に選んだの?」

「腕に覚えがあれば危険じゃない」

「山登りで命を落とす人たちは毎年それと同じことを言ってる気がするけど」

「ほんとにご機嫌ななめだね」ジョシュアは左右の眉を引き寄せた。「気分はどうなんだ?」

リズは目を閉じ、ため息をついてから目を開けて、ぎこちないながらなんとか笑みを浮かべた。「よくなったわ。ただ理解できないだけなの。なぜこういう滑走路を造ったのか。男性ホルモンに駆り立てられて、むずかしい離着陸で腕を鳴らすのが好きだというのでないかぎり」

ジョシュアは、気分はよくなったというのはほんとうか見極めるようにリズの顔をじろじろと見た。「渓谷にあれば、空から探るのは事実上不可能だ。地元の住民はここの存在を知らない。山の反対側の麓《ふもと》に町があって、そこに公営飛行場があるから、ジェット機の音がしても怪しまれることもない」

リズは顔をしかめて、安全ベルトをはずした。「あなたってプライバシーにうるさいのね」

ジョシュアはすでに客室のほうへ移動していた。「仕事柄、それが生死の分かれ目になる」

そう釘をさされてぞっとしながらリズは彼のあとからついていった。

客室に入り、リズはシアトルに引っ越してから買ったコートを着こみ、ファスナーをしっかりと閉めた。それでも、ジョシュアが飛行機のドアを開けると、冷たい外気にリズは息がとまりそうになった。

ジョシュアはリズが息をあえがせる音を聞きつけ、振り返って彼女を見た。「ぼくのところにいれば心配はいらない」

機内のうしろのほうへ行き、収納棚の上の座席をひとつ持ちあげて、大きな黒い防寒着のアノラックを持って戻ってきた。それをコートの上からリズに羽織らせ、フードを上に引っぱり、留め金をかけた。サイズは何号も大きかったが、彼女の頭にぴったり合っていた。

「両手はなかに入れていろ。荷物はぼくが運ぶ」

リズは素直に従い、イヌイットになった気分でジョシュアのあとから飛行機の階段をおりた。

ふたりしてアスファルト舗装の滑走路――雪におおわれていないのは見渡すかぎりそこだけだった――に降り立つと、リズが尋ねた。「あなたの家までちゃんとした道路はあるの?」

滑走路のまわりはリズの見るかぎり、どう見ても道は一本もなかった。

「町のほうにはある」

「だったらこれからどうやってあなたの家に行くの？」

大型のスノーモービルに乗って行った。リズはジョシュアの背中に顔をうずめて刺すような冷たい風とちらつく粉雪から身を守り、まるで命綱のように彼にしがみついていた。大きなアノラックにしっかりとくるまっているので、スノーモービルで雪景色のなかを駆け抜けるあいだもリズはほとんど寒さを感じなかった。

およそ十五分後、ジョシュアはスノーモービルをとめたが、エンジンはかけたままだった。リズは身を守っていたジョシュアの背中から顔をあげ、はじめて彼の家を見た。

窓がたくさんある天然の木の家。インテリア雑誌から抜け出たみたい、とリズは思った。空に向かってそびえ立ち、まるで鷲がいまにも羽ばたこうとするかのような佇まいだった。

「すごい」とリズはささやくようにつぶやいた。

ジョシュアは返事をしなかった。スノーモービルの甲高い音でリズの声は聞こえなかったのかもしれない。

どんな家だと思っていたのかと訊かれてもリズにはなんとも言えなかったが、とにかく山腹に立つこのすばらしい家は予想外だった。

スノーモービルに乗ったままガレージらしき離れの大きな建物に入ると、SUV車と黒いジャガーがあり、屋内は暖房が入っていた。おそらく摂氏十度以上もないはずだが、外とくらべればまるでサウナだ。

乗りものの騒音が消えて、寒いなかを走っていたときの耳鳴りがやむと、リズは言った。

「すてきな家ね」

「ありがとう」ジョシュアはリズの荷物と自分のダッフルバッグをスノーモービルのうしろから取りだして言った。「ニトロが設計してくれたんだ」

「ニトロが?」とリズは訊き返し、ジョシュアのあとについて家の裏手をまわり、ガレージからは見えなかった玄関に向かった。

ジョシュアはすぐに返事はしなかった。ドアの鍵を開け、なかに入り、室内のキーパッドをすばやく叩き、振り返ってリズを見た。「ああ。あいつの家は一見の価値があるよ」

「隠れた一面があるのね」控えめに言えば。ニトロにかかれば、ほとんどどの面も隠されているのだから。

「きみもぼくもそうじゃないかい?」

あなたの一面には耐熱グローブをはめずにふれているけれど、とリズは思った。

ぶかぶかのアノラックとその下のコートを脱いで言った。「ここにひとりで住んでるの?」

「ご指摘のあったように、プライバシーにうるさいからね」ジョシュアは玄関脇の小部屋《マッドルーム》のフックにふたりの上着をかけて、リズを居住部分に案内した。

「独身男性が住むには広すぎるわ」

ジョシュアは肩をすくめた。「要塞だから」

冗談ではないのだろう、とリズは思った。

ベッドルームをひと目見たとたん、その予感は的中したとわかった。どこかの指令本部の二倍はありそうな広さの部屋だった。ビデオのモニターやら、格子状の地図のような画面が表示された液晶ディスプレイやら、その他の印象的なハイテク装置がだだっぴろい部屋の一角に集められていた。

それでも、ベッドルームであることはまちがいない。キングサイズのベッドが部屋の中央を占め、チャコールグレーのベッドカバーの真ん中の本物そっくりの狼の絵柄が目を惹いた。狼の目は単独行動に慣れた捕食動物のそれで、はじめて会ったときのジョシュアの目に似ていた。この狼の絵は誰が描いたのだろう、とリズは思った。

ジョシュアはリズのスーツケースとコンピュータのケースをフロアランプの横の大きな黒い革張りのリクライニングチェアの上に置いた。

リズにも自分のベッドルームを使わせ、一匹狼のベッドカバーのかかったあの大きなベッドで一緒に寝るつもりのようだった。それをどう思うかリズは自分でもわからなかった。

ジョシュアはアパートメントでベッドをともにするまえに愛を誓ったわけではなく、リズも別にそれはそれでかまわないと思っていた。それなら、彼に愛されていないとはっきりわかったからといって、なぜ親密な関係をつづけることに違和感を覚えるのだろう？

すぐに対処しなければならない問題ではないことをリズは願いながら、指令本部の機能を除く、ベッドルームの変わった特徴に目を留めた。窓はひとつもないのに、部屋は自然の光に満ちていた。天井を見あげて、理由がわかった。大きな一枚ガラスの窓ひとつぶんの大きさの天窓が天井の大部分を占めていた。

「あれは防弾ガラス?」とリズは天井の窓のほうへ頭を振って尋ねた。

「ぼくのことがよくわかってるね。そうだよ」

シアトルと同じどんよりした空が広がり、あまりぱっとしない眺めだった。リズは、どうやって天窓に雪が積もらないようにしているのだろう、と不思議に思った。さらにいえば、屋根にも。そういえば屋根にも雪は積もっていなかった、といまになって気づいた。

リズがそれを尋ねてみると、ジョシュアは頭を振った。「一緒に仕事したフリーの傭兵のなかにはきみほど目ざとくないやつもいた」賞賛するようにほほえんで言った。「屋根は温水暖房で暖めている。ここはそれほど雪の多い地域じゃないが、それなりに降るからこの家を建てたときに計算に入れたんだ」

「温水式は費用がかさむわ」

ジョシュアは首を振った。「地下を流れる天然温泉でまかなってる。家の一部は源泉の上に建ってるんだよ」

「滑走路が凍結していないのも同じ方法で?」

「そう。こうしておけば、歩道や滑走路や屋根の除雪作業に地元の人間の手を借りなくてすむ」

「なるほど、またしてもプライバシーを考慮してってわけね」

ジョシュアは肩をすくめた。リズはベッドのところへ歩いていって立ちどまり、狼の絵の輪郭を指でなぞった。「あなたにぴったり」

顔をあげるとジョシュアに見つめられていることに気づいた。

目の色を見て、リズの胸に相反する思いが浮かんだが、どれもいまは持てあましてしまう感情だった。

「どうして監視装置があるの？」

「まわりでなにが起きているか知りたいから」

「家を監視ビデオで見張ってるの？」

「ああ、出入口と廊下を」

「あれはなに？」リズは格子線の入った地図の画面を指差した。

「誰もぼくに知られずに、町から道路をあがってきたり、家から百五十メートル以内に近づくことはできないようになっている」

ジョシュアは格子模様の画面上の黄色いライトを指差した。「動きを感知するセンサーが麓からここへのぼってくる途中にあって、そこを車が通過すると、このライトが点く」彼の指が黄色いライトの隣の赤いライトへ動いた。「車が森林管理事務所へ行く脇道のまえを通過すると、こっちのライトが点く。ほかのライトは家のまわりに無作為に設置した、重さのセンサーの信号だ」

「半径百五十メートル?」信じられないような話だ。リズの小説の登場人物にそこまで徹底している者はいない。

「ドライブウェイをあがってくる者はすべて監視カメラで録画される」

「すごいわね」ほかに言うべきことばは思いつかなかった。

「ここにいればきみは安全だよ、リズ」

リズもそれは疑っていない。ネメシスをここで罠にかけることにジョシュアが相当な自信を持っても不思議ではない。

「ありがとう」

ジョシュアはベッドの横に立っているリズのところに来て、うなじに手をあてがった。

「気休めじゃない。ネメシスにはきみに指一本ふれさせない」

「信じてるわ」ジョシュアの手から逃れようとあとずさりしたはずみでリズはベッドにぶつかった。よろけてジョシュアの腕をつかみそうになったが、とっさに横に足を踏みだして彼の手の届かないところまで飛びのいた。「わたしのためにしてくれることすべてにほんとに感謝してるのよ、ジョシュア」

ジョシュアは目を細めた。「礼を言ってもらう必要はない」

「わかってる。誰も必要としない一匹狼ですものね、心からの感謝のことばさえいらない」嫌味を言うつもりはなかったが、耳に響く自分の声音にリズはばつが悪くなり、思わず身をすくめた。

もっとも、ジョシュアは気を悪くしたようではなかった。ただ心配そうな顔をしていた。

「どうかしたのか?」

「なんでもないの、ほんとに」彼に愛されていないという事実以外は。

「少し休んだらどうだい? 飛行機で疲れたんだね」とジョシュアは言って、リズの不可解な態度に自分なりに理由をつけた。いつものリズなら、彼から離れたりせず、腕のなかに飛びこんでいるはずだから。「中毒症状にかかると、一酸化炭素は体から抜けるのに時間がかかるから」

「飛行機のなかで寝たわ」リズはそう言いながら、もしかしたらジョシュアは自分から離れて息抜きしたいのではないか、とふと思いあたった。

リズが意味もなくいらいらしているからというだけではなく、ここ数日、ふたりで顔を突き合わせている時間はかなりにのぼる。たぶんジョシュアはしばらくひとりになりたくて気が変になりそうなのだろう。

「横になるだけなってみたらどうだ?」とジョシュアは尋ね、リズの疑いを裏づけた。

「疲れてないの。でも、わたしに気をつかう責任は感じなくてけっこうよ。ほんとに。長く家を留守にしたあとにいつもすることをあなたがしているあいだ、わたしは原稿書きをするから」

まえに聞いた話では、ジョシュアはシアトルのアパートメントを訪ねてくるまえは海外に出張していたのだった。あのときからずっとそばにいてくれている。彼には彼の生活があり、用事もたまっているだろうに、すっかり邪魔をしてしまっていた。

「厄介払いする口実を探してるわけじゃない。ほんとうならきみをもう少し入院させておくべきだったかもしれない。少なくともあと一日は。でも、ネメシスにきみやきみの身内を傷つけるようなまねをさせる危険を冒したくなかったんだ」

「退院のことは心配しないで。もう元気だから」

ジョシュアは苛立たしげに息を吐き、眉をひそめてリズを見た。「きみがせめて体を休めようとしてくれたら、こっちもずっと気が休まるんだけどね。ここに来る飛行機のなかでまだ頭痛がしてたじゃないか」

「ジョシュア、あなたのその体じゃ、母親にはなれないわ。だから、世話を焼こうとするのはやめてちょうだい、わかった？　わたしは書くと言ったら書くの」なんて言い方なの、やんわりとたしなめる努力もできない？

でも、はっきり言っても、この男性にはたぶん通じないだろう。

「手に負えない頑固者だな」

「いいお手本がいたのよ。ジェイクと言い合いになったことはない?」

「あるよ。ほら、きみのところに住みこむ件で。ぼくの勝ちだった」

「そうね、でも、今度は勝てないわよ」リズはコンピュータの収納ケースのサイドポケットを開けて、携帯用コンピュータの〈デイナ〉を取りだした。「向こうの椅子を使わせてもらっていいかしら?」

ジョシュアの目が危険な形に細められ、彼はうまくあしらわれるカモというよりつねに捕食者であることをリズに思いださせた。「きみがそんなに弱ってなければ、ベッドで寝ていろとうまく説得できるのにな」

リズは〈デイナ〉をわきの下にはさみ、メモ帳とペンをケースの別のポケットから取りだした。「一酸化炭素中毒から回復してないなら、あなたはそもそもわたしをそこに連れていこうとしないでしょうね」

ジョシュアは大股で二歩進んでふたりのあいだの隙間をうめ、リズは部屋がふたりの立っている一メートル四方に縮んだような気がした。ジョシュアの髪や素肌にまといつく外のさわやかな空気のにおいがしたが、それだけではなく、彼の興奮が体に訴えてくる、いわく言いがたいフェロモンの香りもした。

リズはジョシュアのブラックジーンズのまえの部分に視線を落とし、窒息するほど息をのんだ。興奮なんてものではなかった。激しく勃起しているのか、ぴったりしたデニムの生地は体から押しあげられるようにテントを張っていた。

ジョシュアはたこのできた長い指をリズの首にそっとまわし、うなじを手で包んだ。両手の親指がリズのスウェットシャツとTシャツのクルーネックの襟ぐりの下にもぐりこんで鎖骨をさすると、鳥肌が立つほどぞくりとした感覚が胸もとへ滝のように広がった。

「ほんとにそうかな?」

14

欲望が胸にあふれ、刺激的なカクテルのように混ざり合う感情に加わり、リズの血管を駆けめぐった。

抵抗するには笑い飛ばすしかなかった。茶化す雰囲気ではないとわかっていても。「死にそうな目にあったばかりの相手には卑怯な戦法は使わないってこと?」

ジョシュアの顔から血の気が引き、日焼けした精悍《せいかん》な顔が曇ったが、リズを見つめる目だけは物騒なほどぎらぎら光っていた。「その件はすまなかった、リズ。昨日のことを取り返せるならぼくはなんだって差しだすよ」

「あなたのせいじゃないわ」

「きみを守るべき立場にありながら、一歩まちがえばきみを死なせていた」

「助けてくれたわ」

「それだってそもそもきみを守りきれなかったからだ」

「あなたにはどうしようもなかったのよ、ジョシュア」

ジョシュアが返事もせず、感情を押し殺した表情を崩さずにいると、リズは首を振って言った。「危険があることは事前に説明してもらってた。危険を冒すほうを選んだのはわたしよ」

「ネメシスが車の排気管をいじるとは予想していなかった。ブレーキやそのほかの重要な装置が細工されていないかチェックしたが、見るかぎりすべて問題はなかった」

「だからあなたのせいじゃないんだってば」リズは手をあげてジョシュアの左右の手首をつかみ、ぎゅっとにぎりしめた。「わたしに言ったじゃない、ネメシスが家族に迷惑をかけるのを自分のせいだと思っちゃいけないって。だからネメシスがわたしを傷つけたがっても、あなたも責任を感じちゃいけないのよ」

「ああ、ベイビー」ジョシュアはリズの顔に顔をすり寄せて唇を重ね、やさしくキスをした。

ジョシュアの体は性的なエネルギーで打ち震えていたが、唇はリズが知るどんなものよりもやわらかい感触だった。彼には愛されていないかもしれないが、大事には思われている。彼が自分で認めるよりも。もしかしたらリズが高望みするよりもずっと。

キスをただの気持ちのいいキス以上のキスに変えたのはリズだった。唇を開き、舌で彼を味わい、歯を立てた。大きな体がぶるっと震えたかと思うと、ジョシュアはリズを引き寄せ、飢えたように口を貪った。その渇きを癒してあげられるのはリズだけだった。

いまのところは。

ジョシュアはいきなりリズから体を離し、顔をそむけて呼吸を乱しながら激しく息をした。

「いまはだめだよ」

「ううん、だめなんかじゃない」リズは彼がコンドームを荷物に入れるのを見ていた。

「きみには休養が必要だ。昨日のことから体力を回復させるために」

「わたしに必要なのはあなたに抱かれることよ」リズはジョシュアに抱きつき、彼の硬くなったものに体をこすりつけて、そのことばを強調した。

ジョシュアは死が間近に迫った男のようなうめき声をあげた。「だめだよ、リズ。無理はだめだ」

「どうするのがいちばんかなんてお説教はやめてちょうだい、ジョシュア。あなたが兄に忠告したように、わたしはもういい大人なんだから」

「大人はともかく、きみは病人だ」

「ちがうわ」

だめだと言うのはだんだんむずかしくなっていた。正しいとわかっていることを実行するのがこれほどむずかしいのはジョシュアにとってははじめてのことだったが、そもそもリズの官能的な体を知ってから、抱いてほしいとせがまれて、そのチャンスをかわさなければならない場面は一度もなかった。

「セックスする時間ならいくらでもあるけど、いまのきみは体の回復だけを考えないといけない」

「もう回復したわ。それに時間はいくらでもあるわけじゃない。あなたの計画どおりにことが運んだら、ネメシスをとらえるまで十日もないわ。病気でもないのに病人ぶって時間を無駄にしたくないの」

ストーカーがつかまったら当然ふたりの関係も終わりだってことか？　つかのまの情事だということはジョシュアもわかっていた。傭兵なんかろくな亭主になりはしないのだから。しかし、まさかリズが、ネメシスから自由になったらとっとと自分をお払い箱にするつもりでいるとは思ってもいなかった。

それでも、病気ではないというリズのことばにジョシュアはうなずけなかった。彼女の様子は忘れもしない。運転席でどんなふうに気を失っていたか、体内から一酸化炭素を抜きだしているあいだ、ひと晩じゅうどれほど青白い顔をしていたか。

「きみの体は衰弱してる。いくらきみが強情っぱりで自分の体調に気づかないとしても」自分の性欲がリズの目の下の濃いくまに反応してくれないものかとジョシュアは願った。目のまえの素肌の甘い香りや、指の下の肌ざわりではなく。

ジョシュアはリズのTシャツのなかから親指を引き抜き、両手をおろして彼女の体から離した。しかし体の脇で手をこぶしににぎっていても、リズのやわらかな感触の記憶が残り、指が疼いた。

「興奮してるの、衰弱してるんじゃなくて。あなたが服を脱いで、うしろのベッドでわたしを裸にしてくれたら、それを証明してあげる」

そのことばと、金色がかったハシバミ色の目によぎる発情の色にジョシュアの自制心は吹き飛ばされた。「わかった。でも言っておくが、曲芸も、上になって頭をあちこちに動かすのもなしだ。また頭が痛くなっても自分の責任だぞ」

リズになにかを言わせるまもなく──セックスに課したきびしい制限に文句をつけさせるまもなく──ジョシュアは顔をさげて唇を重ねた。

ふと、リズははにかみ屋だと言っていたジェイクとベラのことばを思いだした。人と言い争うことなどめったにない内気な女性だと妹夫婦は口をそろえて言っていたが、同じ女性の話だったのだろうかとジョシュアは首をひねらずにいられなかった。なぜならぼくのリズははにかみ屋というより小悪魔なのだから。

二十四時間ぶりにリズの唇を深く味わうと、それまでに考えていたことは──仲間のことも、言い合いのことも、彼女に理を説こうとしたことさえも──跡形もなく消えていった。

リズの口のなかのやわらかな部分にまで侵入しているうちに、両手は知らぬまにほっそりとした背中をおりて、ヒップをすっぽりと手のひらに包みこんでいた。リズの体を引きあげて気持ちのいい場所で体を合わせると、彼女を自分のものにし、ネメシスがとらえられたら別れる気でいる計画を忘れさせたいという欲求に駆られ、ジョシュアの体に震えが走った。

リズはセクシーなうめき声をそっと洩らし、重ね合った体をくねらせた。ほんの小さな動きだったが、すでに硬くなっていたジョシュアのものをずきずき疼かせるには充分だった。

ジョシュアはリズのスウェットシャツとTシャツをまとめて脱がせにかかった。リズは彼に協力し、服を頭から抜くあいだだけキスを中断するのを許した。そのあとまた腕のなかに戻り、やっぱりなにからなにまでぴったりの相性だとジョシュアに思いださせるような激しいキスを再開させた。

しかし、彼の奔放な恋人は一時的とはいえ衰弱している。体を痛めつけるようなまねをさせるつもりはなかった。

ジョシュアがキスを手加減すると、リズの細い指が無地のフランネルのシャツのボタンをはずしはじめた。途中でもどかしげにシャツを左右に引っぱると、残っていたボタンが三つはじけ飛び、硬い木の床の上に音をたてて落ちた。リズの両手がジョシュアの引き締まった胸の筋肉をおおう熱い素肌に置かれたとたん、ふたりともどきりとしてその場で立ちすくみ、肌がふれ合う感触を味わった。

男の血を噴火口から噴きだす溶岩のごとく熱くさせる女性にふれられないとならば、一日が一生のように感じられても不思議ではない。

リズの両手が胸をすべりおりると、腹の筋肉が収縮し、股間が脈打った。

ジョシュアはリズの素肌を体に感じたくてたまらなくなった。

両手をリズの背中にまわし、ブラジャーの留め金を手探りしたが、手が震え、二回めでようやく留め金ははずれた。ブラジャーをはぎとり、そっと彼女を抱きしめた。小石のような胸の先端が押しつけられたとたん、ジョシュアの体はびくりと動いた。

リズの口もとから唇を離し、ジョシュアは大きく息を吸いこんだ。「ああ、すごくいい気持ちだよ」

「わたしもよ」リズは息をあえがせながら、かたくなった乳首をジョシュアの胸毛ですりへらそうとするように、こすりつけた体を左右に振って彼をじらした。

ジョシュアはリズを抱きあげ、完熟した果実を片方、唇のまえに持ってきた。彼がそれを口にふくむと、リズは泣き叫ぶような声をあげ、デニムの脚を彼の上半身に巻きつけた。

ジョシュアはやさしくするつもりだったが、リズとの愛の行為は地震のさなかにゴールデンゲート・ブリッジの真ん中に立っているようなものだった。身を屈めてリズをベッドに横たえ、脈を打つ乳房のてっぺんをやさしく、そして荒々しく口で貪った。

リズは跳ねあがるようにしてジョシュアに体をつけ、彼の背中で足首を組み合わせた。「そうよ、ジョシュア……」両手でジョシュアの頭の両側をはさみ、弾力のある肌にさらにしっかりと彼を引き寄せた。「吸って。もっと強く」リズは息をあえがせ、身をくねらせながら言った。「いますぐ」

その口うるさい物言いに苦笑してもおかしくなかったが、ジョシュアは求めに応じるのに忙しく、それどころではなかった。彼女の味わいはとても甘く、体の目覚めがパンティとジーンズ越しにも鼻に伝わった。

リズが腰を浮かせると、ふたりの体はベッドから持ちあがった。「入れてほしいの」

リズは理性を失いかけていた。それはジョシュアも同じだったが、そうするわけにはいかない。今度はだめだ。

たとえセクシーなかわいい暴君がなにを欲しがっても。

リズは離れようとしなかったが、ジョシュアはちゅっと音をたてて乳首から唇を離し、体に巻きつけられた脚をほどいた。

息を吸い、ジョシュアはベッドからおりた。

リズはさながらアマゾンの女王のように大の字で寝そべっていた。蜂蜜色の髪は頭のまわりに無造作に広がり、肌は興奮に輝き、瞳は官能を求めて黄金色に燃え立っている。

リズが両肘を突いて体を起こすと、乳房のふくらみが突きだされ、ジョシュアの誠意をくじきそうになった。「戻ってきて」とリズが言った。

「すぐ戻る。服を脱ぐまで待ってくれ」リビドーを抑える時間もくれ。

ジョシュアがまだ身に着けていた服を脱ぐのを、リズは半開きにした唇を小さなピンクの舌で湿らせながら見つめていた。

ジョシュアが下着を脱ぐあいだ、リズはテニスシューズを蹴って脱ぎ捨て、ソックスも脱いでいたが、目はジョシュアの動きに釘づけになっていた——ジーンズは穿いたままで。ありがたいことに。

ジョシュアはなけなしの自制心を働かせていた。

リズがまたもや唇を舐めると、ジョシュアの体温は危険域にまで急上昇した。「女性は視覚的な生きものじゃないってなにかで読んだけど、あなたもそれ知ってる?」

「そうらしいね」彼女はどうしてそんなことを言いだすのか?

「でも、あなたを見てると、すごく興奮して、いったときみたいに脚のあいだがぞくぞくするの」

ジョシュアはリズのことばにうめき声をあげ、膝から力が抜けそうになった。「いいことを聞いた」

リズは唇を嚙んだ。その無防備な表情にジョシュアは意表を突かれた。「わたしって女にしては性欲が強い気がしてならないの」

「セックスに奔放なのはいいと思うよ」いいなんてものじゃない、リズのそういうところが大好きだった。

「そう?」

ジョシュアは目をぐるっとまわした。彼のものがそそり立つ気配がした。「わからないのかい？」

リズは催眠術をかけられたように、脈を打ち勃起したものを見つめていた。また唇を舐めると、ジョシュアの股間の筋肉が収縮した。口でするのはだめだと言ったのは嘘ではなかったが、リズが手でしようとしたら——場合によっては口で——そのことばを守り通す気力があるのかジョシュアは自信がなかった。

「積極的な女は好きじゃない男性もいるわ」

「だから？　ふっくらしたヒップが好きじゃない男もいる。ぼくはちがうけど」

リズはごろりとうつぶせになり、肩越しにジョシュアを見て目をぱちくりさせ、彼のほうへ腰をゆすって見せた。「あなたの好みからすると、わたしのお尻は充分ふっくらしてる？」

いますぐリズのヒップにふれたら、頭がすっかりいかれてしまうだろう。「ああ」とジョシュアはしわがれた声で言った。

リズは寝返りを打って仰向けになってからベッドの上に坐り、ジーンズのボタンに手をまわした。「積極的すぎるってことはない？」

ジョシュアが見ているまえでリズの指は金属のボタンをはずし、ファスナーをおろしていった。一度にひと目ずつゆっくりと。

「まだまだだな。でもうまくぼくがおだてれば、いい線までいけるんじゃないか」とジョシュアはぬけぬけと嘘をついた。自分をいたぶるメスの狼をからかってやりたい衝動を抑えきれずに。

リズの顔にいたずらっ子の表情と欲望に燃える女の表情が半分半分に浮かんだ。「積極性に欠けてるって思うのね？」

「まあね。でも、きみならちゃんとできるよ……そのうち」

リズがジーンズとパンティを蹴るようにして同時に脱ぎ捨てると、すらりとした白い素足がジョシュアの飢えた目にさらされた。リズをものにしたい欲望で身震いしていたが、ジョシュアはまだ少しも気が鎮まらなかった。いまの彼女はやさしく抱いてやらなければならないというのに。

なにしろ彼女の体は繊細なのだから。

しかし、〝かよわい女〟ということばはなによりも似合わない。リズは一糸まとわぬ輝くばかりの姿でベッドをおりると、胸もとをゆらし、腰を振り、色っぽく唇をとがらせ、メイ・ウェスト（往年のグラマー女優）顔負けのしぐさで歩き、ふたりの体がふれ合うところまで近づいた。

片手を腰にあて、片手の指を激しく脈打つ彼自身にまわした。「これならいい？」

「すばらしい」

「でも、もう少し積極的になれるかもしれない、でしょ？」

ジョシュアは答えなかった。からかってかえって墓穴を掘ったような気がしていた。いきなりリズが目のまえで膝立ちになり、その予感は正しかったとわかった。

先っぽがリズの熱く甘い口のなかに入っていた。

それはしない約束だったが、リズの動きは今朝退院したばかりの女性のそれではなかった。両手を竿の部分に持っていき、指先で袋をくすぐり、やがてしっかり仕こまれたゲイシャのような慣れた手つきで彼の硬いものを上下にしごいた。

〝彼〟におしえこまれたのだろうか、とジョシュアは思った。それともリズが自然に身につけたのか。

舌が先端をぐるりとなぞると、ジョシュアは低いうめき声を長々と洩らした。「殺すつもりかい？　だいたい、これはなしだとさっき約束しただろ」

とは言うものの、リズにやめられたらほんとに死んでしまう。

リズはやめなかった。口での愛撫がつづくと、必死に踏ん張ろうとして脚には震えが走り、オーガズムが高まっていく圧迫されるような力を彼は感じた。

ジョシュアはリズを体から離そうとした。自分が先に気持ちよくなってしまうまえに彼女に快感をあたえるために、歓喜のときを長引かせたかった。このままではリズが少しも快楽を得ないうちに果ててしまいそうだったが、彼女は頭の向きを変えて、つかもうとするジョシュアの手をかわし、彼を口からはなそうとしなかった。無理に引っぱればリズに痛い思いをさせてしまいかねず、ジョシュアとしては無理強いもできなかった。そうしているうちに、リズの口のなかの吸引力が強まっていった。リズの口のなかにある彼自身の感触と、リズの指先がやさしくふれる感覚と、自分を悦ばせようとするリズの強い願望だけを残して、ほかのものはすべて消えてしまった。リズの素肌と発情の香りがただよってくると、ジョシュアは我を忘れて興奮した。鼓動が胸を激しく打った。

自分こそリズがあたえてくれるものを欲しくてたまらないのに、まるでリズのほうが懇願しているように熱心に口を動かしているのを見て、あらがうことなどジョシュアにはまずできなかった。

根もとにかかる圧迫感が苦しいほどに高まり、強くなっていき、射精が始まった。体から放たれる生温かさとリズの口の湿った熱気が入り混じった。膝から力が抜け、ジョシュアは膝を突いたが、リズもその動きについてきて、絶頂の瞬間をたっぷりと引きのばした。

ジョシュアは声がかれるほど叫んだ。

セックスの技に無知なわけではまったくなかったが、こんな経験ははじめてだった。リズの口のなかでまだ硬いまま、筋肉も痙攣をつづけていたが、もう出るものは出てしまった。

「もう無理だよ」とジョシュアはしわがれてざらついた声で言った。

こんなふうに絶頂に達したのははじめてだった。自分のものがこれほど敏感になったこともなく、大人になってから肉欲に溺れて女性に負けを認めたことも一度もなかった。ほかの女性たちにはけっしてできそうにもないことをリズ・バートンはしてくれる。

それなのに彼女の頭にあることといえば、ネメシスがつかまったらさっさと別れようだって？　まさか、ありえない。

リズが下半身から口を引きあげ、敏感になった皮膚に唇を這わせると、ジョシュアの体がびくりと動いた。リズは彼のものの先と真ん中の長い部分と根もとにやさしくキスをした。両手で彼の太腿の内側を撫で、その手を腰にまわし、なだめるようにヒップにすっぽりと手をあてがった。

腰のくびれにまで手をすべらせ、まだはじけて焦げついている、ふたりのあいだで爆発した激しい情熱の余韻をリズは鎮めようとした。

ジョシュアはばたりと横ざまに倒れた瞬間、リズの体を引きあげて抱き寄せ、原始的なまでの激しさで唇を求めた。リズは彼に快楽をあたえたのと同じ奔放さで唇をあたえた。キスはいつまでもつづき、ふたりはたがいにぴったりと体をくっつけ合い、ジョシュアの心臓は痛いほどの強さで肋骨に打ちつけていた。

ややあってジョシュアはようやく唇を離し、リズの髪に顔をうずめ、シルクのようになめらかな髪に鼻をすりよせ、やわらかなうなじにキスをした。

「積極性についてなんて言ってたかしら？」とリズは尋ねた。欲望でかすれた声にほんのちよっぴり笑いの気配があった。

ジョシュアは目を閉じて、リズの肌に唇をつけたままほほえんだ。「さあね、もう思いだせないよ。炎を宿した奔放なメスの狼にふれられてすっかり頭がいかれてしまったから」リズは声を詰まらせたような音をたて、首をまわしてまた唇を重ね、ジョシュアの魂をもゆさぶるキスをした。

このままふたりの仲がつづけば、ジョシュアは自分にはもうないと思っていたものを奪われるだろう……つまり心を。

ジョシュアはキスをやめて体を引いた。欲望と感動で黄金色に輝く瞳をのぞきこんだ。

「大丈夫かい？」

「元気よ。さっきも言ったけど」

しかし、ジョシュアはそのことばを真に受けなかった。「きみが心配だった」

希望のようなものがリズの目をよぎった気がしたが、あっけなく消えてしまい、ジョシュアはっきりとはわからなかった。「そんな必要なかったのに」と彼女は言った。

ジョシュアは悔やむような目でリズを見おろし、首を振った。「ほんとはやさしくしたかった」

「やさしくしてくれたわ」

「どうしてそう思うんだい？」

「無理やりわたしの口に押しこまなかったもの。完全にわたしのペースでやらせてくれたわ」

ジョシュアもろくに自分を抑えられなかったとはいえ、リズがするつもりのないことを力ずくでやらせたいとは思わなかった。「さっきのは褒められた態度とは思ってない。折を見て部屋から出ていくべきだった」

「必死で保っていた自制心に逆らわせることができたとわかってうれしいわ。そういうのって興奮するし、ほんとに気分がいいもの」

「なるほど、だったら成功だよ、まちがいなく」

リズは笑った。その笑い声はセクシーで、ジョシュアはあらたな興味を惹かれ、下半身がむくりと動いた。すばらしい。まるでティーンエイジャーに戻って、リズとセックスの悦びを発見したかのようだ。

あらたなエネルギーと性欲を体にみなぎらせながら、ジョシュアはすばやくリズを腕にすくいあげた。なにをしたいか、どこでしたいか、ちゃんとわかっていた。彼はくるりとうしろを向き、少しのあいだだけリズをベッドにおろし、ダッフルバッグからコンドームを取りだし、また彼女を抱きあげるとベッドルームを出ていこうとした。

「どこへ行くの？」

ジョシュアは彼女についていろいろとエロティックな空想をしていたのだが、そのなかでどれよりも悩ましいものがひとつあった。「それは行ってのお愉しみだ」

リズは、ジョシュアの声に悪ぶった気配を感じとり、甘美な震えが背筋をすべりおりた。どうやらわたしのことを身寄りのない病弱な女の子のように思うのはやめて、また自分の女として見ているようだ。

彼に火を点けられた欲望はくすぶりつづけ、満足感が泡立つように血管を流れた。ジョシュアはリズを部屋から運びだし、廊下を通り、リズがそのときはじめて気づいた階段をおりていった。下までおりきった瞬間、リズはふとすっかり彼に夢中になっている自分に気づいて驚いた。

下の階は第三世界向けの兵器庫のようだった。銃、発射筒《ランチャー》、ナイフ、それに床から天井まで壁をおおう鍵のかかったガラスケースにぎっしり並んだ剣。部屋の一方の端には旋盤をはじめとする機械加工の装置がこれ見よがしに並んでいた。部屋の中央には二台の異なる作業台があり、どちらも背が高く、塵《ちり》ひとつなく清潔に保たれていた。

「銃を自分で作るの？」とリズは尋ねたが、この部屋でなにをされるのだろうといささか心細くもなっていた。

それでも、みだらな欲望で胸がときめくのは否定できなかった。野性に帰ったような親密な関係を結びたくてたまらないのだから。

「いつも作るわけじゃない。でも、自分に合うように銃を調整したり、弾薬を手作りするのは好きだ」

ジョシュアは高さがあり幅のせまい台のひとつにまっすぐ進み、その上にリズを横たえた。磨きあげられたなめらかな表面が肌にひんやりとふれ、リズは思わず身震いした。

「冷たかったかい?」

「少し」リズはジョシュアを信用し、自分を傷つけるまねはしないと思っていたが、だからといって快適な領域を踏み越えないとはかぎらない。

いまの震えは冷たいテーブルとは関係なかったが。

「温めてあげるよ」ジョシュアはリズの両腕を頭の上にあげさせた。人差し指の外側で乳首をさっとかすめると、思いつくままというようにあちこちにふれていった。

「きみをここに、作業場に連れてくることを夢に描いていた。あっけなく終わったあのキス以来、きみのことが頭について離れなかった。ここで作業しているときにさえ」

リズはジョシュアのやさしい愛撫に体を弓なりにそらし、彼のことばに胸がきゅんとなった。愛ではないにしても、単なるセックスだけではないなにかがあった。

「だったらこれは幽霊退治のようなもの?」とリズは尋ねた。

「というより妄想の実現ってところかな。一度ここできみを抱いたら、その妄想を二度と忘れることができなくなる気がするけど」

「あるいはわたしのことを」ジョシュアの目の色は黒に近かったが、それでも耳を疑ったというような表情が浮かんだのはリズにもわかった。「きみを忘れることなんか絶対にできない」と彼は言った。

「つまり、わたしが去ったあと、あなたが懐かしむのはセックスだけじゃないってこと？」とリズは訊いた。

ジョシュアは飛行機のなかで言っていたことを思い起こさせる目をして言った。「きみのことを、ベッドを暖める体としか思っていないわけじゃないよ、リズ」

愛のことばではないけれど、前妻との関係以上だとほのめかしているのは明らかだった。

「うれしいわ」とリズは言った。

ジョシュアはリズの体の側面に手を走らせ、軽くふれる手つきでくすぐったが、彼女が腕をさげてしまうほどではなかった。「銃を磨きながら、きみの見事な体に手をふれたくてたまらないとよく思っていた」

「ほんとにわたしのことを夢に描いてたの？」〝目を覚ましているときに？〟

潜在意識がいたずらをするのと、自分の意思で考えるのとではまったく別の話だ。

「ほんとだ」ジョシュアは願望どおりリズに手をふれ、割れ目という割れ目に指をもぐりこませ、神経の末端という末端を敏感にさせていった。

「このほうが妄想するよりいいでしょう？」リズはふいに乾いた唇のあいだから息をあえが

せて言った。

「ああ、ずっといい」ジョシュアは口もとをリズの体に寄せて、指先で快楽をいざなった肌にキスの雨を降らせた。

リズの口を目指すように唇を這わせながら、手はお腹をかすめるように太腿までおろし、膝頭を少しだけくすぐってから、リズの体を熱くさせるとわかっている手つきで膝の裏を撫でた。リズの脚はひとりでに開き、ジョシュアに引きだされる感覚を体が貪欲に求めた。

ジョシュアの指先は脚の内側を通って上へ戻り、だんだん中心に近づいてきた。「肌がすべすべだ、まるで中国製のシルクのように」とジョシュアは唇を重ねたままささやいた。

やがて指があそこにたどり着いた。どこよりも秘められた場所に。リズはジョシュアを熱く求め、背を弓なりにそらした。

指先を内側へそっと忍びこませながら、ジョシュアは黒い瞳に炎を燃え立たせ、手でリズをさらにしっかりと虜《とりこ》にした。

狂おしいほどすばらしく、優雅な心地に導いて。

リズが絶頂へ向かい、体を震わせていると、ジョシュアは彼女の位置を動かし、ヒップが台のふちに来るようにした。

体を引いて目でチェックした。「うん、こういう感じだ」

「ジョシュア?」両脚はおさまりの悪い角度でぶらぶらしていたが、リズはそのまま動かなかった。ジョシュアの顔に浮かんだ露骨なまでのエロティックな表情を曇らせたくなかったのだ。

彼は大きくそそり立ったものにコンドームをかぶせ、リズに向かった。やさしく彼女の脚を持ちあげて自分の前腕にかけて楽な体勢にしてやり、体を完璧に開かせた。

数秒のあいだ、ジョシュアはなにもせずただ見つめていた。雷鳴の轟く嵐のように激しくリズを求めるまなざしで。やがて、すっかりなじんだ様子で彼自身を入口に持っていき、先端を内側に挿し入れていった。奥に達するまでにゆっくりと時間をかけ、あくまでもやさしく求愛する度合いを超えることはなかった。完全にリズのなかに納まると、ジョシュアは波が押し寄せるごとにリズの情熱を引き寄せるリズムを刻んだ。

この二、三日で何度もしていたことだった。にもかかわらず、さらに激しく、力強く、新鮮な心地がした。絶頂を迎えた瞬間、リズは泣き叫ぶようにエクスタシーの声をあげ、そのあとはただすすり泣いた。

なんとも言いがたい底知れぬ感情が渦巻き、頭を混乱させ、リズには涙と闘う自制心も残っていなかった。

ジョシュアはまたリズを抱きあげて、しっかりと腕に包みこんだ。「しーっ、リズ、泣かないでくれ」

「耐えられないほどすごかったの」

「いや、耐えられないなんてことはないよ。ぼくたちがふれ合ったときに起きることはとても特別なことだけど、耐えられないってことはない」

「ハリケーンみたいだわ、通りすぎたあとはめちゃくちゃになるの」リズは文句を言っているわけではなく――それはまったくちがう――なぜ涙がとまらないのかジョシュアになんとか理解させようとしていた。

「わかるよ――ぼくも同じだから」

思ってもみなかったことばが飛びだし、リズは心の内を正直に明かしたジョシュアの告白を味わった。

ジョシュアはもとの階に戻らず、作業室の奥のドアを通り抜けた。

突然、リズは別世界にいた。特殊な明かりのもと、緑の植物が伸び放題に伸び、部屋には蒸気が満ちている。真ん中には薄暗い温水のプールがあった。床と壁は切りだされた天然の岩。湿った土の香りがただよい、セントポーリアの花が咲き、鉱水の蒸気が立ちこめている。そこは地下に隠れたジャングルの楽園だった。

ヴァーモント州のグリーン山脈のなかにこんな場所があるなんて信じられない。

リズは畏怖の念に打たれた。「温泉ね」

「そうだよ。こっちは入浴にいい温度だが、あのゴムの木の向こうのはゆで卵が作れるくらいの熱湯だ」

おそらくそっちのお湯が屋根や歩道の温水暖房に使われているのだろう。

リズは温泉のプールを見て、胸をどきどきさせた。「暗くてなんだか怪しげね」

「安全だよ」

「安全そうには見えないわ。摩訶《まか》不思議な感じだもの」

ジョシュアはそれを聞いてくすりと笑った。「ぼくを信用しないのかい？」

「してるわ」いつでも。どんなことでも。

「だったらリラックスして愉しもう」ジョシュアはリズを抱いたまま湯のなかに入った。

熱いけれど我慢できない熱さではなく、リズの体が湯けむりに包まれた。

リズを膝に乗せ、ジョシュアは椅子のようなものに腰をおろしたようだった。

ふたりは数分のあいだのんびりと静かに湯につかり、おたがいを求め合って疲れた体を天然温泉で心ゆくまで癒した。リズは話をしたいとは思わなかったが、ジョシュアのそばにいる歓びにひたっていた。ジョシュアはリズのこめかみと頬にそっとキスをして、耳に鼻をすり寄せた。

彼の舌が耳の輪郭をなぞると、おなじみの感覚がリズの体をうねるように流れた。

快楽を果てしなく受け入れられるの？　そう、受け入れられる、リズはそんな気がした。

さっきの愛の行為でどれほど疲れていても、体はもう一度抱かれる準備ができていた。

「なんだか怖いみたい」

ジョシュアはなにも言わなかったが、なんのことかわかっているとリズにはわかった。

リズはジョシュアの体に寄り添った。「それでもやっぱり好きだけど」

「ぼくも同じだ」

ジョシュアはリズにキスをした。これまでふたりが分かち合っていたこととはどことなくちがい、自制心を働かせてリズの唇を求めた。どこまで深いのかわからない熱い湯につかりながらさまざまな感情がまわりに渦巻くようだった。リズはジョシュアの首に腕を巻きつけ、自分にふれる完全な自由を彼に許した。

どこであれ好きな場所を。

なんであれ好きな方法で。

ジョシュアは湯を潤滑油《ローション》がわりにして、男性的な手をリズの体のやわらかなくぼみやくびれにすべらせた。彼の巧みな愛撫で悦びが内側で盛りあがっていき、やがてリズは絶頂へのぼりつめながら体を震わせた。

リズはジョシュアにふれようとした。しかし、彼はリズの手をつかみ、自分の肩に載せた。

「そのままのきみをぼくにくれないか」

15

彼のことばは不可解で、この秘密の場所と同じくらい謎めき、理解できないなら降参しろと求めるようだった。リズにわかることは、ジョシュアが求めているのは快感をあたえることで、自分は彼の膝に乗って愛撫を受け入れるだけであとはなにもしてはいけないということだけだった。

同意するように小さく声を洩らした。あそこへしっかり手が届くように太腿を大きく開かされても、たじろぐことはなかった。ジョシュアは指先でリズにそっとふれて悦びをあたえたが、お返しはなにも求めなかった。

その愛撫にリズは身もだえしたが、彼はまた重ねた唇を離して言った。「力を抜いて」

ジョシュアにこんなふうにさわられて、どうしたら力が抜けるの？

しかし、リズはなんとか体を落ちつかせ、すばらしい体験を味わった。自分の体にいながらにして、体から抜けだしたような感覚だった。ジョシュアの指が肌の上をすべるたびに、内側の炎が燃えさかり、リズは絶頂へのぼりつめていったが、体に力みはなかった。

静かにしていろと言いつけられていたからなのか、自分自身の体が疲れきっていたからなのか、そこのところはリズもわからなかった。しかし、彼に言われるまま身をあずけながら、誰にもとめられない勢いで高みへのぼりつめていくのを体の奥に感じた。ジョシュアは強引ではないが完全に主導権をにぎって、リズの口をわがものにしていた。舌でリズを味わい、唇をしっかりと重ねて。

そのあいだずっと子宮はきつく引き締まり、内側の筋肉は攻め立てる指のまわりで激しく脈打っていた。驚くほど深いオーガズムが体の芯をゆさぶると、リズは息が切れ、目のまえが真っ暗になり、意識が遠のいた。

気がつくと、そっとベッドに寝かされているところだった。「さあ寝るんだよ、いいね」とジョシュアは言った。

リズは彼を見つめたが、舌は動きを拒んでいた。

階下《した》の熱帯の楽園でなにが起きたのか、リズはよくわからなかったが、とにかく人生が変わるような出来事だった。

ジョシュアは返事を期待していないようで、せつなくなるほど甘いキスをしたあと部屋を出ていった。

リズはしばらくして目覚めた。気分は爽快で、一酸化炭素中毒の後遺症はすっかり消えていた。

ベッドの上に起きあがると、ジョシュアは部屋の片すみの黒い大きなリクライニングチェアで彼女の本を読んでいた。リズがなにか言うまえにお腹が鳴り、そのとたんジョシュアは顔をあげた。

「お腹が空いた?」

リズはうなずいた。「どうしてそう思ったの?」

「野生動物の鳴き声は別にして、きみが起きる三十分前から、きみのお腹の音以外は……」

リズはうしろから枕をつかみ、彼のほうへ投げつけた。ジョシュアは枕をキャッチして立ちあがり、本をうしろの椅子に置いた。「遊びたいのかい?」

リズはとぼけた顔をしようとしたが、ジョシュアはその手には乗らず、結局ふたりはベッドからベッドカバーがずり落ちるほど取っ組み合って、最後にはジョシュアは無理やりリズに服を着せ、食事をできるようにした。

「男の人ってたいてい女性の服を脱がせたがるものなのに」とリズはぶつぶつ言いながら、厚手のソックス――部屋履きを忘れたと言ったら、履くようにジョシュアにうるさく言われたのだった――に足を入れた。

「服を着させるにしろ、ベッドに連れ戻すにしろ、きみには栄養が必要だ。今夜ぼくについてくるには」

「それならよろしくてよ」とリズはおどけて言った。

「ああ、きっとお気に召すよ」ジョシュアが深みのある声でそう約束すると、ぞくぞくするような期待がリズの体のすみずみに走った。彼とセックスするまではそんなふうに神経の先端まで意識することなどなかったのに。

ふたりは広々とした最新式のキッチンで料理を作ったが、本格的な下ごしらえはジョシュアがほとんどすませていた。

「あなたってほんとに料理が好きなのね」とリズは言った。

「そうだね」ジョシュアは生地をのばして細切りにした生のパスタをぐらぐらと湯が煮え立つ鍋に落とした。「いい気分転換だよ」

リズはジョシュアの指示でソースをかき混ぜながら言った。「それに腕前もなかなかのものだわ」

「料理は弾薬作りにけっこう通じるところがある。レシピを読んで、どう工夫すれば最高のものに仕上がるか、ツボを心得ていないとだめだから」

その比較論にリズは笑った。「おもしろい解釈だけど、やっぱり料理ってプロの軍人さんにしてはめずらしい趣味だと思うわ」

「戦争だけが人生じゃないさ」

傭兵の考え方としては、料理が趣味という以上にさらにめずらしいのではないかとリズは思った。「ニトロが家の設計をしているのもそういう理由なの?」

「そうだね」

「ホットワイヤーは?」

「あいつは絵を描く」

「ベッドカバーの絵も、そうなのね」写実的な狼の絵をふと思いだしてリズはつぶやいた。

あの狼はジョシュアにそっくりだ。

「ホットワイヤーの作品はニューヨークの画廊の目にも留まった」

「だったら、年を取って足腰が弱って、世界を救うために走りまわれなくなっても、三人とも引退後の道がちゃんとあるってことね」

ジョシュアはリズに両腕をまわし、首筋に鼻をすり寄せた。「〝足腰が弱った〟が口癖にならないうちに余裕を持って足を洗う計画がぼくたちにはある」

耳の裏側の感じやすい肌にジョシュアの唇がそっとふれ、リズはぞくりと身を震わせた。

「そうなの?」

「ああ」

「いつごろの予定?」

ジョシュアはリズにキスをして、あとずさりした。「まだはっきりとは決めてない」

リズはバジリコソースを丹念にかき混ぜながら言った。「たぶん仕事以外になにを求めるかによるんでしょうね」

「そうだね」

「で、三人でどんなことをする計画なの？」

「警備コンサルタント。警備を突破する経験は豊富だから、当然、効果のあるシステム作りなら誰にも負けない」

もっともだとリズも思った。「たぶんプロの軍人ほど刺激的な職業じゃないでしょうけど」

「ああ、でも、人殺しはしなくてすむ」

「次の仕事はやめて、早期引退してもいいんじゃない？」飛行機も家も所有しているのだから、仕事でかなり稼いだ証拠だ。

ジョシュアはリズをそっと脇にどけて、ソースに仕上げの材料を加えた。「そんなの退屈すぎるよ」

リズは本を書かない人生を想像してみて賛成した。「わたしは生涯現役でいたいと思ってる」と彼女は認めて言った。

「よかった。ぼくはきみの書くものが好きだから」

リズはすっきりと心が晴れ渡り、温かな気持ちでほほえんだ。

ジョシュアはソースを脇に置き、鶏の胸肉を二枚、レンジの上のグリルに載せた。肉とスパイスが焼ける香りとバジリコソースの香りが混じり合い、キッチンは食欲をそそられるにおいに包まれた。「食後のコーヒーを淹れてくれないか?」

エスプレッソメーカーにリズは気づいた。「よかったらカプチーノを作りましょうか? シアトルに引っ越してすぐ、コーヒーのおいしい淹れ方の夜間教室に行ったことがあるのよ」

「それなら愉しみだ」

完成したカプチーノは完璧に泡におおわれ、豊かで退廃的な香りすらただよった。リズがせっせとエスプレッソメーカーを動かしているあいだにジョシュアが食卓に出した皿の横に、彼女はカプチーノのカップを置いた。

ジョシュアがキャンドルに火を点け、天井の照明を消すと、部屋はやわらかな琥珀《こはく》色の光に輝いた。

ジョシュアの手を借りて椅子に坐りながらリズはあたりを見まわした。「傭兵の住みかにしてはとってもロマンティック」

ジョシュアは官能的な笑みを穏やかに浮かべた。「自分でも知らなかった一面をきみがいろいろと引きだしてくれる」

その一面に愛もあるとは考えていないというわけだ。しかし、彼がまちがっていて、その感情も自分が引きだすことができればいいのに、とリズは願わずにはいられなかった。彼にさよならを言わなければならなくなったら、どうやって傷心から立ちなおれるのか想像もつかないのだから。

ダイニングルームは雪のかぶった森を望み、その絶景にリズは食事のあいだ何度も目を奪われた。「こんなところに住めるなんてすてきね」

ジョシュアはうなずいて、ゆったりと椅子に背中をあずけた。「ここ以外の場所で休暇を過ごす気にはなれないね」

「ご家族はいやがらないの、あなたがこんなに遠くに住んでいて？」

ジョシュアは肩をすくめた。「マサチューセッツからはたいして遠くない」

「そうかもしれないけど、山のてっぺんに住んでいるようなものでしょう？」

ジョシュアは両腕をリズの椅子の背にすべらせ、肩にそっとふれた。「家族は別にどうとも思ってない」

リズはすかさず椅子を近づけてジョシュアに寄り添い、頭を彼の胸にあずけた。

「マイラも？」リズは母親になった経験はないものの、母親というのはわが子がいくつになってもそれなりに所有欲があるものだという話をしょっちゅう耳にしていた。

「お袋は理解がある。ぼくはまだ十代のころに家を出て軍に入り、それっきり実家には帰ってない。たまに顔を見せにいくのは別として。家族といるよりひとりでいるほうが好きだから」

「ご家族はここに訪ねてくるの？」

ジョシュアはカプチーノをすすり、物思いにふけるように黙っていたが、ややあって言った。「家族はまだ呼んでない」

いくらひとりで暮らすのが好きだとはいえ、これにはリズも驚いた。「あなたのご家族は結束が強いのに。お呼びしたくないの？」

「いつかは呼ぶよ」

「だけど、ここにのぼってくればひとりきりになれるわけでしょ。ほんとにすごい環境だわ。あなたがそれを台無しにされたくないと思うのも無理はないわね」

「たいていみんな、こういう暮らしは好きじゃない」

「わたしは好きよ。誰にも邪魔されずに戸外で原稿を書くなら牧場よりずっといいんじゃないかしら」そう口にしたとたん、どんなふうに聞こえるかリズは気づいた——ここで一緒に住まないかとか、少なくともしばらく逗留しないかと誘われるように仕向けているようだ。

ばつが悪くなったが、どうすれば前言を撤回できるかリズはわからなかった。

「こういう場所でならきみの仕事ははかどりそうだね」ジョシュアの声はむっとしたようでも、リズの下心をうっとうしく思っているようでもなかった。

「あなたもここにいながら？」リズは思わず笑っていた。「本を書ける見込みは五分五分ってところね。あなたがいたら気が散って大変だもの。シアトル市を全部ひっくるめたよりもあなたのほうがわたしの集中力を散漫にさせる力があるのよ」

ジョシュアは顔をうつむけてリズの肌に唇をつけたまま言った。「ぼくが?」

「ええ」もちろん。

「どんなふうに?」官能的な展開を予感させる声でジョシュアは尋ねた。

リズは首をまわして唇を重ね、ことばではなく唇で返事をした。

唇が離れると、どちらの息づかいも荒く、ジョシュアはリズには読みとれない表情を浮かべていた。

リズは立ちあがり、しばらくぶりに安らいだ気分でテーブルを片づけはじめた。「雪道を散歩しない?」

いまは外にひそんでいるネメシスに脅かされることも見張られていることもないのだ。外にはただ、雪のかぶった小道がつづき、冬場で葉の落ちた木々の立ち並ぶ森があり、仰ぎ見る日を待ちわびていた懐かしい満天の星空が広がっているだけだ。

都会の空気ではない空気を吸い、風の音と野生動物の声だけが聞こえる森のなかを散策する自由は、リズの心にはたまらない魅力だった。「お願い」

ジョシュアはテーブルに残っていた食器を持ってリズのあとからキッチンに向かい、シンクに置いた。「外は氷点下十度だ」

リズは横を向いてジョシュアをまっすぐに見ると、狼の恋人がくつろいでいるときの非の打ちどころのない美しさに思わず胸がどきどきした。「まさか冬のあいだは温室の花で充分だから森を散歩したくないなんて言うんじゃないでしょうね」

ジョシュアは、頭がおかしくなったのかというような目でリズを見た。「まともな冬服も持ってないだろ」

「だったらあなたのを貸して」

それを聞いてジョシュアはくすりと笑った。「きみが着たらぶかぶかだよ」

「とりあえず間に合わせでいいから」

とりあえず間に合わせた。ジョシュアは服の上に重ね着できる保温性のあるシャツを貸し、コートの上に羽織らないとだめだとまたしても言い張ってサイズの大きすぎるアノラックも貸した。

「雪男のミイラになったみたい」ジョシュアのあとからマッドルームを出て、自然が作る白い冬の絨毯《じゅうたん》の上をざくざくと歩きながらリズはぼやいた。

「そろそろベッドに入る準備をしようかとふつうは考えるころに、氷点下のなかをどうしても散歩したいと言って聞かない強情っぱりに見えるけどね」

リズはジョシュアを見て眉を吊りあげながら、顔がほとんど外気にさらされていないことを考えれば、そんなしぐさをしても無駄だと気づいた。「夜の九時にベッドのことを考えるのなんて、牛を駆り集めてるカウボーイか、リオ・グランデ川も目じゃないくらいの急流で体のなかをリビドーが流れてる男性くらいのものよ」

「いい子ぶるのはやめてくれないかな、ミズ・バートン。体によくないからだめだと言われたのに、口でしたのは誰かな？」

「別に差し障りなかったわ」

「こっちは死にそうになった」

「またあとで死にそうになりたい？」

低いうめき声が返ってきただけだった。リズは得意になってにんまりとした。

ふたりで外にいる時間をリズはあますところなく愉しんだ。鼻は寒さで赤くなり、肺は冷気で凍りついた心地がしたけれど。隣人の目を気にすることもなく広々とした場所を自由に歩くのは、リズの全身を満たす一服の清涼剤のようだった。

ジョシュアはリズを肩にかついで家のなかに連れ帰った。

ほかに選択の余地はないと気づいたのは、家に戻ろうと三度めに提案し、あともう一本だけ小道を探検したいとリズから答えが返ってきたときだった。

リズは笑いながら彼の背中を叩いて言った。「ウサギの足跡がどこにつづいているか見たかっただけなの」

ジョシュアはリズのお尻を軽く叩き、ウサギの足跡を追いかけるよりずっと興味をそそられる曲線を撫でた。「きみのわがままにつきあったら、しまいには滑走路まで行ってたかもしれない」

「そこまで歩けるの？　スノーモービルでかなり走った気がしたけど」

「歩道はもっと直線的だ。スノーモービルは幅があるから、場所によっては木と木のあいだを通れないところもある」

「なるほどね。だったら明日はそこまで散歩する？」

ジョシュアは首を振った。いやはや、この女性はセクシーなピンクの足の爪先まで自然の申し子だ。「さてな」

「どこかの偏屈なおじいさんみたいな言い草ね」

ジョシュアはやわらかなお尻の肉をぎゅっとつかんだ。「気持ちはじいさんじゃないぞ」

リズは黄色い悲鳴をあげて、身を起こし、ジョシュアの腕から逃れようともがいた。「やめて」

ジョシュアは膝をつかんでいた手にさらに力を入れ、もう一方の手は脚のあいだにすべりこませ、リズの太腿の内側をくすぐった。

リズは笑い声をあげながら身をくねらせ、今度は彼の肩を叩いた。「やめてったら」

「我慢できないよ。きみにさわるのが好きだから」

「くすぐったいってば！」

「ほう？」ジョシュアはリズののんびりしたテキサス訛りをまねて尋ねた。

リズはなにか言いかけたが、たしかな指づかいで太腿のつけ根を撫でられると、そのことばはうめき声にのまれた。

ジョシュアはリズの体をまえにおろし、着ぶくれした彼女を胸に抱きかかえた。アノラックのフードの毛皮のふち飾り越しに顔をすり寄せ、唇を探しあててキスをした。じわじわと胸にしみこんでくるのは肉体的な欲望よりもはるかに穏やかな思いだった。

ベッドルームに戻ると、ジョシュアはリズの体を隠していた何枚もの服を時間をかけて脱がせていき、まえからしてみたかったというようにやさしくゆっくりと愛撫をしてリズを抱いた。今回はリズもあえて奔放になろうとはしなかったが、ことばにならないほど深く彼を求める気持ちに体を震わせていた。

ふたりは沈黙に包まれて愛を交わした。

ジョシュアはキスをし、リズに愛撫し、彼女にふれられて湧き起こる欲望がほとばしり、体を打ち震わせた。そのあいだどちらからもことばは語られず、部屋はふたりの息づかいだけがささめいていた。

しかしジョシュアがコンドームに手を伸ばすと、リズは首を振って言った。「今回はつけないで。お願い。あなたのすべてを感じたいの」

なにものにもさえぎられずリズのなかに入れると思っただけで、股間が疼いた。「妊娠させてしまうかもしれないよ」とジョシュアは言った。

「安全日だから大丈夫」

「それでもリスクはある」まえにリズに言ったようにふたりの体の相性は抜群なので、子宮に精子を注ぎこんだら、ホルモンの周期がどうであれ関係ないのではないか、とジョシュアは思った。

「人生はリスクだらけだけど、背負う価値のあるリスクもあるわ」

リズのことばにはコンドームなしでなかに入ってもいいとただ誘いかける以上に深いメッセージがこめられていたが、ジョシュアはそのメッセージの意味をいまここで考えてみようとは思わなかった。じかに自分を受け入れたいと思うリズの気持ちに負けないくらい、熱く、なめらかなリズの内側にすっぽりと包まれる感触を彼も味わってみたかった。

ジョシュアは脈を打つリズの濡れた体のなかにするりと指を差し入れ、これから起きることに思いを馳《は》せ、みずからをじらした。リズは指のまわりの筋肉をきゅっと引き締め、鼻にかかった声で言った。「お願い、ジョシュア」

彼は指を引き抜き、口もとに持っていき、リズのエキスを舐めとった。リズははっと息をのみ、ジョシュアを見つめ、なにか言おうとするかのように口を動かしたが、声にならなかった。

「おいしいよ、ハニー」

ジョシュアはまたリズにふれた。軽く、ほんの少しだけさわり、その指をリズの唇に載せた。「ほら、味見してごらん」

リズが指を口のなかに入れさせ、その指をしゃぶっていると、ジョシュアは彼女の太腿のあいだに体を寄せ、腫れあがったなめらかな隙間に彼自身を少しずつ押し入れていった。リズの目はとろんとなった。ジョシュアは彼女の口から指を引き抜き、唇を重ねた。リズは彼の体の芯まで燃えつくすような激しさで応えた。

ふたりがともに、みずからを解き放ちたい切迫感に駆られて身を震わせるまで、ジョシュアはリズの体を突き、愛を交わした。

ふたりが絶頂に達すると、まるで超新星のまばゆい光に包まれ、爆発する太陽の熱をふんだんに浴びたようだった。

「愛してるわ、ジョシュア」リズは腕も脚もジョシュアの体に巻きつけてぎゅっと抱きしめた。そして、体の奥でも彼を包みこんでいた。「あなたを愛してるの」

リズのことばは白い稲妻のごとくジョシュアの体を貫き、女性の愛を受けつけないと思っていた心臓《ハート》にその出口を見つけた。

ことが終わり、ジョシュアとリズはふたりしてくずおれ、汗だくで息をあえがせた。

リズはそれ以上愛の告白をくり返さず、ジョシュアはなにも言わなかったが、たったいまふたりのあいだに起きたことで頭のなかは真っ白になっていた。

ネメシスはノート型コンピュータを閉じ、満足感にひたった。

ジョシュア・ワットは頭がいいつもりでいるが、このネメシスほど知的ではない。互角でさえもない。

こっちはジョシュア・ワットのことをよく知っている。本人が思いもしないほどよく。たとえば特殊部隊の元隊員だということも。最初の任務期間の満了後除隊したが、それまではレンジャー部隊員だった。つまり、知恵で勝負すれば勝てる相手ということだ。

頭脳は筋肉に勝るのだから。

こっちに腕力がないということではないが、よほどのまぬけでないかぎり、訓練された殺人マシーンと同じ土俵にあがる者はいない。こっちはまえもって下準備をして、ことを有利に運ぶようにしなければならないのだ。ネメシスは『テロリストの手引書』を手に取ってぱらぱらとめくり、ナパーム(ガソリンをゼリー状にする濃化剤)の項目のところを開いた。

何度も読んでいたが、重要事項をうっかり見落としていないか念のため読み返した。

いま報復できればことはずっと簡単にいく。不意を突けるし、こっちの身元はばれていないのだから。しかし、正式に結婚に終止符が打たれるまではリズ・バートンを殺すことはできない。目には目をの精神を貫くなら。

まだ執行延期の可能性はある。

昨夜妻に電話をかけた。一生添い遂げるつもりで一緒になったのではなかったかと思いださせてやった。おまえには裏切られたけれど、まだ愛している、と。あいつは泣いていた。結婚生活のことは思いだしたくない。エド・ジョーンズとしての生活は。あのころはつらいことばかりだった。たくさんのものも失った。しかし、裏づけになる法的な文書がなければ正義は正義たりえない。離婚が成立するまでは、リズ・バートンに対する計画の最終段階を遂行するわけにはいかない。

ゆうべの妻は心なしかいつもよりやさしかった。あなたに会えなくて寂しいとさえ口にした。もっとも、家に戻ってもいいとまでは言わなかったけれど。離婚の成立がいつになるかわからないと妻は言っていた。もしかしたら申し立ての取り下げを考えているという意味なのかもしれない。

もしそうでないなら、リズ・バートンにやられたことをやり返す権利があるということだ。あの女の生活をめちゃくちゃにする権利が。

それがすんだら今度は妻をどうするか考えなければならない。ほかの男と自由に再婚できるようにさせておくわけにはいかない。そんなのはまちがっている。裁判所の決定がどう出るのであれ、女房は自分のものだ。ほかの誰のものにもなってはならない。

リズ・バートンに居所を知っていると知らせるべきだろうか？

その考えにネメシスは気をそそられた。あの女はまんまと逃げることができたと思っている。ジョシュア・ワットと手に手を取って逃げだし、行方をくらますことができた、と。しかし、こっちはいつでもあの女を見つけだすことができるのだ。
ネメシスから逃れることなどできはしない。

夜明けまえ、ジョシュアはリズの目を覚まさないように慎重にベッドを出た。夜のあいだ何度も起こして愛を交わしたのだから、いまは寝かせてやらないといけない。

リズは愛しているとさらに二度言った。

最初に言われたときは斧で殴られたような気がしたが、その次からも言われるたびに衝撃がやわらいでいくことはなかった。

ふたりのセックスはそこそこいいという以上によかった——これまで経験したなかで最高のセックスだった。リズは圧倒的な肉体の悦びとなにかもっと深いものをごっちゃにしているのだろうか？

女性が処女を捧げる男であるように、自分はリズにほんとうの悦びをあたえた最初の男だった。彼女の結婚生活は情熱的ではなかったようだが、自分たちふたりの関係は情熱ということばにあらたな定義をもたらすものだった。ふたりはセックスの相性がいいというだけではない。ふたりでいるとすぐに体に火が点く。そうした事実は、リズが自分に抱いている感情にどれくらい関係しているのだろう？

女性はおうおうにして性愛を真実の愛と勘ちがいするものだ。元女房もそうだったんじゃないか？　それを言うなら自分も、だろ？

リズが自分を愛していると思うのも当然といえば当然だ。なにしろ、セックスした唯一の男のことを好きだったのだから。

しかし、今度はそんな筋書きどおりにはいかないとジョシュアはわかっていた。大多数の人々とちがい、リズは傭兵であることがどういうことかちゃんと知っている。取材のおかげで、彼女は身内以上に彼の住む影の世界を理解していた。もっとも彼女自身、恐怖をかかえてせまい箱のなかで何カ月も閉じこもっていたわけだが。

その箱から脱出させてやったのは彼だった。おそらくリズの気持ちは強面《こわもて》の傭兵に恋をしているというより、感謝しているというほうに近いのではないか？

人を殺し、一生胸にしまっておかなければならないものごとを見てきた男に。

彼女の想像力をもってすれば、頭のなかでヒーロー像をこしらえて、それを生身の男にあてはめることもできなくはない。とはいえ、洞察力の鋭いリズのことだから、そのうち幻想であることを見抜き、愛だと思っていたものは感謝の念と熱い欲望が混じり合ったものにすぎないと気づくはずだ。彼女の告白を額面どおりに受けとり、作りごとだととっくの昔に見切りをつけたおとぎ話を信じてしまったら、結局どちらの心も傷つくことになるだろう。

リズのことばと、心の奥深くに呼び覚まされた甘美な思いは忘れることにして、ジョシュアは監視センターのコンピュータのまえに腰をおろし、会社のサーバーにログインした。ホットワイヤーがセキュリティソフトを何重にもインストールしていたので、おそらくここはペンタゴンをハッキングするよりもむずかしい。それもかなり。

ジョシュアはEメールをチェックした。ホットワイヤーは明日到着するようだ。もうじきリズとふたりきりでなくなると思うとジョシュアは一抹の寂しさを覚えたが、たがいのためにはそれがいちばんだと思う気持ちもあった。仲間と一緒にいるところを見る機会が増えれば、自分がどんな男かリズもそれだけはっきりと見えるようになるのだから。

うまくいけば、リズの瞳にふたりきりになると浮かぶ思いにこっちがほだされてしまうまえに、彼女は正気を取り戻すだろう。

ニトロからもメールが来ていた。いまのところネメシスはニトロたちデコイに接触を図っていないようだ。彼らのあとを追っているのかどうかも確かめようがないらしい。

ホットワイヤーのメールによれば、エド・ジョーンズはテキサスを去って以来クレジットカードを使っていなかった。

あの男は自分の身元が割れていないと思いこんでいるが、それでも危険は冒していない。その事実にジョシュアは興味を惹かれた。つまりいささか偏執性の気があるということだ。ネメシスが餌《えさ》に食いついているとはっきり確信が持てればいいのだが、とジョシュアは思った。しかしリズへの気づかいで彼の直感力は鈍っていた。

まだ自分にも心があるとしたら、その心はいずれリズのものになるにちがいない。

16

リズは〈デイナ〉を下に置き、おそらくこの一時間で五度めになるが、視線を宙にさまよわせた。この家のどこかでジョシュアも仕事をしている。

愛する男性も。

もう二度と恋に落ちることはない、と離婚したあと本気で思ったものだ。情熱的な欲望はないにしても、夫婦のあいだにはゆるぎないと信じていた絆があったにもかかわらず、マイクに裏切られたのだから。この二年間、本のなかの虚構の世界に意識を集中させていた。心の痛みがいつでもやわらげられ、ヒロインはいつでも勝利し、作者が自分で秩序を整えることのできる世界に。

そしてこの数週間ですべては変わった。心のなかも、自分を取り巻く世界も。

もはや孤軍奮闘してストーカーに立ち向かっているわけではない。とにかくもうひとりぼっちではないのだ。シアトルを出た。美しい街だけれど、それでもやはり息が詰まる都会を。恋人ができて、思ったより自分はセックスが好きだと気づき、想像もつかなかった悦楽を味わった。

愛しているとジョシュアに告白さえした。

それに対してなんの返事ももらえなかったが、気持ちを告げることで、そもそも存在すら認識していなかった心の鎖を解き放ち、自由になれた。

リズはいそいそと立ちあがった。ジョシュアのそばにいたくて体をほてらせながら原稿を書こうとしてもはかどりっこない。セックスをしたくてうずうずしているわけではなかった。でも、求められれば拒むことはないわね、とリズは思い、ひとりでにんまりとした。同じ部屋にいたいという、ただそれだけの素朴な願いだった。彼が吸っている空気を吸い、目で見て、手でふれることのできる場所に彼がいるとわかっているだけでよかった。

リズは〈デイナ〉を持ってジョシュアを探しに行った。

作業室にいた。昨日リズを横たわらせ、愛の行為におよんだのと同じ作業台で弾薬に詰めものをしていた。

部屋に入っていくと、ジョシュアは顔をあげた。彼女に熱い視線をさまよわせ、まるでジーンズと長袖のTシャツのなかまで見通すかのようだった。もしかしたら見通せるのかもしれない。今朝はジョシュアの頼みでブラをつけておらず、リズは奔放で開放的な気分になっていた。ぴったりした生地に硬くなった乳首があたる感触もする。それが見えないなら、ジョシュアは目の検査を受けるべきだ。

目に浮かぶ深みを帯びた輝きが、彼の視力は正常だと物語っていた。「やあ、ハニー」

リズはにっこりとした。彼にハニーと呼ばれるのが好きだった。

暖かみがあり、親密な気がするから。

「あなたのそばで仕事をしてもいいかしらと思ったんだけど」リズは〈デイナ〉を彼に見えるように掲げた。

「いいけど、原稿を書くのにぼくが同じ部屋にいて気が散らないのかい?」

リズは首を振った。急にジョシュアのそばにいたくてたまらなくなったのだが、まわりを見まわして、うかつだったと気づいた。作業台のひとつに坐ってもいいだろうか。

「それじゃ、きみが坐れるものを取ってこよう」

「お願い」

ジョシュアは部屋を出て、数分戻ってこなかった。キッチンからスツールでも取ってくるのだろうと思いきや、坐り心地のよさそうな茶色の肘掛け椅子とクッションの入った足載せ台を持って戻ってきた。

持ってくると予想したスツール程度の重さしかないかのように軽々と持ちあげて。

ジョシュアは自分が作業している場所の近くに椅子と台をおろし、リズを見てほほえんだ。

「これでいいかい?」

「ええ」どういうわけかリズは咽喉が締めつけられてなかなかことばが出てこなかった。

「完璧よ」

「どうしたんだ、大丈夫か？」

「大丈夫よ。ただあなたっていつも期待以上のことをしてくれるから。アパートメントから出たいと駄々をこねたら、アメリカ先住民の文化に間近でふれられる島へ連れていってくれて、森を散策したがったら、それもかなえてくれたわ。もう日が落ちていて、気温は氷点下だったのに。わたしはあなたに甘やかされてる」

「好きでやってるんだよ」

リズは頭を振り、胸がいっぱいになっているこの思いを説明できるだろうかと思った。

「父の人生でわたしは余計な人間だったの。わたしがいなくなったら父はさぞや喜んだでしょうね。それに、いつもジェイクのお荷物になってる気もしてた。父は変わり者だったけど、兄と父のいざこざの九割はわたしが原因で、兄がわたしをかばおうとしていたからだった。離婚してからは心して人に頼りすぎないようにしてたけど、あなたが現われて、こうして面倒を見てくれる」

泣くのはいやだった。すでに泣き虫だと思われているはずだから。「あなたはふつうの期待以上のことをしてくれるのに、さりげなく振舞ってる。わたしから報酬を受けとろうともしないし、それに……いまだって……」

それ以上くどくどとつづけたらまぬけな気がしたので、リズはただ肘掛け椅子のほうへ手を振って、数えあげたらきりがないが、ジョシュアのおかげで感激した出来事のなかでいちばん新しいことを指し示した。

ジョシュアは首を振り、リズを引き寄せてたっぷりと長いキスをした。「きみになにかしてあげるのは簡単だよ。とびきりのいい女だから」

そしてリズから手を離し、お尻を叩いて椅子のほうへ押しやった。「さあ、書きものの時間だ」

リズは椅子に腰をおろして坐り心地のいい位置を探し、足を台に載せて〈デイナ〉を膝に置いた。「ねえ、なぜ弾薬を自分で作るの？」

「自分で作れば信用できるとわかるからだ」

「あら、そう。わたしの本だとヒロインたちは弾丸の速度を自分の好みに変更して、爆発の勢いを高めたいからなんだけど」

ジョシュアは笑った。「もちろんそれは前提としてだよ。さあ、エンジンをかけて、仕事に戻ること」

リズはふざけて敬礼した。「イエス、サー」

それから二時間、ジョシュアが弾薬を作り、そのあと銃の手入れに取りかかるあいだ、リズは仕事をした。

ひとつの場面を書き終えて体を伸ばしたくなり、椅子から立ってジョシュアのところへ行き、彼が短いナイフを研ぐのを眺めた。取材した内容を正確に覚えているとすれば、そのナイフはベルトの一部になり、見た目はバックルだが瞬時に引きだせるタイプのものだった。

そういえば、はじめて会った日からジョシュアはそれとよく似たベルトを毎日締めている気がする。

ジョシュアが顔をあげた。うるさがるような表情ではなかった。「なにか用かい?」

「温泉でゆっくりしようかと思って。坐りづめで体がこったから」

ジョシュアはうなじに手をあてがってリズを引き寄せると、背中に手をまわしてマッサージを始め、彼女にうめき声をあげさせた。「つきあおうか?」

「ぜひ」

地下のジャングルは最初に来たときと同様、二度めでも印象的だった。

「ここはすばらしいわ。あなたの家にこんな場所があるなんて信じられない」

「ジャングルが好きなんだ。でも、ふだんジャングルにいるときはのんびりなんかしていられない。傭兵ではなくひとりの男に戻れるプライベートな休息の場が欲しかったんだよ」

その率直な告白にリズばかりかジョシュア本人も面食らったようだったが、多くの男性ならそうするようにあれこれ言い訳したり、話題を変えたりしてごまかそうとはしなかった。ただ服を脱ぎはじめただけだった。が、それも一種の話題の変更なのかもしれない。話していたことからリズの注意をしっかり奪ってしまったのだから。リズも服を脱ぎはじめ、ジョシュアの体があらわになるのを見つめながら靴をそっと脱ぎ、ソックスも脱いだ。

ジョシュアは先に湯に入ったが、リズはすぐには入らず、湯気が立つほど暖かい部屋のなかで裸になった心地を愉しんでいた。女でいるというただそれだけの開放感に酔いしれているといってもよかった。

ジョシュアは湯船の壁に背をもたれ、目をリズに釘づけにしていた。「ぼくをじらしてるね」

湯船のそばに立っていたリズは熱い視線を浴びて乳首が硬くなり、胸が張っていくのを感じた。「わたしが？」

彼は立ちあがり、湯のなかを横切ってリズのすぐまえに来た。彼女の太腿のつけ根がちょうど目の高さにあたり、ジョシュアは手を伸ばし、探るような指づかいで茂みの奥に軽くふれた。「さあ、こっちへおいで。お湯も気持ちいいが、きみのほうがもっと気持ちいい」

リズはにこっと笑い、そのことばに従った。お湯のなかにそろりと入ったかと思うと、ジョシュアの腕のなかにいた。「この感じ、すばらしいわ」

ジョシュアはリズを抱きしめた。「そうだよ、きみはすばらしい女性なんだから」

あなたこそすばらしいわと言おうとしたとたん、キスをされ、リズは夢心地になった。あっというまに。

ふたりの情熱はまたたくまに発火寸前になり、ジョシュアの手がリズの脚のあいだにすべりこんで、準備ができているか確かめると、彼女は息をあえがせてしがみついた。抱いて、とリズは叫び、さらにしてほしいことを並べ立て、どちらの欲情も煽った。ふたりがひとつになると、リズはジョシュアに火を点けられた欲望の炎を焼きつくさんばかりに我を失い、ほとんど即座にいってしまった。

ジョシュアも同じだった。

オーガズムの力にリズは完全にのまれ、くたくたに疲れ果てた。ゆうべの睡眠不足もあいまって、目を開けていることもままならない。いつのまにかまどろんでいたにちがいない。目を覚ますとジョシュアがタオルで体を拭いてくれていた。ベッドルームへ運ばれるあいだも、眠りと覚醒のあいだを行ったり来たりしていた。

ジョシュアはにやにやしながらリズを見おろしていた。「きみには昼寝が必要だ。ぼくが疲れさせてしまったから」

やけに悦に入っているような言い草だったが、それにむっとするような気力もリズには起きなかった。だいたいどうしてむっとしなくちゃいけない？　ご満悦になったって不思議じゃない。メスの狼をくたくたにさせるのなんて毎日あることではないのだから。リズはジョシュアに体をすり寄せた。

しかし、ベッドルームに入ると、ジョシュアは急に足をとめ、悪態をついた。リズが聞いたこともない、まちがいなく二カ国以上のことばで。

「どうしたの?」

「ホットワイヤーが来ることを忘れてた」ジョシュアはそれが国家の犯罪であるかのように言った。

ネメシスが来るか、あるいはそれと同じ程度にまずい事態が起きれば、表示板のライトがつくはずだった。ホットワイヤーが来ることがこういう反応を引き起こすとは思えない。

「問題はそれだけ?」とリズは訊いた。

「それだけで充分だ」

「迎えに行かなくちゃいけないとかそういうこと?」

「いや。あいつはもう来てる」

それを聞いてもわけがわからなかった。「どうしてわかるの? 姿は見かけなかったけど」

ジョシュアは監視センターのほうへ頭を傾けた。

そうだったわね、とリズは胸でつぶやいた。

「ホットワイヤーはもう来てるのね」とリズはくり返したが、まだどういうことかはっきりのみこめなかった。

「そうだ」

ジョシュアの友人が家のなかにいる。ふたりで秘密のジャングルにこもっているあいだに到着して。

ホットワイヤーはきっと物音を聞きつけたにちがいない。ひょっとしたら目撃したのかもしれない。そう思うと、リズの眠気は一気に吹き飛んだ。最後はジョシュアにありったけのみだらな要求をして、バンシー（アイルランドの妖精、家族に死者が出そうになると大声で泣いてそれを告げる）顔負けに絶叫していたのだった。

「声を聞かれたわ。ホットワイヤーに。絶対そう」リズはこぶしににぎった手の脇でジョシュアの胸を叩いた。痛めつけるつもりはなかったので強くは叩かなかった。もっとも、彼のような頑丈な体を痛めつけるにはシャーマン戦車でもこと足りるかわからないが。「どうしておしえてくれなかったの？」

ジョシュアはリズをベッドに横たえ、いったんうしろにどけた上掛けをしっかりとかけた。

「忘れてたんだ」

「ホットワイヤーが来るのを忘れてたの？　嘘でしょう？　あなたは忘れっぽくなんかないのに」

「きみと一緒にいると、自分の名前も忘れる」

まえに彼から聞いた、結婚が破綻した経緯のなかのあることがらがどういうわけかリズの頭によみがえった。妻と寝ても、無我の境地に陥ることはなかったという。

「わたしとセックスしていると、ほかのことはいっさい頭から消えてしまうってこと？」リズは確かめてみたくなり、そう尋ねた。

「そのとおり」ジョシュアの口ぶりはその事実に喜んでいるようではなかったが、リズは大いに喜んだ。

ジョシュアは顔をしかめた。「ホットワイヤーが仲間でほんとに助かった。あいつが敵だったら、不意を突かれていたところだ」

この家の厳重なセキュリティを思えばそれはないだろうと思ったが、自分と愛を交わすときのほうがメロディとのときより彼は夢中になると思うと、リズの顔はぱっと明るくなった。もしかしたら彼のわたしへの思いは長持ちして、奥が深いのかもしれない。

「なにをにこにこしてるんだい?」

「別に」

ジョシュアはリズの上へ身を乗りだし、視界をさえぎった。「別にってことはないだろ。なにかがきみを笑顔にしている」

「あなたに抱かれるといつも笑顔になるのよ」

「でも、まずは泣き顔になる」

そうなるときもある。「感極まって」

ジョシュアは体を屈めて熱いキスをして、起きあがった。「少し休むといい。ゆうべは夜更かしさせてしまったからね。ぼくはホットワイヤーを探してくるけど」

「どうぞ」

「ほんとに？」

「ええ」

ジョシュアはリズの頭に手をふれた。「具合は悪くない？」

リズは笑った。「悪くはないけど、くたくたよ」それを証明するようにあくびが出たが、じつをいえばこらえきれなかったからだった。

それにホットワイヤーと顔を合わせるのもあまり気が進まなかった。姿を見られたのか、声を聞かれたのか、わからないけれど。臆病者と言われればそれまでかもしれないが、気まずいやりとりはとりあえずジョシュアひとりで対処してもらったほうがいい。結局のところホットワイヤーは彼の友達なんだから。

ジョシュアはベッドからさがって言った。「いい子にしてるんだぞ」

リズはベッドカバーの下にぬくぬくともぐりこんだ。「ホットワイヤーを探しに行くまえになにか着なさい。あなたの裸を見ても、彼はわたしみたいにそそられないから」

ジョシュアはそれを聞いて笑った。「このあたりの威張り屋はぼくひとりじゃないね」

リズはただにっこりとほほえんだ。

探しに行くと、ホットワイヤーはキッチンのカウンターでポップコーンを頬張りながらノート型コンピュータに向かっていた。

ジョシュアは相棒の隣のスツールに腰をすべらせ、ポップコーンをひとつかみした。「いつ着いた？」

ホットワイヤーはコンピュータの画面から顔をあげ、訳知り顔で目をきらりと輝かせた。「二時間前。おふたりさんには気づかれなかったけど」

なんてこった。照れ屋ではないとはいえ、リズとセックスしている最中に階下《した》に来たか、どう切りだして確かめればいいかジョシュアはわからなかった。ホットワイヤーがジャングルルームにおりてきてひと声かけたのに、まったく気づかなかったとしたら最悪だ。

それほど夢中になっていたわけだが。

そうではないほうに望みをかけてジョシュアは探りを入れてみた。「探しには来なかったんだろ？」

「探しまわる必要はない。ジャングルルームに体温の高い人体がふたつあると監視装置に表示されていたから」

部屋のなかはビデオで監視していなかったが、部屋に人がいれば、どの部屋もセンサーで人数を正確に把握することができる。

「午後の湯浴みの邪魔をしたら、あたふたさせてしまうんじゃないかと思ったんでね」鼻にかかるジョージア訛りに辛口のユーモアがにじんだ。

ジョシュアはあえてなにも答えなかったが、相棒の判断は正解だ。ときどき顔をのぞかせる茶目っ気を発揮してドアをノックされなくてよかった。リズに恥ずかしい思いはさせたくない。「ニトロからまた連絡はあったか？」

「あいつとジョシーは予定どおりに進んでいる。でも出発してまだ二日だ」

「ネメシスからいまだに接触はなしか？」

「ああ。でもニトロが言うには、つけてきてはいるようだ」

直感を頼りにする生活を長く送っていると、どんなときに人を信用できるのかわかるようになる。ジョシュアは自分自身を信じるのと変わりなくニトロに絶大な信頼を寄せていた。

「よし」

ホットワイヤーは手もとのビール壜に口をつけてごくりとラッパ飲みしてから、また話を始めた。「あれからまたいろいろ調べてみたんだが、これは気に入らないだろうな」

「どんなことだ？」

「エド・ジョーンズは過激な軍事主義者の団体に所属していた。クリスマスプレゼントに『テロリストの手引書』を配るような連中の集まりだ」

犯人にますます怒りがつのってくる。「活動にはどれぐらい深くかかわってた？」

「なんとも言えないが、どうやら団体のためにコンピュータのハッキングをやっていたようだ。二年前に脱退しているが」

「理由はわかるか？」

ホットワイヤーはブロンドの頭を振ってうなずいた。「団体のサーバーで見つけたメールのやりとりによると、やつは幹部格になれなくてへそを曲げたようだ」

「ハッキングで貢献してるのにってわけか？」

「ああ。ほかの連中より組織のなかで重要な人物だと自分では思ってたようだ」

「うぬぼれの強いやつが言いそうなことだな」

「じつはこの団体に関してだけじゃなくてね」ホットワイヤーはポップコーンをひとつふたつ口にほうりこんで嚙んだ。「会社の雇用記録にも昇進のペースに不満があったという記載がある。経営幹部から受ける評価よりも自分は会社にとって必要な社員だと本人は思っていた。こういう男にしてみればクビを切られたのはかなりの痛手だろうな」

ジョシュアの顔がこわばった。「つかまえたらこの手でお見舞いしてやる一撃にくらべたらそんなものは痛手じゃない」

その気持ちはわかるし自分も賛成だとホットワイヤーの表情が物語っていた。「リズは元気かい？」

「ああ、元気だ。でも、あのくそったれを彼女の背後から取り除いてやらないと」

「おふたりさんがジャングルルームで過ごした時間を考えれば、元気どころじゃないってことかな」とホットワイヤーはからかうような目で言った。

「おまえの知ったことじゃない」

ホットワイヤーの唇がよじれた。「ごもっとも。でも、これだけは言っておくけど、ぼくが敵じゃなくてよかったよ」

「おまえかニトロかぼく以外の人間がここの保安システムを突破しようとすれば膨大な時間がかかるはずだ」

「まあな」

ジョシュアは髪に指を走らせた。「彼女にかまわないほうがいいってことはわかってる」

「でも、できない？」とホットワイヤーは興味深げに尋ねた。

「ああ」

「いままでとはちがうってわけだ」

「いままでとはちがうタイプの女なんだ」

「となると、警備コンサルタントを始める計画に移ろうってことかい？」

傭兵稼業から足を洗うことについて、この一年彼らは話し合ってきた。軍務に就いてから二十年近くにもなるとはいえ、三人ともまだ転職するふんぎりがついていなかった。とくにニトロが。やろうとしている仕事の分野に需要があるのかまだ大きな不安をかかえているのだ。

ジョシュアは椅子から腰をあげて片づけものを始め、友人が飲んだビール壜をリサイクルにまわすごみ容器にほうりこんだ。「リズは傭兵にはもったいない女だ。ぼくのような過去があって、人の情けもわからない傭兵には」

「彼女のそばにいるときのあんたは無感動な人間には見えないよ」

自分でもそうではないかとジョシュアもだんだん思いはじめていたが、だからといってリズとの未来があるということにはならない。「彼女は純粋無垢で、すこぶる魅力的な女だ」

「だから?」

「ぼくはたいていの人間なら悪夢になるようなことをやりもしたし見てもきた」

「あんただけじゃない、ぼくたちみんなそうだろ? でも、彼女は気にしてないと思う」

「なぜならリズはぼくとはちがう人物像をぼくだと思って頭に描いているからだ。現実が見えたとたん、もっとましな男のほうへ走りたくなるさ」

「それはどうかな」

「いつだったかアパートメントでおまえとリズはしゃべっていたようだけど、今度の一件が彼女の本に出てくる冒険に似ていると。つまりリズにとっては空想で、現実じゃないんだ」

「そうやってせいぜい自分に言い聞かせてろよ、ウルフ。だけど、ニトロがあんたの結婚式の新郎付添人になると予想しておくから」

つづく二日間は飛ぶように過ぎ、ジョシュアとホットワイヤーはネメシスをしとめるための罠を仕掛け、リズは執筆中の本を締め切りに間に合わせることに専念していたが、夜ともなればリズとジョシュアは彼のベッドでふたりきりになり愛し合った。

ニトロとジョシー・マコールは夕方遅くに到着した。二時間前から雪が軽く降っていて、リズは運転の状況に気を揉んでいた。そんな不安をジョシュアは笑い飛ばした。「ニトロは暴風雪《ブリザード》のなかをつるつるのタイヤで走ったこともある。彼とジョシーが山をのぼってこられるか心配しなくていい」

リズはうなずいたが、それでも唇を嚙んだ。デコイの二人組がジョシュアの家に到着すると、リズはほっとして、手放しで無事を喜んだ。

ニトロは家から離れたところに車をとめた。彼とジョシーは雪の積もった庭を横切り、正面玄関につづく歩道は避けて歩いてきた。

「信じられないわ、こんなにそっくりだなんて」ジョシーがニトロのあとから家に入ってくると、リズはジョシュアに言った。

ジョシュアには作り笑いに見えたが、ジョシーはリズにほほえんだ。「お化粧とウィッグの威力はすごいのよ。どっちもしなくてすむならありがたいけど」

「そうでしょうね」リズは理解を示す温かな声で言った。ジョシュアがリズの腰に腕をまわし、ニトロとジョシーを監視センターの本部に案内すると、ホットワイヤーが装置の監視をつづけていた。

リズは顔をあげてジョシュアにほほえんだ。ジョシュアは一瞬、部屋に集まっている仲間のことを忘れてしまった。

「報告はニトロにまかせるわ」ジョシーの声でジョシュアは現実に引き戻された。「報告することはたいしてないから、ほんとに。それにもとの姿に戻りたいし」ホットワイヤーのほうを向いた。「バスルームの場所をおしえてくれない？」

「報告はあとでもいい――おれが案内するよ」ホットワイヤーが返事をするより先にニトロが言った。

ニトロはジョシーの腕を取って部屋から連れだそうとしたが、ジョシーは脇に寄ってニトロの手をかわした。「案内だけでけっこうよ、大物さん。そこまで運んでもらう必要はないわ」

ニトロの表情は変わらなかったが、自分の気持ちを抑えつけているような気配がいつもより数段高まった。

それでもひと言もなく、もうジョシーには手をふれようともせず、踵を返してゆっくりと部屋を出ていった。ジョシーはそのあとについていった。ジョシュアの相棒の表情がわかりにくいとしたら、ジョシーの表情はわかりやすかった。この女性工作員はいまにも爪を嚙みそうな顔をしていた。

三十分後、玄関からすぐの第一監視室に全員がふたたび集まった。

最初にここへ案内されたときリズは驚いたものだった。「なぜ二カ所もあるの？」そのときそう尋ねていた。

「便利だからさ」

「過剰だわ、あえて言うなら。ひとりに何台のモニターが必要？」

「ぼくは警備のエキスパートだ」ジョシュアはそう言って念を押し、それを聞いたリズは彼に舌を突きだし、そこから長い長いキスになり、ジョシュアはもっと有効な舌の使い道をリズにおしえたのだった。

「一台の車がついてきて道路をあがってきたが、第二チェックポイントは通過しなかった」とジョシュアはいまニトロに言っていた。

「ネメシスか」

「確信できる手段はないわ」とリズは言った。

「直感でわかった。ネメシスはおれたちのあとをつけてきた」ニトロはジョシーを見て言った。「きみもそう思っただろ」

ジョシーはうなずいたが、視線はニトロと合わせようとしなかった。リズをじっと見て言った。「ネメシスがついてきたのはたしかよ。なんて言うか、見張られている感じがしてたの」

ニトロが賛成ともそうでないとも取れる音をたてた。

それを聞いてジョシーは体をこわばらせたが、ニトロのほうは見なかった。「わたしは優秀な工作員で、直感がはずれたことはない。どこかの頑固で融通のきかないワルぶった傭兵がどう思おうと」

「きみが優秀でないと思っていたら、この件に加わってもらってない」とジョシュアは言った。ジョシーが言っているのは自分のことではないとわかっていたが、とにかくニトロを牽《けん》制《せい》しておきたかった。

「きみはぼくが知ってる工作員のなかでも指折りの優秀な工作員だよ」とホットワイヤーが言った。ジョージア訛りをやけに強調し、ブルーの瞳をいたずらっぽく光らせて。

ジョシーに向けた彼の笑顔は南部の魅力そのもので、一方ニトロはいますぐ人でも殺しかねない顔をしていた。

ジョシーはニトロのほうを見ていなかったので、その表情には気づかなかったが。しかし、彼女が誰に向かって目を怒らせているのか部屋にいる者は全員わかっていた。「あなたたちふたりのことじゃないのよ」

ニトロがなにか言い、そのことばにリズは息をのんだ。

「きみたちふたりは一緒に働くことに問題があるのか？」とジョシュアは尋ねた。友人を困らせるつもりはさらさらなかったが。

とはいえ仲間同士の性格の不一致で作戦を台無しにされたくはなかった。

「ええ。でも、わたしはプロだから」ジョシーは今度はしかめ面をニトロに向けた。

「いや、問題なんかないさ」ジョシーの敵意のこもった態度を見てとると、ニトロは目を細めた。「彼女とふたりきりで車を走らせて四日間を耐えた——おれなら任務を最後まで持ちこたえられる」

ジョシーの目は苦悩で一瞬翳《かげ》り、ニトロに背を向けるようにして彼女は体の向きを変えた。

「わたしはなにをすればいいの？」とジョシュアに尋ねた。

彼はジョシーを気の毒に思った。ニトロはたしかにワルだ。ジョシュアの心が冷蔵庫に入っているのだとすれば、相棒の心はいますぐ燃えつきるほど熱い。あのふたりのあいだになにかが起きているのはたしかだが、ジョシーもばかではないから、痛い目にあうまえに手を引くはずだ。ニトロは男女関係で情にほだされるタイプではないのだから。

「ぼくがリズと一緒にいないときは」ジョシュアは女工作員に言った。「きみについていてもらいたい。ニトロとホットワイヤーとぼくは分担して監視と外の偵察にあたるが、リズをどんなときもひとりにしたくないんだ、いいね？」

「彼女とわたしは同じ部屋で寝るのね？」とジョシーは尋ねた。

「いや、リズはぼくの部屋に泊まってる」

驚きにジョシーの顔がゆがんだ。「任務中に？」

「これはいつもの任務とはちがう」

ジョシーは首を振って、はは一んという表情を目に浮かべた。「絶対に落ちない人かと思ってた。いつもまるで関心がないように振舞ってたから」

リズは色度数が六度もあがるほど顔を赤らめ、ジョシュアの腕から離れようとした。「落ちたんじゃないのよ、ただ……」

「その話はそこまでだ」ジョシュアはリズをまた腕のなかに戻し、小柄な体をぴったりと引き寄せた。

ジョシーは頬をゆるめ、姿勢からも力が抜けた。声に出して笑いさえした。「すばらしいわ。ほんとに、でも、もうごちゃごちゃ口出ししない。ごめんなさい」とリズに言った。「こんなにびっくりしなかったら、とやかく言わなかったわ」

信じられないというような声をニトロがたてると、このふたりのあいだはどうなっているのだろうとジョシュアは訝《いぶか》しく思った。しかし、ニトロは自分の生活に誰にも首を突っこませない。友人たちにさえ。

その方針はジョシュアも共感していた。〝プライバシー〟ということばの意味も知らない妹たちと母を持つ身であっても。たぶんそれが家族をこの隠れ家に招いたことのない大きな理由のひとつなのかもしれない。彼の生活には家族が知らないことがたくさんある。もし知ったら家族には耐えられないことが。

17

悦びで体が震え、リズは感極まって叫んだ。「愛してるわ、ジョシュア！」

そのことばを胸にしまっておくことはできなかった。もはやしまっておこうとさえしなかった。愛を交わしているときには。

ジョシュアは唇でリズの口をふさいで自分のものだとしるしをつけながらも、愛のことばを彼女のなかに封じこめた。リズの上で全身を震わせて絶頂に達しながら、頭をのけぞらせリズの名前を何度も叫んだ。

切迫感と賞賛と火山のような快楽が名前を連呼させた。

しかし、愛のことばはなかった。

リズの体はくたくたになるほどの充足感を覚えたが、胸は痛みで締めつけられた。

ことが終わり、ジョシュアはコンドームを始末しにベッドから起きた。いっときひとりになったリズは心のバランスを取り戻そうとしたが、涙がこみあげ、目の奥がひりひりした。

彼は文句のつけようのない恋人だ。情熱でリズを燃えあがらせ、それでいて必要に応じて辛抱強くもなってくれる。体を重ねるたびに彼への愛は大きくなっていくが、それはほんの一部にすぎない。彼を彼たらしめる人柄の本質にふれるたび、どうしても抑えられない感情に心がかき乱された。

思いが突っ返されたからといって、胸がずたずたになったわけではない。でも、腕のなかの女をなんとも思っていないのに、どうして求めにすべて応じ、あんなにやさしくなれるのだろう？

ジョシュアは戻ってくると、愛を交わしたあとにいつもするようにリズを抱き寄せた。

ふたりの息づかいが正常に戻っていき、リズはなにか深い感情が現われていないかとジョシュアの目をのぞきこんだが、彼のチョコレート色の瞳は相変わらずなにも見通せなかった。

答えが欲しいのか自分でもわからない質問をして、親密な雰囲気をぶち壊したいとは思わず、リズはため息を押し殺しておやすみと言った。

一瞬表情に温かい気配がよぎったかと思うと、ジョシュアは身を屈め、リズの唇にキスをしてささやいた。「おやすみ」そして彼女の頭を顎の下におさめた。

そのあとの静寂のなかで、鼓動を打つような感情に包まれた。契約書に誓ってもいいが、この思いは自分の胸から流れているだけではない、とリズは思った。

希望が胸にあふれ、ジョシュアの手を取って口もとにあげ、手のひらにキスをした。彼への愛は唇に脈打ち、指先にも伝わった。

リズはジョシュアの手を胸もとに押しあて、彼の胸に体をすり寄せた。「ほんとに愛してるのよ、ジョシュア」

ジョシュアはなにも言わなかったが、リズをさらにぎゅっと抱き寄せた。拒絶ではないのははっきりしている。でも、ただ単に心の結びつきを感じていないから体で慰めようとしているだけ？

「ジョシュア？」

「しーっ、リズ。もう寝るんだよ、いい子だから」

リズは言われたとおりにしようとしたが、どういうわけか一秒ごとに絶望感が広がり、しまいにはふたりの親密さにこれ以上耐えられなくなった。

ジョシュアがあたえることのできないものを自分は求めているのだということがはっきりと思いだされ、リズは彼に背中を向けて、ふれ合わないようにすばやく体を離した。そのとたん、どこまでも尊く、欠くことのできないものから切り離されたという思いがこみあげ、溺れそうなほどの高波になってリズをさらった。心の痛みに泣きだしそうになり、こぶしを噛んで抑えなければならなかった。

ジョシュアの大きな手がリズのむきだしの肩に置かれた。「リズ、どうかしたのか？」

なにも話す気にはなれず、リズは首を振った。

なぜ体を離したのかジョシュアは尋ねなかったが、また腕のなかに引き寄せ、リズももう抵抗しなかった。見せかけだけの親密さだとしても、ないよりはましだった。

しかし、頭のすみで小さな声が、おまえはまた同じことをやっているとささやいた。立ち向かいたくはないが、さりとて消えてはなくならない現実から目をそむけている、と。

その夜遅く、ニトロが戸外の偵察に出て、ジョシュアは監視装置のまえで見張りについた。注意はモニターに向けていたが、頭のなかはどう取り組めばいいのかわからない問題に悩まされていた。

リズにまた、愛していると告げられた。

ここ数日のあいだに何度か言われたときと同じく、なんと言えばいいものやらわからず、結局返事はしなかった。

誓いのことばを返しつつ、じつは気持ちが固まっているわけでもないけれど、などと本音を洩らしたら、リズに対して失礼にならないか？　魔女の惚れ薬のせいで、愛だか、わかりづらい性欲の一種だかが胸にあふれている？　そもそも愛でなかったらまずいのだろうか。なんであれ、永遠につづく思いであることはたしかだ。だとしたら、愛していると言うのはそんなにまずいことだろうか？

言わなければリズを傷つけるのはまちがいない。ことばに詰まってしまったとき、リズの瞳に痛みが浮かび、ふれ合っていた体がこわばったのだから。

ふたりのあいだに以前はなかった心のへだたりが生まれたまま、今夜は眠りについた。ジョシュアはそれが気に入らなかった。

視線をモニターからモニターに走らせ、格子状の画面の上をよぎらせた。異常なし。自分では認めたくない、ましてや神経を集中させたくない心の大きな動揺を頭から消し去る動きはなし。

うなじの毛が逆立ち、どういうことかジョシュアはすぐに悟った。リズが目を覚ました。

背後で物音はしなかったが、視線は感じた。まるで電線でつながり、リズの念力に焦点が合うと、体にブザーの音が響くようだった。

リズの頭のなかでなにが起きているのだろう?

肉体関係をしのぐ情熱を認められないほどかちかちの石頭の男とは寝たくないと告げる方法をひねりだそうとしている?

数秒沈黙がつづいたあと、寝具のかさこそいう音がして、リズが身動きしているとわかった。

やがて彼女が裸足でぺたぺたと床を歩いてくると、ソックスを履けとジョシュアは思わず小言を言いたくなった。ふたりとも就寝中に部屋が暑すぎるのは好きではなかったので、夜は部屋のなかでもひんやりとするのだから。こういうお節介焼きの一面が自分のどこにあったのか彼は皆目わからなかった。ニトロとホットワイヤーに知られたら大笑いされるに決まっている。

隣で足音がとまると、ジョシュアは装置の監視を抜かりなくつづける合間に彼女を横目で見た。

彼の白いTシャツ姿だった。裾は太腿のなかばまで垂れていたが、薄いコットンの生地越しに色の濃い乳首は透けて見え、Tシャツの下の完璧なスタイルのなめらかな肉体を思い描くのは造作もなかった。努めてそうはしないようにしたけれど。

目のまえのモニターと格子の表示画面に最大限の注意を注がなければならない。みだらな物思いにふけって気を散らし、頭の反対側で考えごとをしないように。

「ニトロはジョシーに恋をしているんじゃないかしら」

リズがなにを言いだすと思っていたのであれ、とにかくこれではなかった。

「あのふたりは犬猿の仲だ」

「怒りがほかの強い感情を隠してしまうのはよくあることだわ」リズの手がふれているわけではなかったが、そう思っても不思議ではないほど彼女の存在感は圧倒的だった。

リズがそばにいることに反応して全身の筋肉が収縮した。

「ニトロは一匹狼なんだよ。ジョシーをどう思っているのであれ、愛ではない」

ニトロとジョシーが到着してからのこの二日間はなかなかの見ものだったとジョシュアも認めないわけにいかない。ふたりのあいだには一触即発の緊張がただよい、自然発火せずにいるのが不思議なほどだった。

ジョシュアのことばのあとは沈黙が数秒つづいた。

リズはなにを考えているのだろう？

振り返って目をしっかりと見て、澄んだ瞳の奥になにが浮かんでいるのか見ることができたらいいのだが。リズはどういうわけだかこんな話を持ちだした。どうしてなのか知りたいことは知りたいが、さっき愛のことばをささやかなかったことが引金になったのかもしれないという不安もジョシュアにはあった。

「それはちがうんじゃないかしら」ようやくリズは口を開いた。「一緒にいるとき、ニトロはけっしてジョシーから目を離さないし、ホットワイヤーがジョシーにさわるとほんとにかっかしてるのよ。ただ彼女に用があってさわったときでさえ」

ジョシュアもそれには気づいていた。が、愛があるからだとは思わない。「ニトロは彼女が欲しいんだ」

「性欲だと思うのね。ふたりが同じ部屋にいるときに、まるで熱追尾式のミサイルよろしく自動的に攻撃し合っているのも性欲だけで説明がつくと？」

「そうだ」

リズの沈黙の質が変化し、ジョシュアはどうしても彼女に視線を走らせずにはいられなかった。リズはまるで石の下から這い出てきたものを見るような目で彼を見ていた。

ちくしょう、ぼくはなんて言った？　自分の言ったことが正しいのかさえよくわからない。男女関係を肉体的な点から見て、情緒面は否定することに慣れっこになっていた。リズの言いぶんを少しでも考慮することさえしなかった。そしていまや足を口に突っこむようなどじを踏み、自分の首をしめていた。革のブーツのくそのような味を噛みしめて。

リズはがっかりしたような悲しげなため息をついたが、手をジョシュアのウエストバンドに引っかけてさらに近づいた。「ロマンティックな愛なんて存在しないとあなたが思っているからといって、世の中すべてがそういう皮肉な考えにつきあわされているわけじゃないのよ」

なるほど、こういうやりとりならまえにもあった。リズはジョシーとニトロのことを自分の知りたいことを話すための隠れ蓑《みの》に使っているのだ……つまりぼくがどう思っているか知るための。

なかなか巧妙な戦略だが、タイミングは最悪だ。

心の話となると、微妙なちがいを語るのは、ジョシュアは得意ではない。感情について話し合うなら、よほど気をつけなければ厄介になるだけだ。

「いまはこういう話をするべきときじゃない」この話題でへまはしたくない。リズだけに注意を傾けなければならないが、いまのジョシュアは監視装置に集中しなければならなかった。

「あら、ごめんなさい。お友達の恋愛の話がタブーだとは知らなかった」溶けかけた氷柱《つらら》からぽたぽたと落ちるしずくのようにリズの声に皮肉っぽさがしたたった。

ジョシュアはうしろに手を伸ばし、Tシャツを探しあてた。Tシャツをつかみ、坐っている回転式の高いスツールのまえにリズをぐるりと引き寄せた。脚のあいだに彼女をおさめ、頭を顎の下に入れ、ふたりして監視装置に向き合う体勢を取った。リズはもがいたが、ジョシュアは頑として離そうとしなかった。しまいに彼女もおとなしくジョシュアの体にもたれた。

ジョシュアはリズの頭のてっぺんを顎でこすった。「だけど、ニトロのことを話してたわけじゃないだろ。ほんとはそうじゃない。これはぼくたちのことで、ぼくはきみの目を見られないときに——ましてきみに注意をすべて向けられないときに、ぼくたちのつきあいについて話し合いたくない」

「わたしたちはつきあってなんかいないわ」

任務を遂行するまえと同じ臨戦態勢になり、体が緊張した。「そんなわけないだろ」

リズは鼻を鳴らした。「わたしたちはセックスをして、一緒に暮らすことにもしたけど、ネメシスがつかまり次第、あなたの希望でそれは解消されることになってる」

リズの言い方だとまるで彼女自身はジョシュアの家を出ていきたくないようだった。彼がリズに去ってほしくないと思っているのと同じく。

とはいえいまは一緒に暮らすことについて取り決めをするべきときではない。ネメシスの脅威が、リズがまえに言っていた〝セックスのあれこれ〟だけでなく、彼への思いにも影響しかねないときには。

ジョシュアはリズのお腹に手をあてて、さらにしっかりと体と体をくっつけ、〝セックスのあれこれ〟の話をすることにした。「ぼくたちがしていることを単なるセックスと呼ぶのは、中東の危機を身内のごたごたと呼ぶようなものだ」

「いいわ、だったらすばらしいセックスと呼びましょう。でも、あなたにはなんの意味もない。それはあなたも自分ではっきりさせてる」

本気で怒らせるつもりか？

「なんの意味もないなんてぼくは一度も言ってない」

「意味があるとも言ってないわ」

リズにまわされたジョシュアの腕に発作的に力が入った。「単なるセックスじゃないと言ったんだ」

「それはどういう意味なの、ジョシュア？」

記憶にあるかぎりはじめて頭のなかで思考と感情が覇権をめぐって闘った。胸に浮かぶ制御しきれない感情も、頭でつばぜり合いをくりひろげている相反するあらゆる考えも、ジョシュアは気に入らなかった。

女は正直さを求めるという。だから彼はリズに対して正直になることにした。「わからない。でも、ほんとうにいまはぼくたちの関係を分析している場合じゃない」

リズの動きがぴたりととまった。呼吸さえもとまり、ややあって長いため息をついた。振り返り、ジョシュアの胸に顔を押しつけ、鼓動の真上にキスをした。「ごめんなさい、ジョシュア」静かな声にジョシュアの胸の奥でなにかが引き寄せられた。「わかってるの、あなたはなにかを約束したわけじゃないってことも、わたしの気持ちにあなたが責任を取らなくちゃならないわけじゃないってことも。あなたが同じ気持ちを分かち合っていないからといって、性悪女みたいに八つあたりする権利なんかない」

同じ気持ちを分かち合っていないなんて誰が言った？　どう思っているのかは自分でもよくわからないけれど、リズはこっちの言いぶんに聞く耳も持たず、おしまいにしようとしているのか？

ジョシュアが口を開き、聞いてくれと言おうとした矢先、第一チェックポイントのライトが光りはじめた。

リズの首筋と肩をさすり、体の緊張をやわらげてやろうとしながら、彼は第二チェックポイントのライトもつくだろうかと待ちかまえたが、きっとつくという直感がした。

「きみはなろうとしても性悪になんかなれないし、きみの態度が八つあたりだとも思ってない」ジョシュアはすかさずリズを安心させた。「でも、タイミングが悪いんだ」

「とにかく話し合う必要はないわね」リズはとげとげしい声を出そうとしたが、ジョシュアの胸で声がくぐもり、効果はなかった。「こんな話、持ちださなければよかった」

ジョシュアはリズに置いていた手に力をこめて、唇の端をあげて小さな笑みを浮かべた。

「いや、話し合いはしよう、でも、あとでだ」

「あとでってどうして？　なんでいまじゃだめなの？」

「第二チェックポイントのライトがついたからだ」

ジョシュアは通信ボタンに手を伸ばし、それを押した。「第一偵察隊、応答せよ」

通信ボタンを離すと、すぐにニトロの声がした。「こちら第一偵察隊。指令センター、どうぞ」

「鷲が山に到着」

「状況は？」

「十一秒前に第二チェックポイント通過」

「目視確認のため移動する」

「現在地は？」

「ヘリ発着場から三十メートル外」

くそ。たとえニトロがジョシュアの知るかぎりの全速力で移動しても、家へ接近してくるものを発着場付近の現在地から五分以内に目で確認するのは無理だ。

ネメシスが順調に移動してくれれば、そのころには敷地のゲートにたどり着くと考えられる。

目的はネメシスを侵入させないことではなく捕獲することなので、ゲートとフェンスの電気は切ってあった。

ジョシュアとニトロのやりとりが終わると、リズはジョシュアの腕をほどいた。簡単には読みとれない表情で言った。「彼がここに？」

「見て確認するまでは断言できないが、そうだな、来たと思う」

ジョシュアがホットワイヤーとジョシーに連絡するあいだ、リズは彼の背後へ移った。ジョシュアが通信装置をおろすと、彼女はジーンズを穿き、テニスシューズのひもを結んでいた。

「きみは家にいろ」

「わたしもばかじゃないのよ、ジョシュア。足手まといになるつもりはないけど、かといって役立たずでもないの。これでもテキサスの牧場育ちなんだから」

「にもかかわらず、ライフルの撃ち方も拳銃の撃ち方も覚えるのを拒んだ。ジェイクから聞いたよ」

「だから？」

だから、あの頭のいかれた野郎に射程距離内まで近づくわけにはいかず、銃を撃てないのだから参加はできない。「きみは家にいること。わかったか？」

リズは目をぐるりとまわした。「外に行くなんて言ってないわ」

「約束してくれ、リズ」

「足手まといにはなりません」リズはきっぱりと誓った。

ジョシーによく言い含めておこう、とジョシュアは思った。なにがあってもリズを家から出させないようにと。

リズとジョシーを階下《した》の監視指令センターに配置し、ジョシュアはホットワイヤーと武器室の出口から家を出た。二手に分かれ、それぞれ逆方向からドライブウェイまで平行に道をたどり、人目につかないように家のまわりをぐるりとまわった。

ジョシュアは木々に身を隠しながら玄関へ向かった。ドライブウェイに位置を取り、森と開けた場所の両方に目を走らせていると、耳のなかで通信装置がビーッと音をたてた。

「侵入者は徒歩で移動」ジョシーだった。プロらしい淡々とした声でつづけた。「現在地はドライブウェイの北西三メートル、私道入口から五百メートル。住居方向へ進行中」

つまりネメシスは反対側のドライブウェイにいる。ジョシュアはジョシーから聞いた場所へ向かった。ニトロとホットワイヤーも同じ情報を受信しているから、それぞれの場所からネメシスに近づいているはずだ。

ものの数秒もしないうち視界にとらえた。

雪山用の白い迷彩服にバックパック姿の侵入者は折りたたんだM16ライフルを肩にかつ

いでいた。アノラックで髪は隠れていたが、エド・ジョーンズだとジョシュアは確信した。

犯人まで数メートル。足の下で雪がきしみ、音をたてずに近づくことは不可能だった。それはジョシュアの動きが早いせいでもあった。彼自身も携帯していた制式ライフルのM16を射撃位置にかまえ、半自動《セミオートマティック》に切りかえた。

ネメシスが立ちどまり、肩から銃を、背中からバックパックをおろしたときも、宙を飛んでタックルするにはまだ遠すぎた。ネメシスはバックパックに一、二秒手を突っこみ、擲弾《グレネード》をふたつ取りだし、地面に立てた。ライフルの折りたたんでいた部分を開き、擲弾を銃身の発射筒《ランチャー》に装塡した。

エド・ジョーンズがライフルをあげて家に向けてかまえた。ジョシュアは発砲した。一発めの銃声を追いかけるようにすぐ二発めの銃声が鳴った。ネメシスの体はくるりと回転していったんそり返ったかと思うと、雪の上に倒れこみ、それっきり動かなかった。

ジョシュアはすでに駆け寄っていた。彼とホットワイヤーは同時にネメシスのところにたどり着いた。

ジョシュアは注意深くネメシスの体をひっくり返し、ホットワイヤーはバックパックを調べた。

真っ白い雪の上に赤いしみの跡はなかった。

ジョシュアは首で脈をみた。「鼓動はある」アノラックのファスナーをおろすと、胸は規則正しく上下していた。「防弾チョッキだ」

「それでか」ホットワイヤーはどうとでも取れる口調で言った。「意識はあるのかい？」

「いや、意識はない。二発食らったあとだから、たぶんしばらくはこのままだ」

「それはお気の毒さまだ」

ホットワイヤーの言い草に惹かれてジョシュアはリズの悩みの種だった男から顔をあげた。

「どういうことだ？」

「バックパックに安全装置がはずれた爆弾が入ってる」

ホットワイヤーがその爆弾を慎重に取りだすまえからまぎれもなくナパームのにおいがして爆弾の種類ははっきりしたが、ジョシュアは現物を見て低く口笛を吹いた。本体にダイナマイトが二本テープでくくりつけられた起爆装置に時限発火装置が取りつけられていた。

「ニトロ、到着予定時間は？」とジョシュアは通信装置のマイクに向かって言った。

「三十秒後」

「よし。ダイナマイト二本と起爆管のついた発火装置が作動中のナパーム弾を見つけた」

「くそ」

ジョシュアもまさに同じことを思った。

数秒後ニトロは駆けつけ、ホットワイヤーの隣で両膝を突くと、すぐに電線を調べはじめた。「こいつは爆発物に熱を入れてる」

「ああ」リズと、彼女と一緒にいる人間を殺すことにさらに熱を入れていたわけだ。

「爆弾があったの？」通信装置から聞こえてきたのはジョシーの声ではなかった。リズの声だ。

しかも動揺した声だった。

「心配しなくていいよ、ハニー。ニトロの専門だから」

「心配に決まってるじゃない。わたしが安全な場所にいるあいだ、あなたはそっちで危険にさらされてるのよ。ネメシスはわたしの困りごとなのに」

きみの困りごとはぼくの困りごとでもあるとまだわからないのか？「彼はもう誰の困りごとでもない」

鼻を鳴らした音としか思えない音が通信装置から聞こえた。「そっちの声は聞こえたわ。爆弾は発火装置が作動中だって言ったじゃない」

ジョシュアは顔をゆがめた。そこまで聞かれたのはまずかった。「そうだが」

「どんな種類なの？」今度はジョシーの声で、いつもよりいくらか事務的ではない口調だった。

ニトロが通信装置を通してくわしく説明するあいだ、ジョシュアは犯人の手首と足首をビニールひもで結んでしっかりと固定した。万が一エド・ジョーンズが起きあがって、ばかなまねをしでかそうとすることのないように。

「これは単純な装置か、それとも複雑なやつか？」とホットワイヤーが尋ねた。

「『テロリストの手引書』を何度もくり返し読んだやつが教科書どおりに作ったたって感じだな」ニトロは顔をあげずに言った。「マニアックな変人のほうが好きになれるね」

「タイマーはどれくらいの長さにセットされてる？」

「始まった時刻はわからないが、残り時間は六分以下で……」声が尻切れとんぼになったかと思うと、ニトロは大声で悪態をついた。

「どうした、相棒？」

「自分でナパーム弾を作るやつは信用するな。起爆装置とダイナマイトのあいだの接合部とタイマーに罠線が仕掛けてある」

「爆弾本体の安定度は？」

「こいつは自家製だ」つまりニトロは安心してこの爆弾を持ち運べるとは思っていないということだ。

ダイナマイトをナパーム弾に取りつけてある黒いテープを切りとり、固く平らにならした雪の上に爆弾を立てた。

「ふたつめの起爆装置がないかチェックして」ジョシーの声は、なんの話をしているかきちんとわかっている女性らしい堂々たる響きがした。

ニトロは返事をしなかったが、爆弾を解体した。「くそ」

「ふたつめがあったんでしょう？」正解に得意になっている口調ではなかった。ジョシーの声は心配そうだった。

「ああ。ダイナマイトの爆発力にはおよばないが、ナパーム弾を爆発させるには充分だ」ニトロの目は苛立ちで燃え立っていた。「テープの内側はホイル張りだった。カットしたから二個めのタイマーが作動した。爆発まで残り九十秒」

リズは監視ビデオの画面を見て、ニトロの調べで爆発の恐れが二重にあったとわかると、ジョシーに向きなおった。ジョシーは食いいるように画面を見つめ、ニトロに話しかけていたが、マイクに向かってしゃべっているわけではなかった。「そのワイヤーは切らないで。そうじゃないって、わたしが手でさわれば……」

「爆弾処理の知識があるの？」

「ええ」

「向こうへ行って彼を手伝うべきじゃない？」

「ウルフの命令はあなたと家のなかにいることよ」

「部隊長の命令をいつ無視するべきか判断できることが優秀な下級兵のしるしよ」

ジョシーは笑った。「あなた、軍隊に入ってたら苦労してたでしょうね」

「軍隊経験があるの？」

「いいえ」ジョシーの表情が〝いいえ〟の陰になにか事情があると物語っていたが、いまはそんな話をしている場合ではない。

リズは言った。「ネメシスはもう無力よ。わたしはもうあなたに守ってもらう必要はないけど、彼らにはあなたが必要よ。行ってあげて」

ジョシーはすでに動きだしていた。

リズは外の男たちにいちばん近いカメラをズームにして、現実が映画のように目のまえでくりひろげられている恐ろしさに見入られながら画面にかじりついた。

ジョシーが全速力で駆け寄り、大きな爆弾の横に両膝を突くと、カメラに顔を向ける恰好になった。「わたしにさわらせて」

リズにはすべてが聞こえた。ひとりひとりが身につけている通信装置を通してそれぞれの息づかいまで。

「きみのお節介なしでおれは何年も爆発物を処理してきた」ニトロの声は通信装置で聞くかぎりうんざりしているようで、苛立ちの気配とともに振動して伝わってきた。「なかへ戻ってろ」

ジョシーの顔はひきつったが、張りつめた表情で電線に指を走らせた。

「これだと思う」ジョシーはうわずった声で言った。

ニトロは誰の口出しも許さないように眉をひそめていたが、やがてうなずいて言った。

「同感」

ジョシュアはかたわらで無言のまま待っていた。なぜ家に戻ってこないのだろう？　爆弾処理についてニトロに全幅の信頼を寄せているから？　それとも、たとえ自分にはどうすることもできなくても、マッチョな傭兵の掟では危険から逃げてはいけないから？　そういえばホットワイヤーはどこに行ったのだろう。

具体的になにかしていたようではないが、家に戻ったわけでもあるまい。

リズはその場にじっとして、彼ら全員のことを思って恐怖に駆られながら、決定的な瞬間にニトロの気を散らさないようになにもするまいと心に誓った。息をのむ音さえ通信装置に洩らさないようにと。

ニトロが電線を切った。

なにも起きなかった。

本体の爆弾を処理したからといって喜んでいる暇はない——ニトロはまだダイナマイトも処理しなければならない。もし破裂したら、ナパーム弾も含めて、三百メートル以内にあるものはすべて吹き飛ばされるだろう。あまりくわしく本の下調べをしなければよかったとリズはいまさらながらに思った。

ジョシーは電線に手をふれはじめたが、なにか言うまもなく、ニトロがある電線にカッターを向けた。「これだ」

ジョシーが同意してうなずくと、ニトロはほんの一瞬間を置いて、電線をすぱっと切りとった。ダイナマイトから起爆装置が分離された。ニトロが起爆管を空き地にほうり投げると、リズはようやく二本めの電線を切断してもなにも起きなかったとわかった。

口もとが横に広がって大きな笑みになり、リズは声をあげて笑った。ジョシュアは無事だ。みんな無事だった。

もう誰もわたしを助けるために取り返しのつかない犠牲を払わなくてもいい。

ほっとするあまり膝から力が抜けたが、リズは立ちあがり、外に飛びだした。

ジョシーの隣で横すべりするようにして足をとめた。リズは手を伸ばしてジョシーを抱きしめた。「あなたは正しかったわ。どっちのときも」

傭兵の女性はうなずいただけで、仕事をやり遂げた喜びは目に現われなかった。そして、ニトロにあてつけるように背を向けた。

リズがそれはどういうことだろうと考えかけたとき、ホットワイヤーが爆発物処理の道具一式を手に戻ってきて、ニトロはナパーム弾を安全に処理する作業にかかった。

ジョシュアはリズの体を荒々しく引き寄せて、唇を奪った。彼の顔があがったとき、リズは膝から力が抜けるどころではなかった——頭がくらくらした。

「家に戻ってろ。ここにいたらだめだ」

リズはジョシュアをにらみつけた。「どうしてだめなの?」

「まだ予断を許さない状況だから」

リズは目をぐるりとまわした。「爆弾は処理されたわ」

「あれは自家製の爆弾だ」

リズはそんなばかげた言いぶんは取り合わなかった。爆弾を処理できたのなら、ニトロは爆発させずにきちんと爆弾を扱えるはずだ。

リズは極寒のなかに突っ立ったまま、どこかすっきりしないもやもやした心地がしていた。気分が高揚していいはずなのに。喜んで跳ねまわってもおかしくなかったが、感覚が麻痺していた。

「ネメシスに相棒がいるとか、そういうことはないと思う?」

「ああ」ジョシュアはいまだに意識の戻らないエド・ジョーンズをにらみつけた。「こいつの単独行動だった」

リズは手足を拘束された男と処理されたふたつの爆弾のことを考えた。「うまくいきすぎた気もするけど」

ニトロは肩をすくめた。「ウルフが獲物を取り逃がしたことはない」

リズがなにか言おうとして口を開いた瞬間、左手で大きな閃光がして小さな爆発が起きた。

18

リズは飛びあがり、鼓動が二倍の速さに跳ねあがった。ジョシュアはリズを包みこむように腕を巻きつけしっかりと抱きしめた。リズはジョシュアの大きな体に身をあずけ、ふだんならけっしてそうすることを自分に許さないが、彼のぬくもりと力強さにしがみついた。

ジョシュアはリズの背中を上下にさすって言った。「大丈夫、起爆装置が爆発しただけだよ」

「爆発するなんて思いもしなかった」リズはジョシュアのコートに口もとをつけたままもごもご言った。

ニトロが言った。「人的にも物的にも被害を出さずに爆破処理できるなら、爆発しない可能性にあえて賭ける気はしない」

ニトロの説明は理にかなっている。リズはジョシュアの腕をほどいてニトロにそう言ってお礼もつけ加えた。「命がけで助けてくれたのね」リズは涙ぐみながらほほえみ、その笑顔をホットワイヤーとジョシーとジョシュアにもぐるりと向けた。「あなたたちみんなで。ありがとう」

ホットワイヤーは肩をすくめ、ブルーの目をジョージア出身らしく魅力たっぷりに輝かせて言った。「全部仕事のうちだよ、お嬢さん」

ニトロの仏頂面がリズの知るかぎりいちばん笑顔に近い顔になった。「眠ったままでも爆弾の処理はできる。こんなの朝飯前だ」

たぶんニトロは冗談を言っているのだろう。絶対とは言えないが。リズはにっこりとした。

「あなたならきっとそうね」

「まちがいないでしょうよ」とジョシーが歯切れ悪く言った。彼女のニトロへの怒りは食肉牛の群れにまぎれこんだインドの聖牛に引けを取らぬほど一目瞭然だった。「わたしの手助けがいらなかったのもそう。あなたは誰のことも必要じゃないんだから」

ジョシーはジョシュアのほうを向いた。「あなたがこっちの処理をするあいだ、わたしは家に戻って警察当局に通報するわ」

ホットワイヤーが言った。「ぼくも一緒に行くよ。FBIに友達がいる。こうなったらFBIにも連絡しないとまずいだろ。エド・ジョーンズは州境を超えてストーキングして、爆破未遂事件を起こしたから、連邦司法当局の管轄下に置かれることになる」

ジョシュアはうなずいた。「わかった――リズも連れていってくれ」

文句を言おうか言うまいか、リズは迷った。

ジョシュアはいずれにしろその隙をあたえず、リズを抱き寄せて、短いけれどくらくらするようなキスをした。「外は寒い。なかに入っててくれ」

寒い思いはおたがいさまとはリズも反論しなかった。理屈でいえば彼は正しい。冬の上着を着こんでいてもこっちはぶるぶる震えているのに、ジョシュアはまったく寒そうに見えなかった。

「彼はどうするの?」リズはまだ目を覚まさないエド・ジョーンズのほうへうなずいた。

「仕事が片づいたらニトロとふたりでなかに運ぶ」

「そう」

その後の数時間は追い立てられるように過ぎた。

爆弾は処理が必要だった。

そのあと、エド・ジョーンズはようやく目を覚まし、胸部の痛みを訴えて、病院に搬送された。防弾チョッキの上から撃たれて打撲傷を負うこともあるが、顔色が青白かったので心臓が悪いのではないかとリズは思った。聞くところによれば、ジョーンズは病院へ向かう途中ですっかり自白したということだ。彼女への憎悪は正当だと捜査当局に信じてもらえると思ったようで。

ホットワイヤーの友人が力になってくれたものの、地元の法執行機関とのやりとりは、話を理解してもらうまでにお役所仕事的な手順を山ほど踏み、質問にも山ほど答えなければならなかった。ジョシュアはなぜ最初に警察に相談しなかったのか説明しなければならず、警察官の表情から察するに、警察はジョシュアの理屈が気に入らないのだなとリズは思った。二組の捜査当局の質問に数時間答えたあと、リズはようやく解放されて、緊張を解くことができた。リビングルームの肘掛け椅子に丸くなり、ジョシュアたちの事情聴取が終わるのを待った。

ジョシュアは肘掛け椅子にいるリズを見つけると、なんの断わりもなくいきなり腕にかかえあげた。

「原始人の性癖がまた顔を出したわね」

ジョシュアはリズを見おろしてほほえんだ。「きみといるときは永久にこういう状態なんじゃないかと思いはじめてるところだよ」

「そう……それで、ほかの人たちはどこ?」

「ニトロは爆発物処理班と一緒に行った——あとで戻ってくる。ジョシーは荷造り中で、ホットワイヤーはまだFBIの友達と話をしてる」

「終わってよかったわ」

「同感だよ。こんなに神経をすりへらした仕事ははじめてだった」

リズは笑いながら、胸は希望に満ちていた。少しまえジョシュアはふたりの関係について話し合いたいと言っていた。いまはいままでリズを守ることは心の乱れることだったと言っている。どちらもなかなかいい兆しだ。もう少し待って、ふたりに未来があるのか見極めてみる価値はある。

状況が落ちつくまでリズはジョシュアと将来のことを話し合うつもりはなく、その後の二、三日は宙ぶらりんのまま過ぎていった。リズもジョシュアも、FBIとさらに二度、検察官事務所と一度、話し合いの場を持った。ふたりは一緒に寝て、愛も交わしたが、暗黙の了解でおたがいの気持ちや将来のことは話題にしなかった。

リズは原稿を書きあげて編集者に送り、執筆中の経験のおかげで作品が力作に仕上がっていることを願った、わけのわからぬ駄作にではなく。仕事を終えて、リズは、ふたりの関係についてジョシュアと向き合うときが来たと心を決めた。

締め切りを守ったことを祝って温泉につかっていると、ジョシュアがジャングルルームに入ってきた。「原稿を書いてないんだね」

おや、という顔をしてジョシュアは言った。リズはにっこりとほほえんで彼を見あげた。毎日、日中のかなりの時間と、暗くなってからも何時間ものあいだ、〈デイナ〉と、ホットワイヤーがここに来たときに持ってきてくれたノート型コンピュータに向かって仕事をしていた。

「さっき脱稿して、原稿を編集者に送ったの」

「次の本にかかるまえに仕事は少し休むのかい？」

休暇のあいだヴァーモントに残らないかと誘っているの？「そうするつもりよ」

「どれくらい？」

「いつもなら休むのは一週間かそこらだけど、今回は本格的に休暇を取ろうと思ってるの。一カ月は新作に取りかからないつもりよ」

ジョシュアは服を脱ぎはじめた。「それならちょうどいい」

なにに？そのころになれば関係は自然消滅すると思っているの？ジョシュアが服をすべて脱いだとたん、思考はばらばらになり、彼の裸体にリズは息をのんだ。

「傭兵は赤面なんかしないものだと思ってるけど、きみにそんなふうに見つめられつづけたら、赤面するだろうね」

リズはくすりとした。「仕方ないでしょ。あなたはとってもセクシーなんだから」

ジョシュアは自分の体を見おろし、しかめ面でリズを見た。「ハリウッドのスタントマンより傷だらけだ」

リズはジョシュアが湯のなかに入ってくるまで答えるのを待ち、ナイフによる負傷らしき傷痕を指でなぞった。「変わってるって思われてもいいけど、わたしはあなたの傷痕が好き。こういうことも全部ひっくるめてあなたはあなたという男性なんだもの」

リズにふれられてジョシュアはびくりと体を震わせ、目は黒い炎のように燃えあがった。

「こんなものどこがいいんだか」

リズは身を屈め、手でふれていた、肉が白く盛りあがった峰のような細い線を舐め、彼の体のにおいと熱気を慈《いつく》しむように味わった。「人の安全を守ったり、人命を救助したりして、こういう傷痕がついたのだと知るのって、すごくぞくぞくすることなのよ」

ジョシュアは純然たる男の歓びを感じたような声をたてたかと思うと、リズを膝に抱きあげ、太腿と太腿をこすり合わせた。その感覚にリズの心も体の奥もすぐに反応した。

ジョシュアは顔を下に傾けてリズにキスをした。

ゆっくりと、ていねいに。

顔をあげると、ジョシュアの表情は真剣そのもので、目にこれほど温かみがなければ、リズを怯えさせているところだった。「警備コンサルタントになっても戦士と同じくらいセクシーだと思ってくれるかな?」

リズの心拍数が三倍に跳ねあがった。「引退するの?」

ジョシュアはヒップを愛撫する手と同じようにやさしくほほえんだ。「ニトロもホットワイヤーもぼくもそろそろ潮時だと思ってる」

リズは自分の耳を疑った。いまここで将来のことを話し合わないといけないなんて。

「警備の仕事なら傭兵よりずっと安全ね」とリズは大賛成して言った。

「多少の危険はあるが、救出作戦のようなことはない」

「あるいは爆弾魔のストーカー捕獲作戦のようなこともない」

エド・ジョーンズはまだ危篤状態だった。心臓に不整脈があり、リズをストーキングしていたあいだの睡眠不足とインスタント食品ばかりの食生活によるストレスで症状は致命的に悪化していた。別の検査で肝臓癌を患っていることもわかり、ナパーム弾を作るあいだに有害物質を吸ったことも関係しているようだった。癌が進行していることから、たとえ心臓が安定しても、裁判にかけられるまで命は持たないだろうという診断だった。

リズが思うにこの騒動でもっとも皮肉なのは、ジョーンズの娘が母親の身を案じて、リズの本を勧めたことだった。ジョーンズ夫人は本の巻頭に掲載された緊急相談窓口の番号に電話をかけたわけだが、彼女の娘が、もしもリズの本に心を動かされなければ、母親を説得するのに別の手段を見つけていたにちがいない。

エド・ジョーンズは自業自得だったのだ……いろいろな意味で。

リズはぞくりとした。「カウンセリングを受けて、自分から変わろうとすることだってできたのに。そうすれば結婚生活も家族も失わずにすんだわ」

「ネメシスは自分で自分の道を選んだんだ」とジョシュアは言った。リズが誰の話をしているのかわかったようだった。「ぼくたちはみんなそうさ」

「あなたが手足を失うまえに引退の道を選ぶように」とリズはいかにも満足げに言った。

「厳密には引退ってわけじゃない」

「似たようなものよ」リズはそう言ってキスをして、その選択がどれだけ気に入ったか態度で示した。

リズのキスが終わると、ジョシュアは頬と頬をこすり合わせた。「女房と子供がいたら、家族を最優先にするべきだと昔から思ってた。傭兵をやってたら無理な話だ」

「女房？」とリズは尋ねた。息が切れ、目はジョシュアに釘づけになり、鼓動が乱れた。

「子供？」

「連れ合い選びとなると、きみにとってぼくが最高の投資じゃないってことはわかってる」

この人はやけに昔かたぎな言いまわしでものごとを考えてるのね、とリズは思った。〝連れ合い〟だなんて、まったく。

「ぼくは、ほんとうなら誰の身にも起きてほしくないようなことを山ほどやりもしたし、見てもきた男だ。でも、きみが必要なんだ、リズ。きみと別れることなんかできない。きみも同じ思いでいてくれたらいいと思ってる」

全速力で打っていた鼓動がぴたりととまったようで、リズはほとんど息もできなかった。

「あなた、結婚したいの？」

「そうだ」

「でも……」

「愛してると言ってくれたね。あれは本気だったのかい？」

あれだけ何度も言ったのに、まだ確認が必要だなんて信じられない。「もちろん本気よ。まさかああいうことをあっちの男にもこっちの男にも言ってまわってると思ってるの？」

場合が場合だから、少しくらいすねても許されるはずだ。わたしの気持ちは最初からずっとゆるぎなかったのだから、とリズは思った。

少なくとも自分のなかでは。

「いや、そうじゃないが、感謝の念かもしれないと思ったことはないかい？」

心からの感謝の気持ちと愛の区別がつかない女だとほんとうに思っているの？「もしそうなら、あなただけじゃなくてニトロとホットワイヤーにものぼせているはずだわ」

ジョシュアが聞きたいのはそういうことではなかった。リズを抱きかかえる全身が緊張し、とがめるような目でじっと見つめた。「ネメシスをつかまえる任務のことだけを言ってるんじゃない。でも、最初のベッドの相手を愛していると思う女性は多い」

自分たちの場合も同じだと思っているの？ 彼は案外いろいろなことを感じて不安になっているのね。

「たいていの女性はそうよ。関係がうまくいかないからといって相手を愛していなかったということはないけど。いずれにしろ、わたしの初体験の相手はあなたじゃないわ」

「ある意味ではぼくだ」

ジョシュアがなにを言いたいのか、リズはすぐにわかった。たいていの女性たちが憧れてやまないような快楽をはじめてあたえてくれたのはたしかに彼だったが。「おことばを返すようだけど、やっぱり同じじゃないわ」

「たしかかい？」

頭が切れて、論理的で、理性のある男性にしては、この件にかぎってやけに情緒に訴えている。

「そうは思わないけどな。筋道立てて考えればそんなふうに思わないよ」とはいえジョシュア本人の考えこそちっとも筋道立っていなかった。なぜならこれはもう理屈ではなく心の問題なのだから。

リズは賛美歌を歌ってハレルヤと大声でくり返したかった。

「ジョシュア、女は自分にぴったりの男性が現われたと知るために十人の男性と寝る必要はないの。あなたに感じているようなことをほかの男性に感じたことは一度もないわ」

「きみはマイクを愛してた」

「ええ、そうよ。でも、あなたへの思いにくらべたらマイクへの思いはそれほど深いものではなかったわ」

「ほんとに？」

リズはセクシーで危険な魅力のある傭兵をまじまじと見つめ、苛立たしげに首を振った。

「ちょっと、もういいかげんにして、ジョシュア。わたしはどうすればいいの、おでこに書いておく？　ほんとだってば。わたしはあなたを愛していて、それはあなたとのセックスがすばらしかったからだけじゃない。あなたの内面にある奥深い誠実さが好きで、あなたと一緒にいるのが好きなの。信じてもらえないかもしれないけど、あなたは一緒にいて心が安らぐ人なのよ……ほかの人にとってはともかく、わたしにとっては。性的なことを抜きにしてもわたしたちの相性は合ってる。でも、いちばん言いたいのは、過去の経験があっていまがある、そういうあなたを愛しているの。保護者のまなざしと戦士の心を持って現在を見ているあなたを」

ダークブラウンの目を不思議なほど輝かせ、ジョシュアはリズの首筋に鼻をすりつけた。

「それなら、結婚しよう。きみはひと月休暇があるから、ゆっくりとハネムーンを過ごせる。一度くらい観光客としてジャングルやどこかに旅行するのもいいかもしれない」

リズもそうしたいのはやまやまだった。でも、わたしを愛していないなら、彼は結婚生活に飽きてしまうのではないだろうか？

「ほんとに結婚したいの？」

「ああ」ジョシュアはもう一度リズにキスをして、今度は激しく唇で攻め立てた。リズはうっとりとして思わず我を失いそうになるのを必死でこらえた。

訊きにくい質問にどうしても答えてもらわなければならない。もう質問することから逃げるつもりはなかった。

リズは体を離した。心臓がどきどきするのと同じくらい息も荒かった。「ジョシュア、わたしを愛してる?」

ジョシュアはすぐには答えなかった。リズはしだいに絶望的な気持ちになり、この人は自分にぴったりの相手ではなかったのだと思いはじめた。

やがてジョシュアが話しはじめると、その声は低く、思いやりが毛皮のようにことばを包みこんでいた。「しばらくのあいだ、きみは頭のなかで実際とはちがうぼくのイメージを作りあげているのだと思っていた。きみが恋に落ちるのにふさわしい男のイメージを。でも、きみはほかの誰よりもきちんとぼくのことをわかっていた」

リズは彼がそれに気づいたことがうれしかった。「理想のあなたを愛してるんじゃなくて、ありのままのあなたを愛してるの」

「なるほど。そんなふうに思うなんてすばらしいね」

「よかった」

問題は、彼も同じように感じているのかってことだ。

「はじめてきみに会ったとき、きみを欲しくなった」

リズはそのときのことを思いだしてほほえんだ。「知ってたわ。あなたは興奮してたもの」

「きみは怯えていた」

「二度と自分を見失いたくなかったの」

「誰かを愛したからって自分らしさを抑えるべきじゃない。人を愛することで成長していくべきだよ」

「わたしは成長したわ」リズはようやくそれがわかった。

「知ってる」

心臓がいったんとまったかと思うと、また鼓動を打ちはじめ、今度はあまりにも速くてリズはめまいを覚えるほどだった。「そうなの?」

ジョシュアはリズの顔を手で包みこんだ。ふたりのまわりには熱い湯が流れている。「愛しているよ、リズ・バートン。どうかぼくと結婚すると言ってくれ。きみにふられてしまったら、ぼくの胸はきっと張り裂けてしまう」

リズは胸がいっぱいになった。歓びのあまりこわばった唇からかろうじてことばを口にした。「ええ、結婚するわ」

ジョシュアのキスはこれから訪れるすべての明日への希望に満ちていた。

ふたりは胸の奥に秘めていた愛のことばをささやきながら地下のジャングルの楽園で愛し合った。

ことが終わると、ジェイクとベラに電話をかけて、いいニュースを知らせた。ジェイクはぜひ牧場で結婚してほしいと言い、リズはふたつ返事で同意した。

死ぬまでずっとウルフと過ごせるのなら、結婚式はどこで挙げようとかまわなかった。

二週間後、ハネムーンを過ごすブラジルのジャングルの奥にひっそりと立つホテルの部屋のバスルームからリズは出てきた。

ベッドルームにはキャンドルが灯され、窓の外からは静かに太鼓の音色が響き、部屋じゅうにずらりと並べられた、蘭をはじめとするエキゾチックな花々の芳香が満ちていた。ジョシュアは肘を突いてベッドに寝そべり、狼のような笑みを浮かべているだけで、ほかにはなにも身にまとっていなかった。

「ここへおいで」

リズは首を振った。「あなたにあげたいものがあるの」

「そうだろうとも。でも、二メートルも離れていたらもらえない」そう言うと、待つのももどかしくなったのか、ジョシュアはすばやくベッドから飛び起き、リズを腕のなかに抱き寄せて、自分の体のなかへ、愛のなかへ包みこんだ。

ふたりしてベッドに倒れこんだが、ジョシュアがびっくりしたような声をあげ、たくましいお尻の下から小さな四角い箱をつかむと、リズはプレゼントのことを思いだした。「なんだい、これは？」

「開けてみて」

ジョシュアはリボンをほどき、金色をした箱の黒いふたをあけた。なかになにが入っているのかリズはもちろん知っていた。青い二本の線の入った小さな白い棒だ。

ジョシュアは顔をあげてリズを見た。「これはぼくが思っているものかな?」

リズは唇を舐めた。「あなたが思っているものって?」

「妊娠検査薬」

「あたり」

「青い線が出てるということは陽性?」とジョシュアは尋ねた。声からはどう思っているのかなにもわからなかったが、リズの太腿にぶつかる脈を打ってそそり立っているものはまた別の話だった。

リズはうなずいた。「あなたの赤ちゃんができたの」

気づくと仰向けに横たわっていた。ジョシュアがのしかかるようにして彼女を見おろし、これまでで最高の笑みを浮かべていた。そのまなざしは金塊も溶かすほどで、リズは彼の歓びで胸が熱くなった。「妊娠するかもしれないっていうぼくの予感はあたった」

リズはほほえんでジョシュアを見あげた。思わず感極まり、うれし涙で洪水になるのではないかと思った。「そうね。わたしたちって体の相性がぴったりだものね」

「心の相性もだ。愛してるよ、リズ」

リズもジョシュアが重ねた唇に同じことばをささやき返した。ジョシュアのキスは情熱的でありながら思いやりにあふれ、リズは威張り屋さんで危険な魅力にあふれる傭兵を思いきって愛してよかったと思った。

彼に一度言ったように、人生には背負う価値のあるリスクもあるのだから。

訳者あとがき

ルーシー・モンローの〈ボディガード三部作〉第一弾『その腕のなかで』をお届けします。

リズ・バートンはシアトルに住む冒険小説家だ。感謝祭を目前に控えた十一月のある日、リズのもとにたくましい男性がふらりと訪ねてくる。ふいの訪問者に驚いたリズは暖炉の火かき棒を手に立ち向かうが、あっさりと武器をとりあげられてしまう。それもそのはず、その男性は元陸軍レンジャー部隊員の傭兵ジョシュア・ワットだった。国外での任務を終えたばかりのジョシュアは帰国したその足で親戚のリズのアパートメントに立ち寄った。リズの兄と結婚した妹ベラの頼みで、リズを感謝祭の家族の集いに連れていくためだった。

リズの過剰反応をいぶかしむジョシュアが事情を問いただすと、リズは〝ネメシス〟と名乗る、正体不明のストーカーにねらわれているのだと言う。リズが兄夫婦に理由も明かさずに、故郷のテキサスから遠く離れたシアトルに突然引っ越したのはストーカーの攻撃から家族を守るためだった。

心身ともに疲労したリズを見かねたジョシュアはボディガード役を買って出る。傭兵仲間にも応援を頼み、ストーカー捕獲作戦に本格的に乗りだすが、リズと暮らしをともにするうちに、数カ月前の姪の洗礼式の夜に交わした熱いキスの記憶がよみがえり、任務中の禁欲主義を思わず返上しそうになる……。

ストーカーは何者なのか？　リズをねらうのはなぜなのか？　リズとジョシュアのあいだで燃えあがる情熱の行方は？


著者のルーシー・モンローは、二〇〇三年のデビュー以来、アンソロジーも含めてすでに二十作以上のロマンス小説を上梓しています。日本では二〇〇五年からハーレクイン社で紹介が始まりました。

三部作の第一作目にあたる本作『その腕のなかで』（原題 *Ready* 二〇〇五年刊行）は各ベストセラー・リストの上位にランクインし、アマゾンなどのオンライン書店でも読者から好評を持って迎えられています。寄せられた賛辞のいくつかを紹介しましょう。


「読者を夢中にさせるプロット、人知れぬ内面を探求する登場人物、モンローの胸踊るロマンス小説はすばらしい」

——アマゾン・ドット・コム

「アクション満載のボディガード三部作の第一弾。恋人を守るすべも愛するすべも知りつくした第一級のヒーローが魅力的だ」

――ロマンティック・タイムズ

さて、三部作の第二弾 *Willing*（二〇〇六年）では、本作で謎めいた魅力を垣間見せた、爆発物の専門家ニトロと終盤に活躍した女性工作員ジョシーが主役をつとめます。兵士として育てられたジョシーはふつうの生活を求め、父親の運営する傭兵養成学校を去りますが、やがて学校が爆破され、父親が失踪する事件が起こります。ジョシーの父親の仕事上のパートナーであるニトロは、ジョシーと協力して事件の解明に乗りだします……といった、今度もまた手に汗握る展開の作品です。どうぞお楽しみに。

最後に、恩師田口俊樹氏と、数々のアドバイスと的確なご指摘をしてくださった二見書房翻訳編集部の方々に心よりの御礼を申し上げます。

二〇〇六年九月

ザ・ミステリ・コレクション

その腕《うで》のなかで

著者　ルーシー・モンロー

訳者　小林《こばやし》 さゆり

発行所　株式会社 二見書房
東京都千代田区神田神保町1-5-10
電話 03(3219)2311［営業］
03(3219)2315［編集］
振替 00170-4-2639

印刷　株式会社 堀内印刷所
製本　株式会社 進明社

落丁・乱丁本はお取り替えいたします。
定価は、カバーに表示してあります。

ISBN4-576-06166-6
http://www.futami.co.jp/

見知らぬあなた
リンダ・ハワード
林 啓恵［訳］

一夜の恋で運命が一変するとしたら…。平穏な生活を〝見知らぬあなた〟に変えられた女性たちを華麗な筆致で紡ぐ、三編のスリリングな傑作オムニバス。

一度しか死ねない
リンダ・ハワード
加藤洋子［訳］

彼女はボディガード、そして美しき女執事――不可解な連続殺人を追う刑事と汚名を着せられた女。事件の裏で渦巻く狂気と燃えあがる愛の行方は!?

悲しみにさようなら
リンダ・ハワード
加藤洋子［訳］

10年前メキシコで起きた赤ん坊誘拐事件。たった一人わが子を追い続けるミラが遂につかんだ切り札、それは冷酷な殺し屋と噂される危険な男だった…

くちづけは眠りの中で
リンダ・ハワード
加藤洋子［訳］

パリで起きた元CIAエージェントの一家殺害事件。復讐に燃える女暗殺者と、彼女を追う凄腕のスパイ。危険なゲームの先に待ち受ける致命的な誤算とは!?

チアガール ブルース
リンダ・ハワード
加藤洋子［訳］

殺人事件の目撃者として、命を狙われるはめになったブロンド美女ブレア。しかも担当刑事が、かつて振られた因縁の相手だなんて…!? 抱腹絶倒の話題作！

未来からの恋人
リンダ・ハワード
加藤洋子［訳］

20年前に埋められたタイムカプセルが盗まれた夜、弁護士が何者かに殺され、運命の男と女がめぐり逢う。時を超えた二人の愛のゆくえは? 女王リンダ・ハワードの新境地

ファースト・レディ

スーザン・エリザベス・フィリップス

宮崎 槇［訳］

未亡人と呼ぶには若すぎる憂いを秘めた瞳のニーリーが逃避の旅の途中で逞しく謎めいた男と出会った時…RITA賞（米国ロマンス作家協会賞）受賞作！

あの夢の果てに

スーザン・エリザベス・フィリップス

宮崎 槇［訳］

元伝導牧師の未亡人レイチェルは幼い息子との旅路の果てに、妻子を交通事故で亡くしたゲイブに出会う。過酷な人生を歩んできた二人にやがて愛が芽生え…

湖に映る影

スーザン・エリザベス・フィリップス

宮崎 槇［訳］

湖畔を舞台に、新進童話作家モリーとアメリカン・フットボールのスター選手ケヴィンとのユーモアあふれる恋の駆け引き。迷い込んだふたりの恋の行方は？

レディ・エマの微笑み

スーザン・エリザベス・フィリップス

宮崎 槇［訳］

意に染まぬ結婚から逃れようとする英国貴族の娘と、トーナメントに出場できなくなったプロゴルファー。そんなふたりが出会った時、女と男の短い旅が始まる。

幻想を求めて

スーザン・エリザベス・フィリップス

宮崎 槇［訳］

かつて町一番の裕福な家庭で育ったヒロインが三度の離婚を経て15年ぶりに故郷に帰ってきたとき……彼女を待ち受ける屈辱的な運命と、男との皮肉な再会！

トスカーナの晩夏

スーザン・エリザベス・フィリップス

宮崎 槇［訳］

傷心の女性心理学者が静養のため訪れたトスカーナ地方で出会ったのは、美しき殺人鬼などが当たり役の大物俳優。何度もベッドに誘われた彼女は…イタリア男の恋の作法！

二見文庫 ザ・ミステリ・コレクション